U0926430

浙江文艺出版社
Zhejiang Literature & Art Publishing House

于谦小酒馆

于谦 著

果麦文化 出品

目录

主食

小食

调料

出门右拐

开场白：
喝酒不是我的爱好！

各位好，我是于谦。上回咱聊的是我的爱好——宠物。聊了聊养狗养马养鸽子，养蝈蝈儿、蛐蛐儿、油葫芦。

有的朋友说，这不是你爱好，你的爱好我们都知道，郭老师台上说过无数回——抽烟、喝酒、烫头！也确实，这几年来，抽烟喝酒烫头，让郭老师在台上说得基本上就成了我的符号了，一提到于谦，谦哥，就是这三大爱好。其实在我自己看来，抽烟喝酒烫头不算我的爱好。咱一个一个说。

抽烟，在我看来不算爱好，算癖好。并且严

格地来说，还算是恶癖，因为抽烟对身体真没什么好处。

喝酒呢，按我的理解，不能算恶癖，但确实算我的一种癖好。我自认为，喝酒还是给我带来一定的好处的，我也真的挺喜欢喝酒，但是一直到现在，我也不承认我有酒瘾！为什么呢？因为我喝酒是在享受喝酒的那份惬意劲儿，这是其一。其二呢，我是在享受跟朋友聚会的时候喝酒的那份融洽。因为人这身体稍微带点酒以后，兴奋状态能到一定的高度，这个时候，你的言谈举止啊、跟朋友的交流啊，都能踩在点上，能达到一种亢奋的、向上的、积极的那么一种状态，氛围特别好，尤其跟好朋友一起喝。我觉得这是喝酒带给我的独一份的享受。

最早怎么对酒产生的好感呢？我印象特别深，是在我小的时候。我小时候住在北京的西城区，那个地方叫白塔寺，白塔寺附近有一条胡同，叫大茶叶胡同，这大茶叶胡同有意思。胡同的西口，那个地方叫宫门口，宫门口有一个特别著名的小酒铺，方近左右的人都知道，我现在一提，老人可能都知道那个地方。

我往那边去的时候，总能路过这小酒铺。酒铺不大，就三四张小桌，那时候我就看见有一帮老头，每天早上都到那儿去，来来回回还都是这些人。老头们早上去了，也不会要几个菜，光跟那儿喝酒，那时候人都没钱，也没有什么菜。玻璃柜台里，用短玻璃再打成小四方格，四方格里边大概半尺见方的小格，小格子里边放点儿开花豆、花生米，放几片粉肠，放点这个那个的小吃。但即便是这种小吃，那些老头也不买。

他们到那干什么去的呢？就每天早上起来，洗完脸漱完口，吃点早点活动活动，奔这就来了。定个八九点钟，往这一坐，要二两酒。那时候都是散酒，没有说买一瓶搁这儿自个儿喝或者几个人喝的，都是散酒。我记得很清楚，一毛三分五一两。您说打二两酒，一个小瓷杯子正好搁满喽，二两酒两毛多钱。坐那儿，一喝就一上午，一直喝到中午，回家吃饭去。

您问喝这二两酒，就什么？要是不打算花钱，就从家里头拿两瓣橘子，拿半拉苹果，揣几个花生豆，弄几个开花豆。好一点儿的，就在那儿要一份粉肠——这东西现在可能都没有卖的了，就是用肉汤勾芡、灌到肠子里边，实际上就是淀粉，但是有肉味儿。粉肠切薄片，搁在小盘里边，可能也就薄薄地码个三四片、四五片的。好的，也就要这么一份粉肠，算是在那儿花了钱了；不好的呢，就从自己家里带。

我在那什么新奇的事都见过。我印象特别深，要是花生米、半拉橘子、半拉苹果，连这都没有怎么办呢？嘴里他喝酒辣啊！专门有人，就是为喝那酒去的，就什么呢？鹅卵石！

到了那儿，要一小盘儿——酱油和醋不要钱，店里白给——从兜里拿出一个小布袋，小布袋里边四五块鹅卵石，把鹅卵石搁在小碟里边，倒上醋，倒上酱油，拿酱油和醋泡着这石头。这边喝着，那边拿筷子夹起石头来，放嘴里嘬嘬，再放回酱油里面接着泡，然后把这石头挨个都嘬遍了，再喝口酒，嘴里觉得辣了，再接着嘬——一分钱都不花，就花那二两酒钱，这是嘬石头。

还有呐，我看见过嘬洋钉子的！什么叫洋钉子？就是秋皮钉，可能现在卖得都少了，以前的秋皮钉，上边的帽特别大，钉子尖上有五彩的光泽，是生铁做的。生铁淬了火它有咸味儿，咸腥咸腥的。拿一小布包包，带十来个钉子，倒到桌子上，嘬这钉子下酒！喝几口酒，嘴里觉着辣了，拿钉子往嘴里一嘬，生铁淬火的那咸腥味在嘴里这么一搅和，也算下酒了！——那时候都这样，都没钱。

我还看到过一个最“有钱”的人，这个人，太可乐了！一进门，他那打扮……按现在的说法，这人穿的就是一个摄影背心——老北京话叫坎肩。摄影背心上缝的全是兜，家里给做的。那人到这儿，也是要二两酒，然后从这兜里掏出俩花生米，那兜里掏出半拉橘子，那兜里再掏出一个鸡爪子，这兜里又掏出什么东西，一摆摆一桌，自个儿搁那儿喝。小酒铺里的所有人就都看他——太有钱了！早上喝个酒，这么多下酒菜呐？那就了不得了，富豪！

这是宫门口小酒铺，在大茶叶胡同西口。大茶叶胡同东口，斜着过马路，正好是西四北三条。我上学员班的时候，必须要穿过西四北三条，到西四那条街上坐车，那时候叫22路。正好，西四北三条口，也有一个这样的小酒铺。——您看，该着我这辈子喝酒！我就没有离开过这种氛围，从住的地方往哪边走都能碰上酒铺。

说实话，我一直到现在也不欣赏他们那样的喝法，那叫酒腻子，喝得自己醉眼迷离、迷迷瞪瞪，整天沉浸在酒里，好像不喝这口酒就过不去了似的。我欣赏的是，他们每天坐在这儿，要二两酒，老朋友闲聊几句，不管吃点什么就点什么，这份惬意劲儿，这种慢生活的感觉。所以我现在落下一毛病，不管多饿，在电视里边看见谁谁跟那儿大排筵宴，嚯，山中走兽云中燕的，一边吃一边喝——看见这个，我一点喝酒的欲望都没有！反而是，像小时候看的老电影里，地主啊富农啊，支一小油灯，盘腿往炕上一坐，弄一小炕桌，昏暗的油灯下，一盘炒鸡蛋，拿荷叶包着两片猪头肉，坐那儿拿个小壶一倒，啧咂那么一喝——哎呀！凡是看见这种镜头，我非得自己弄二两喝一喝不可，绝对躲不过，太馋人了您知道吗！

我第一次喝酒是十三四岁，就在刚才说的宫门口这个地方。那时候也有补习班，我姨就带着我，到老师家去上补习班，单独上上小灶，给补补课。夏天，正热的时候，我们娘俩骑着车去，补完课骑着车回来，哎哟这一身汗！打宫门口那小酒铺路过，那儿正卸啤酒。那时候的啤酒不像现在，什么成瓶的，什么鲜啤，讲究点的什么国外进口的，没有。那时候都是国产的，国产的还不好弄，不是每个酒铺、每个卖酒的地方都有的。它也不是瓶的，也不是扎的，那时候叫“升”的。一升，塑料的，往这儿一蹾。

看那儿正卸啤酒，他们拿那一三〇的大罐子，用管子往里边倒，罐子外面全是冷凝水，看着就凉！跟现在您在电视里边看着雪碧、可乐的广告似的，瓶上都是冷凝水，看着就那么凉快！我姨就说：咱们喝点，凉快凉快，进去也别喝汽水了，我看就这好，咱们娘俩要一升啤酒吧。

那是我第一次喝酒。我记得清清楚楚，那时候一升啤酒是三毛七，我们娘俩要了一升啤酒，喝完回到家，睡了一下午带晚上。第一次喝酒，就这么点酒量！所以到现在，我一直都认为酒量是练出来的，不是天生的。

您说喝没喝醉过？您要问这话就外行了，一看您就不喝酒！喝酒的人哪有没醉过的？只要是经常喝，就经常醉。我印象特别深，还是上学员班的时候，也是这年龄段，十三四岁、十五六岁，一帮孩子在宿舍里闹腾。其实那时候真的一点酒瘾都没有，但是就看老师不让喝，那咱们来点儿呗！

都是小孩儿，而且那时候觉得喝酒也不用就什么菜，有点东西嘴里有嚼头就行。不知谁提的头，说喝酒就咸菜特别好，说看见人家喝酒就的那种老咸菜，农村那种在屋外都晒成干了、外边还挂着盐粒儿的咸菜，喝酒才香！几个人越说越高兴，那时也确实没什么钱，买不起什么菜。买了两瓶酒，那酒叫玲珑，玻璃瓶简装的，还挺好喝，也不贵，我印象中是四块多钱一瓶，买了两瓶。也不知从哪儿找了一块老咸菜——那时候我们旁边也都是种地的，不知谁上人家那儿要了一块。

白天买两瓶酒，搁宿舍里藏着。晚上九点以后，熄了灯，老师检查完宿舍，以为都睡了，也就回家休息去了。我们几个人，点了根蜡，把酒打开，就跟那儿喝。您想想，我们是三个人，两瓶白酒，作为十三四岁的孩子，这酒量可不易了！而且他们俩喝得少，我自己干了得有一瓶多。喝完酒，晕乎乎的，也聊得差不多了，也夜里头一两点了。您想想，肚子里空着，什么东西都不垫，就这一瓶多白酒、几口咸菜，晚上睡觉能舒服得了吗？

小孩儿嘛，睡觉也死，也沉，白天又练功又疯跑的也累了，倒那儿就睡了。也不知道什么时候开始恶心，就在昏昏沉沉、半睡半醒间，开始闹腾、出酒。我自己还不知道啊，一边吐着一边就躺在床上睡了。反正第二天早上，据他们说，闻着屋里怎么那么大酒味啊？！原话是这么跟我说的：“一睁眼，谦哥，你知道当时看你，什么感觉吗？一张单人床上，就你穿着一小裤衩在那睡觉，上面还支着蚊帐，就觉得雾气腾腾的——里边一个清蒸乳猪啊！”您想，还有作料在身上呐！我也不知道怎么起来的，晕乎乎地洗个澡就回家了，连课都没上，床单被褥都是哥们儿拿去给洗的。那一次醉得是一塌糊涂，可能是我印象当中第一次烂醉如泥，什么事都不知道，按现在的说法就叫断片了。

喝酒就是这样，喝的时候特别高兴，喝多了以后就都赌咒发誓“我再也不喝酒了！我要再喝我就是……”，但等酒醒了，养了两天胃也舒服了，看见酒还想喝！这东西就那么奇怪。

这说的是小时候。慢慢地，随着年龄越来越大，喝酒就越来越冲。我觉得喝酒还有一个好处，就是可以激发年轻人争强好胜的心。斗酒嘛！平常挺蔫儿的一个人，喝了酒以后，他冲劲就上来了，开始较劲，跟谁就得干，就得碰！年轻人一般也都想在大人面前展现自己，通过这么一种方式，宣告自己已经成熟了，借着酒劲展现一下自己。

慢慢地越喝越冲，到什么时候不行了呢？年龄越来越大，人就越来越成熟，这话可就得到四十多岁了。因为本身年轻人心气、火气在那儿呢，心气要老在那，他就成熟不了。

我记着有一回戒酒，戒了三个多月，突然有一天说“到了，可以开戒了”，当天下午就约了个朋友一块儿喝酒。喝之前，自己心里还蛮有底，心说戒了这么长时间了，身体接受不了，不能这么冲，一喝多了肯定醉……咱今天少喝，就别喝白酒了，喝点啤酒吧，适当喝点就完了……但是一喝上，可就没谱了。

我记得那天晚上还有演出，北展剧场的。喝着喝着没谱了，一扎接一扎、一扎接一扎，那天我喝了大概二十扎啤酒，一下子酒劲就上来了，拦不住了，非喝不可！当天孟鹤堂给我开车，我还记得他一直急着拉我走：干爹，咱晚上北展还有演出，您不能这么着，咱该走了，那边都开场了……我那时候已经醉了，就训他：这儿大人说话，小孩别搭茬！我们这再喝会儿，我知道什么时候走。你知道我知道？！别理我，别说话！——您看，自己心里还有点谱，知道有演出，也知道该走了。

孟鹤堂开着车，掐着时间紧赶慢赶带我到了北展，一到那儿我就不省人事了，下不来车了。我记得当时车门开开了，但怎么搀都动不了，他们就拿着矿泉水一个劲儿地让我喝，喝了吐、喝了吐，就在车上吐，这边眼看开场了，我就是下不来车。据说，当天原本是郭老师跟我的专场，前面有一场烧饼和曹鹤阳（小四）的活儿，因为我下不来车，烧饼和小四第一场在台上演了将近一个半小时。最后，跟洗胃似的喝矿泉水，我终于清醒过来了，迷迷瞪瞪上了楼，洗洗涮涮换上衣服就上台了——不上不行啊，这都演上了，台上都演了一个半小时了！

那天，完全是蒙眬状态，甚至不知道自己说了什么、怎么演下来的，这就是网上现在传的“郭德纲于谦车祸现场版《汾河湾》”——现在想起来，还是挺后悔。这是第一场，后边一场稍微清醒点，再后边一场再清醒点，直到把这场演出整个演完了，到家夜里三点多，才真正清醒过来，觉得后悔了。

这不是个事儿，首先对不起观众，再有跟郭老师也没法交代——你这不知所云了都，在台上你没法弄！夜里三点多，给郭老师打了个电话，道个歉：实在是喝多了，下次不会了，下次不会了。打那儿开始，给自己定了个规矩，演出之前绝对不能喝酒，给自己提了这么一要求。

不管怎么说，对于喝酒呢，我打小就落下了挺好的印象，自己喝惬意，跟朋友喝融洽。赶上今天心情好，或者自己炒了几个爱吃的菜，想喝一口；明天碰到朋友，好长时间没见了，怎么也得喝一点。只不过随着年龄的增长，随着自己慢慢成熟，现在知道什么时候该喝、什么时候不该喝，什么时候可以多喝点、什么时候应该少喝点。当你知道这些了，你也就真正地成熟了。

当然了，现在偶尔还有往上冲的时候，我觉得这也好，最起码证明我还年轻，还能冲——开玩笑啊。所以说，我觉得喝酒在我这儿不能称之为恶癖，只能称作一个癖好。

咱们这回，干脆好好聊聊喝酒。

烫头呢，咱下回接着说！

下酒菜

谦氏下酒菜

刚聊了酒，咱接着聊聊菜。

中国人讲究喝酒必须就点什么，而且分“酒菜”和“饭菜”。您看电影电视剧里，哥们儿来了，家里男人招呼媳妇，“来来，给我们炒俩酒菜”。喝完酒，“来，再炒俩饭菜”。喝酒的菜、就饭的菜，不一样。也确实得这么区分。

不喝酒的朋友，我不知道您有没有这体会：喝酒就的那菜，有嚼头，有味道，但不能管饱。既吃不饱肚子，又能压酒的辣味的，这叫酒菜。您要是来点炖牛肉、烙大饼，还没喝几口酒呢，吃了三块肉，饱了！这不叫酒菜。饭菜呢？您说来盘花生米下饭，那真咽不下去。所以，得分酒菜、饭菜。现在挺多朋友不讲究这个，什么都能下酒，比如熘肉片、木须肉，按说这些是饭菜啊，但您说下酒可以不可以呢？当然也可以，只要您喜欢，大不了少吃两口，等吃饭的时候您接着吃呗。

哪些算酒菜呢？真正讲究的酒菜，老北京不少。典型的像花生米、开花豆（天津人叫老虎豆）、猪头肉、萝卜皮、肉皮冻儿、臭豆腐、干炸小黄鱼……应有尽有。万一这些都没有？没关系，您找棵白菜切开，白菜心儿拿出来，搁点盐、醋，搁点香油，跟嘴里边嘎吱嘎吱那么一嚼，也爽口，下酒也美。

所以我总结：酒菜一般就是有嚼头、有味道，边喝边吃，还吃不多、吃不饱，不耽误后边吃饭的，这样的菜，下酒最好。

我听我师父说过这么一件事，有意思。

我们相声界的老前辈，于世德于先生，一生好酒，嗜酒如命，天天喝、顿顿喝。家里码着朋友送的成瓶的酒，您还不爱喝这个，自己到酒厂打散酒喝去。于先生是黑龙江省曲艺团的，久战东北，您这爱喝到什么程度？侯耀文先生曾经说过：我于叔这一去世，哈尔滨酒厂，大概得降半旗。

赶上朋友来家里做客，一进门于先生就招呼：来来来，坐这儿，陪我喝点儿。盘腿往小炕桌边儿一坐，倒上酒，拿自制的小菜儿下酒。就什么菜呢？梨切丝儿，上面码上金糕条，拿山楂罐头连汤带山楂倒一块儿，一拌，嘿！甜丝丝，凉丝丝的。哈尔滨天儿冷，但屋里头暖和，吃这个舒服，爽口。

我自己也有一道自制的小菜儿，一般人还真吃不着——苜蓿。我有马场啊，马场里养马、养牛、养羊，所以我种苜蓿。您甭看苜蓿是喂牲口的，可好吃！而且它是长纤维，植物蛋白含量高，人吃也特别好。每年到苜蓿长起来的时候，我就掐下尖儿来，拿开水一焯，搁点儿盐，搁点儿蒜，倒点儿香油，放点儿味精，顶多再来点儿酱，一拌，下酒特好！不过吃这个只能是春天和夏天，一到秋天，苜蓿长老了，到冬天再一黄，也就没的吃了。我现在但凡喝酒，只要马场里有苜蓿，就都这么吃，这算是我的一个小发明。

北京物质比较丰富，酒菜的花样多，冬天有冬天的，夏天有夏天的，这个那个的一列好几十种，有的地方就没这条件。您比如说内蒙古，好家伙！您别说找萝卜找白菜、找花生找毛豆，都没有，那儿尽是肉。内蒙古朋友喝酒也厉害啊，总之下酒是肉下饭也是肉，主食是肉副食也是肉，就没别的！

有一回我去内蒙古，给惊着了。我们去的第二天，正赶上那达慕大会。那达慕大会在当地是非常非常隆重的大会，只有在水草丰美、牛羊丰产的时候，人家才举办那达慕大会庆祝，那可热闹！唱歌、跳舞、赛马、叼羊……

为了筹备第二天的那达慕大会，政府在草地上早早搭起了简易的台子。我们头天到，就看见台子周围拿帆布搭好了棚——四角拿钉子钉在地里，帆布中间用一根木头杆子杵起来——一个个的帆布棚，好几个。我就问，这干吗的？朋友介绍说，这是明天那达慕大会的饭馆儿。

我：嗯？拿帆布一支，这就算饭馆了？

朋友：你不懂。明天咱来，你看着吧。

隔天，我们早早就到了，看见牧民们背一口锅，拉一群羊，羊身上背着柴火，就到了自己的摊儿前，把羊一放——把头羊一拴上，其他羊就不跑，都跟那儿站着——找几块石头把锅架上，填上柴火，搁上水，把水煮开，这时候帆布支起来那棚子里就坐上人了。支个桌子，地下铺块毯子，人就席地而坐。老板就问了：

“您要几斤呐？”“我要三斤。”

“您要几斤呐？”“我要两斤。”

“您二位要几斤呐？”“我们要七斤。”

——这我可没多说！那地方人吃羊肉，按我说就叫糟践着吃，好家伙！连骨头带肉，俩人能吃六七斤。

看着凑够了几个人、三四十斤肉，差不多一只羊的分量了，老板就到群里，挑一只差不多分量的羊宰了，这时候水也开了，把羊肉搁进去，也就一刻钟到二十分钟——您说跟北京，羊肉炖俩小时也未必烂，人那儿最多就二十分钟——还带着血星子，生不生熟不熟的就出锅了。好家伙，这三斤那五斤，这六斤那八斤，就把肉都分了——后边再有人来，再说！

从杀羊到吃饭，也就半个多小时，嚯！大伙儿席地而坐，吃肉下酒。酒可不是咱们那样一杯杯地喝，人是一碗碗地喝。据他们说，用肉下酒，能在胃里形成一层油脂的保护膜，能多喝。其实有朋友就跟我介绍了，那不是肉的功能，是奶茶的功能。奶茶喝下去，里面的奶能在胃壁上形成一层黏膜，一能保护胃，二能多喝酒。当地人就拿肉下酒，也挺好！反正至少我吃得习惯，包括手把肉啊，奶茶啊，各种奶制品啊，我吃得非常好，还能多喝几两！

草原跟北京就满不一样，再到天津，临海了，吃的东西就又不一样了。要鲜活海货，炸马口鱼！马口鱼是海边、海河里的一种鱼，一般得在淡水和海水交界的地方才有。鱼不大，肉鲜，拿盐一腌炸着吃，下酒好！

再到了张北，吃兔头！张北是平原、草原衔接的地形，所谓“坝上”嘛，旷野荒郊，漫山遍野都是兔子。有一回路过那儿吃饭，吓我一大跳。

那次我们去张北，朋友说就在这小铺里头凑合吃点饭呗？我说可以啊，这小铺看着挺好的，咱进去吧。

一人要了点酒，问老板：“您这儿有什么酒菜啊？”

“锅里炖着呐！”旁边一炉子，炉子上架一

口大锅。

“锅里什么呀？”

“你自个儿看看吧，自己挑！”老板说。

我一掀锅盖，里头热气腾腾的，等蒸汽散去以后，我往锅里一看呐——好家伙！一锅兔脑袋，码得整整齐齐，都是脸朝上，一个个龇着小牙瞪着我。嚯，吓我一跳！

您看张北当地这兔头，酱得黑红黑红的，拿它下酒好极了：有嚼头，有味道，肉又不多，这又很符合我刚说的对酒菜的标准。

再到了南方，茴香豆嘛！孔乙己吃的。其实茴香豆就是咱们吃的蚕豆，原料都一样，只不过做法不一样。赶上阴天或者下雨，整天都不开天儿的日子，您往酒馆里头一坐，来一碗黄酒、一盘茴香豆，黄酒暖胃，吃着茴香豆儿，对身体好，驱寒！

总之中国地大物博，各地有各地的特色酒菜，配合着当地的气候、当地的人文，哪儿吃哪儿好！您要说买回来拿家里吃，就满不是那么回事儿了，怎么吃都没那么地道！

自己家里做的酒菜，我有一道拿手的，经常做：肉皮冻儿。老北京人不少都爱吃，我做的肉皮冻儿有点独门的特色，下酒特别好。

每年春节，我都买一个猪头，整个劈开、剃好，把里边的骨头弄出去，肉啊皮啊留下来，要是不够，再搁俩肘子、俩猪蹄这些带皮的东西，都熬进去。肉少皮多，都熬化了，搁上葱、姜、大料，再搁青豆、黄豆、水疙瘩、青萝卜、胡萝卜、香干，这些东西切成丁搁里头一块儿煮。东西煮熟，再结成冻，把上面的油撇掉，拿刀拉（lá）着，一块一块地拿到案板上切成片儿，蘸着醋、蒜吃。

我觉得外国人喝酒不讲究，甭管是白兰地、威士忌还是啤酒，他们好像不就菜。您在北京的酒吧里也老能见着：老外，不管是一人还是俩人，坐那儿要扎啤酒蹾在桌上，干喝，用聊天儿下酒，一坐一下午！这我有点接受不了。换了是中国人，哪怕人家酒吧不卖什么菜，也得弄点儿薯条啊、锅巴啊，哪能什么都不吃啊？所以我老觉得在吃喝方面，外国人不怎么讲究。有朋友也说我，别老戴着有色眼镜看人家西餐，西餐也讲究着呐！这个搁几克那个搁几盎司，都是量化的！我说，爱几盎司几盎司吧，这东西谁爱吃谁吃去，我还是吃我的开花豆、猪头肉，挺好！

甭管怎么说，吃、喝方面，中国人是真讲究，咱们自古就有一句话叫作民以食为天嘛，吃饭是最大的事！现在我们也老说“出去混口饭吃”，您要是吃不上这饭，或者吃不好这饭，那咱就别混了，对吧？吃，咱们确实得讲究点。

头蹄下水拼盘

甭管北京的朋友，还是外地的朋友，去前门、王府井、什刹海这些旅游区溜达，碰上那种打着老北京招牌的饭馆，门口差不多都得站个大姑娘、小伙子，最不济也得弄个电喇叭，跟那吆喝着招呼生意。怎么吆喝呢？“哎——地道老北京风味啊，炸酱面、爆肚儿、芥末墩儿啊，便宜实惠，来吃啊！”

炸酱面、爆肚儿、芥末墩儿，我也不知道谁最早发明的，把这三样谁跟谁都不挨着的吃食，愣给凑到一块来了。就拿爆肚儿来说，早年间有个别名，叫穷人乐。为什么叫穷人乐呢？那时候穷人吃不起正经肉，爆肚儿算是头蹄下水之类的东西，便宜，花不了几个钱就能解解馋，乐呵乐呵，所以叫穷人乐。

爆肚儿

过去吃爆肚儿的，都是拉车的车夫、赶车的车老板、煤铺里边摇煤球的，这些下苦力的人。兜里有俩闲钱了，找个小摊儿，来盘爆肚儿，弄张大饼，就着一吃。钱再多点的，来二两老白干、烧刀子，算改善生活。

那时候吃爆肚儿的是穷人，卖爆肚儿的也是穷人，正经大饭馆子里边不卖这种吃食。真正有身份的人，也不会说长袍马褂、顶戴花翎，捯饬得溜光水滑，然后坐马路边上来盘爆肚儿，那么着，传出去让人笑话。真要是说，山珍海味吃絮烦了，就想换换口味，吃个爆肚儿、卤煮，喝碗炒肝，怎么办呢？那就化装了去，怎么破，怎么脏，您怎么捯饬。

过去北京有个说法，坐在摊儿上吃爆肚儿、吃卤煮那些人，越是穿得破衣拉撒，越没人敢轻易招惹，因为您闹不明白这主儿他真就是穷人，还是哪个王爷、贝勒化了装出来换口味来了。

羊肠

说起爆肚儿，我小时候还吃过一种东西，打着羊肚儿的旗号，实际跟肚儿没什么关系，叫羊霜霜，又叫羊霜肠。

现在各种杂碎下水里边，就数肠子最值钱。过去不一样，卖羊杂汤，最地道的，汤里就放五样东西，羊心、羊肝、羊肺、羊肚和羊头肉。放羊肠子也可以，那就算低了一个档次，降下来了。

有人把不值钱的羊肠子收拾干净，再把羊血灌到里边，弄成血肠卖。买了血肠的人，再拿羊骨头、碎羊肉熬汤，熬满满一大铁锅，汤熬得差不多了，再把整根的羊血肠下到里边，连炉子带锅挑出去，走街串巷地卖，边走还边得吆喝：羊肚儿汤哎，喝羊肚儿汤！

赶上有人喝的时候，先把煮好的肠捞出来，搁在案板上，咣咣咣几刀，切成圆轱辘块，放到大海碗里，加芝麻酱、辣椒糊、葱花、香菜，再来一大勺滚开的羊汤，往上那么一浇。羊肠子煮熟了以后是往外翻着的，把肠子里边的白油给露出来了，跟挂了层白霜一样，所以叫羊霜肠。这么一个大海碗里边，有红，有绿，有白，热气腾腾，三九天就着刚出炉的热烧饼吃，吃出一脑门子汗。羊霜肠到80年代还有卖的，我记得是五毛钱一碗。

有朋友问了，说这么半天，压根儿就没羊肚儿什么事，干吗非吆喝卖羊肚儿汤？这不是骗人吗？您瞧，这就应了侯宝林先生说的那相声《叫卖图》了，“从南京，到北京，买的没有卖的精”，卖家肯定都愿意把自己的东西往好了说。

过去秋天卖老倭瓜的，都得吆喝“栗子味的老倭瓜”，反过来呢，卖栗子的肯定不会吆喝“吃栗子吧，老倭瓜味的”。

羊肚儿以前本身就不值钱，羊肠子、羊血还得加个“更”字，卖羊霜肠的就得想办法往值钱的东西上靠。炒肝儿也是一个道理，过去猪肝比猪肠子金贵，所以得把肝放在前头。现在呢，肠子又比肝贵了，可是大伙已经炒肝儿包子、包子炒肝儿叫了这么多年，不好再改了。真要改成炒肠儿包子，谁听了都别扭。

牛杂

羊下水、猪下水，全国各地吃得比较普遍，吃法也是多种多样，唯独牛下水比较少见，就数广州的萝卜牛杂最有名。现在还有种说法，叫没吃过牛杂，就不算到过广州。

广州人爱吃牛杂，也有个渊源，什么渊源

呢？您看黄飞鸿电影，动不动就说广州有个十三行，跟洋人做买卖的。广州这地方自古就是中国对外通商的口岸，各国洋人全跑到这做买卖，有的一住还就住个三年五载。

中国人从传统上来说，不怎么吃牛肉，为什么呢？因为牛得留着耕地。古时候杀猪宰羊都随便，宰耕牛不成，必须得等牛老得干不动活了，或者得病死了，找衙门报告，走一套手续，衙门批准了，才能吃。私宰耕牛，这在过去也算一项重罪。

洋人生活习惯不一样，打小就喝牛奶、吃牛肉，明清两朝来广州做生意，对他们多少有个照顾，可以吃牛肉。洋人吃肉，您都知道，专拣净肉、好肉吃，头蹄下水这类都不要，不要也不能浪费不是？就便宜处理给当地老百姓了，这才催生出萝卜牛杂这么一道广州小吃。

北京的羊杂汤、羊霜肠都是白汤，不放酱油，广州牛杂，除了葱、姜、盐、花椒、大料这些作料以外，必须放酱油和大块的红糖，煮出来的牛杂带点色儿，吃到嘴里是甜口儿的。

煮牛杂，讲究大锅放在蜂窝煤炉子上，小火慢炖，用老汤。先下牛杂，炖差不多了，再放萝卜——这个萝卜是白萝卜。萝卜不禁炖，时间长了就给煮烂了，北京话叫煮飞了，还有股臭味。地道的广州煮牛杂，必须蘸着蒜蓉辣酱吃，萝卜鲜甜，牛杂劲道，放到嘴里一咬就爆浆，越嚼越香，怎么嚼也嚼不烂。

嚼不烂？那就囫囵着往下咽。有朋友说了，囫囵着咽，不影响消化吗？还真不影响。按过去的老话论，吃什么补什么，吃牛肚儿、牛肠子这些东西，别看嚼不烂，反而对消化有好处。北京的爆肚儿也是一个道理，嚼不烂，囫囵咽，也没听说谁吃这个伤胃的。

猪肠，猪头

羊杂、牛杂，弄得再好吃，最多也就是小

吃，上不了大席面。要说起来，各种头蹄下水类的食材里边，真正能当正菜往桌子上端，大俗大雅的，好像只有猪杂。

就拿猪肠子来说，配上肺头、五花肉、炸豆泡，搁酱汤里，咕嘟咕嘟那么一炖，往里头放几个发面火烧，这在北京叫卤煮火烧。放到我老家西安，稍微改改做法，又成了葫芦头泡馍。甭管卤煮火烧还是葫芦头泡馍，过去都只能跟大道边上、庙会里面卖，算是小吃，登不了大雅之堂。

还是这根猪大肠，光绪年间，山东济南九华林的大师傅把它收拾干净，先拿猪油炸到七成熟，再拿糖醋汁炒一下，勾个芡，这叫九转大肠，算鲁菜里边的大菜，能上孔府的席面。

各大菜系里边，最擅长烹制头蹄下水的，那得说扬州师傅。扬州人有三把刀，理发刀、修脚刀、切菜刀。一把切菜刀，就能弄出个三头宴，哪三头呢？清炖蟹粉狮子头、拆烩鲢鱼头，再就是炖猪头。

中国人吃猪头的历史挺长，最早又可以说到周朝那会儿去。现在甭管说相声还是说评书，您还老能听见这样的说法：众英雄打算义结金兰，吩咐下人出去采买香烛纸马、三牲祭礼。什么叫三牲祭礼呢？就是整猪、整牛和整羊，《礼记》管这个叫太牢，算是中国古代敬神祭祖最高规格的祭品。您要是说，我最近有点罗锅儿上山——前（钱）紧，也可以把整牛免了，就是整猪和整羊，这叫少牢。

普通老百姓过日子都得精打细算，不能说拜个把兄弟、给祖宗磕个头，一口气就宰仨大牲口。还可以再简单点，用猪头、羊头、牛头代替。这个基础上，您要想再精简点，羊头和牛头也可以省，一颗猪头就全代表了。为什么猪头这么重要的呢？中国人现在还有句吉祥话叫“六畜兴旺”，都是哪六畜呢？民间说法是猪、牛、羊、马、鸡、狗。猪排在第一，属于中国古代最重要的牲畜。

老话说得好，“心到神知，上供人吃”。猪头供了半天神，说到底，撤下来还是人炖着吃。现在猪头肉大伙儿都愿意吃，卖得比猪肉贵，90年代末以前不是这样，猪头、猪蹄子都算下水，价钱很便宜，也算穷人乐的范畴。

扬州猪头宴的起源就有个故事。说的是两百多年以前，当地法海寺有几个小和尚，吃素吃得实在受不了了，正经肉又买不起，几个人凑钱，买了个猪头。猪头买回来，又不敢去厨房大张旗鼓地炖，怕老方丈闻见。小和尚们也挺哏儿，买了个新夜壶，把猪头肉放在里边，加上各种作料，夜壶外头拿荷叶裹几层，再用黄泥糊上。

不敢明着开火，怎么办呢？庙里，您想啊，有的是蜡！那就一根一根点蜡烛，慢慢烧呗。就这么着，点了一天一夜的蜡，愣把猪头给烧熟了，还炖得挺烂糊。打这儿开始，扬州法海寺的炖猪头闻名天下，好多人花重金特意跑到庙里吃。据说直到一百年以前，扬州法海寺的炖猪头还讲究得拿夜壶装，用蜡烛小火慢炖。这么一夜壶的猪头肉，当年可以卖到四块大洋。

老北京猪头肉

老北京吃猪头没扬州这么细致，可是过去也专门有做猪头肉的作坊。应名儿做猪头肉，其实猪身上各种零碎都做，应季的还做点熏黄花鱼、熏对虾什么的，做好了以后，再批发给小贩上街零售。

那时候走街串巷卖猪头肉的都背个木头柜子，柜子外边刷红漆，老北京管干这行的叫背红柜子的，又叫卖熏鱼儿的。为什么叫卖熏鱼的呢？咱们前边说了，卖东西吆喝都得往值钱了吆喝，背红柜子的，卖的最高档的货就是熏黄花鱼，所以就说自己是卖熏鱼儿的。

而且，甭管卖卤煮的、卖爆肚儿的，除了沿街叫卖，都愿意跟大酒缸外边扎堆儿摆摊。大酒缸属于老北京最低档的酒馆，进这种酒馆消费的人，那真是纯为喝酒，不为吃菜。这种酒馆本钱一般都不大，所以人家也不预备特值钱的酒菜，常见的就是咸鸭蛋、玫瑰枣、豆腐干、花生米、麻花，装在小碟子里，素菜为主，没什么荤菜，纯为下酒。

有朋友问了，我要就想吃口荤菜，怎么办？那没关系，出门儿就能买。不光能买酒菜，饭都能买出来。您比如来半斤猪头肉，捎带手就可以买俩椒盐的发面火烧，先拿猪头肉下酒，酒喝完了，把剩下的肉拿火烧一夹，这顿饭就算吃得挺美。

我小时候，大酒缸还有一种特别的酒菜，现在吃不着了，什么呢？兔头。有朋友说了，兔头有什么新鲜的？川菜馆有的是。过去北京的兔头，跟现在川菜的兔头不一样，是酱出来的，不带辣味。那时候兔头酱好了的，卖四分钱一个，吃了不解饱，不能当正经菜吃。买这种东西吃的就两种人，一种是小孩，当零食吃，还有一种就是喝酒的老爷们儿。

鸡爪鸭脖

现在大伙儿喝酒都愿意吃凤爪，算是个很平常的下酒菜。可是您要细想想，中国全民流行吃凤爪，最多也就是这二十来年的事，再往前说，尤其是北方，没人拿鸡爪子当好东西，连凤爪这说法都没有。80后应该还有印象，小时候写作文，写自己做好人好事，把鸡大腿、鱼肚子让给父母，自己吃鱼头、啃鸡爪子，也算是个常用的套路。

鸡爪子升职成了凤爪，那是90年代初，全国流行吃粤菜的时候。1992年，陈强、陈佩斯爷儿俩演了个喜剧叫《爷儿俩开歌厅》，里边有个桥段，讲的就是北京刚开始流行吃凤爪，老爷子也想赶时髦，让老伴儿给做。没想到老伴儿不知道广州人吃的凤爪到底是怎么回事，最后就按北京传统炖鸡的办法，弄了盘红烧鸡爪子，给老爷子气得够呛！

鸡爪升格成了凤爪以后，鸭子也跟着走运，身上的零碎全长了行市。就拿现在特火的辣鸭脖子来说，这种东西据说是1991年，武汉有位四川厨师，怕顾客等位时间长，没事干，就把当时最不值钱的鸭脖子拿各种香料做了，免费送给大家吃。没想到挺受欢迎，索性饭馆不开，转型专做鸭脖子了。我估计这位厨师当年自己也没想到，他发明的鸭脖子最后能火遍全国，一下子还就火了这么多年。

头蹄下水，我一直觉得很好吃，现在有人说这东西胆固醇高，多吃无益。没关系，咱们少吃，侯宝林先生相声里有句话：阿司匹林再好，一顿吃二斤半，也是事儿。

孜然烤串

讲羊肉串的历史，好像都得说说徐州。因为1986年的时候，徐州出土过一块跟石碑差不多的东西，上头刻的是一千九百多年以前，汉朝那会儿，好几个人守着炉子，拿扇子扇火，烤羊肉串。

看完这个石碑的图片，我就老琢磨一事儿，您说，这汉朝人烤羊肉串的时候，他都跟上头撒什么作料呀？那位说了，那还能撒什么作料？就是盐、孜然，最多再来点辣椒面呗。

要这么想的话，您还真就想错了。汉朝的羊肉串，撒盐是肯定的，孜然和辣椒面绝对没有。为什么这么说呢？因为辣椒的原产地是美洲，明朝万历年间才经洋人转手传到中国来的，中国人真正开始吃辣椒是清朝以后的事。

孜然比辣椒传过来的时间稍早点，可也没早到汉朝那会儿，最早就是唐朝。这玩意儿的学名叫枯茗，也有好多地方管它叫小茴香，“孜然”俩字是维吾尔语的音译。

全世界最早用孜然这种东西的应该是古埃及人。您注意咯，我说的是“用”，不是吃！为什么这么说呢？因为古埃及人把这玩意儿当防腐剂用，做木乃伊的时候，上边撒那么一层，烤肉的时候可没人用。马上您要是有机会去埃及旅游，到博物馆看木乃伊，好多还都是孜然味的呢！

唐朝人管孜然叫安息茴香。安息指的是哪呢？就是今天伊朗那块地方。盛唐年间，丝绸之路更加畅通，孜然这才从那边传到中国来。所以说，汉朝人烤羊肉串肯定不撒辣椒面，也不撒孜然。

在加油站撸串

甭说汉朝人，直到80年代，多数中国人其实都不知道孜然是个什么东西，羊肉串？那更没吃过。要说起来，孜然这种作料的流行，还就是跟羊肉串连在一起的。

1986年春晚，陈佩斯、朱时茂两位演了个小品《羊肉串》，讲的是羊肉串刚开始流行那会儿的事。那会儿北京卖新疆烤羊肉串，最有名的地方在今天的簋（guǐ）街、俄罗斯大使馆（当时还叫苏联使馆）的南边，那儿有个加油站。

有朋友说了，卖羊肉串就卖羊肉串吧，还非得挨着加油站，多危险呐，不要命啦？！这您有所不知，80年代卖羊肉串，就愿意守着加油站，为什么呢？因为当时的司机都是大款，只有他们才舍得花钱吃这东西。

现在，咱们实话实说啊，开车真算不上收入特高的工作。80年代不一样，当时有个说法，搞导弹的不如卖茶叶蛋的。北大的教授，每月撑死就一两百块钱，出租车司机一天挣几百跟玩似的，还不用交车份，因为车是公家的。这还是开小车的司机，大车司机跑长途挣得更多，月月过万。

那时候有个说法叫八大员，哪八大员呢？驾驶员、售货员、服务员、邮递员、炊事员、售票员、理发员，还有保育员，就是幼儿园阿姨。这八种职业，当年都算公家人，收入高、稳定不说，还不特别累，大家都觉得挺羡慕，驾驶员跟八大员里边又排老大。别的不说，就光找对象这一件事，就特别吃香，大学生都愿意跟。反过来说，当时哪三种职业最不好找对象呢？就是科学家、教师和大夫，跟现在正好反着。

80 年代流行过一阵儿互相尊称“师傅”。比如您跟大街上走着，找不着道了，正好对面来个人，就可以跟人家说：“师傅，劳驾，我打听个道儿……”您知道“师傅”这俩字是从哪过来的吗？有人说是工人师傅，那不对，这俩字真正指的是司机师傅。油门一踩，黄金万两，80年代司机这职业含金量高，“师傅”就成了对别人的尊称。

三十多年前，中国人也没夜生活这么一说儿。基本过了晚上七点，大马路上就没车了，随便走，连交警都下班回家了。司机收了车，得先去加油站把油加满喽，第二天早上还得出车。所以加油站附近就成了卖烤羊肉串的风水宝地。

那会儿烤羊肉串也都是晚上出摊，白天没有。五六个烤炉挨着加油站一溜支开，几个新疆哥们儿右手烤串，左手拿着小纸板扇风，嘴里也不拾闲儿，还得吆喝着：“哎，烤好咧，烤好咧，正宗新疆羊肉串，香香的啊，来吃呀，来吃呀，嘚，嘚，嘚……”

要说起来，北京人原先还真不怎么吃辣椒。您想吧，北京那几个老字号饭馆，哪个是说以辣出名的？东来顺吃涮羊肉，小料里倒是有一味炸辣椒油，可懂行的吃主儿上来就得告诉您，北京的这个辣椒，吃的是香，不是辣，要的不是像四川、湖南那种火烧火燎的感觉。北京人真正开始大批量吃辣椒，那还就是从80年代烤羊肉串慢慢培养起来的。

当年的烤羊肉串用的都是鲜羊肉，不用腌，拿签子串好了，直接放到火上烤，先撒盐，再撒孜然。到这时候，羊肉差不多也就熟了，有人过来买，烤肉那位再问您要不要辣椒。要的话，就撒红辣椒面，不要的话，也可以直接那么吃，两毛钱一串。小孩怕辣，一般都不要辣椒。也有那装大尾巴鹰的，非让人家给撒辣椒，硬撑着吃，吃得龇牙咧嘴，伸着舌头，嘴里嘘气，一只手举着羊肉串，一只手还得扇着舌头。

实在辣得受不了，那也没关系，羊肉串摊子边上还有卖汽水、啤酒的。80年代没有易拉罐，都是玻璃瓶。夏天卖饮料也没冰箱，都是整块的方冰，冰块横躺着放桌子上，面上凿出一道一道的凹槽，把汽水、啤酒卧在里边，来回拿手胡噜着，让瓶子在凹槽里转起来，为的是凉得均匀、凉得快。

一手举着羊肉串，一手拿着冰镇啤酒瓶子，站在摊子旁边，对瓶吹，哥几个再那么一聊——这是80年代撸串最正确的打开方式。

饼夹

90年代以后，羊肉串在新疆做法的基础上又有了创新，有了发展，不光炭烤，还有油炸和电烤的。那时候电烤的比较少见，油炸的多。我印象里，北京大街上但凡是繁华地段，肯定就得有架着大油锅卖炸肉串的。它那个肉是腌好了的，本身就有咸淡味，肉块也大，价钱当然也贵啦，羊肉的一块钱，鸡肉的九毛。整根下到油锅里炸熟了，大笊篱捞出来，您自己再拿着蘸孜然粉、蘸辣椒面吃去。

现在烤串的花样就更多了，羊肉串、鸡肉串

那只能算初级阶段，像什么烤腰子、烤大虾、烤凤爪、烤大蒜、烤韭菜、烤柿子椒，只要是吃的东西，没有不能串上签子烤的。可是烤来烤去，有个规律不知道您发现没有？烤串这东西，大伙儿都是白嘴吃——下酒可以，没有就主食吃的。多咱您听说过，谁下馆子点几个串，然后再来碗大米饭、弄个馒头，当菜就着吃？那么着，感觉就不对了。

有这种吃法的，好像还就是西北那边，兰州，人家叫饼夹肉串。夹羊肉串的面饼，兰州人管它叫馍，烤羊肉串的出摊肯定都带着一摞这种馍，哪位要是觉得光吃羊肉串不瓷实，就点个馍。这边烤羊肉串，那边烤馍，馍上刷羊油，撒盐、孜然和辣椒面，火候到了，羊肉串拿起来，用馍裹上，一撸，然后用饼卷着肉趁热吃，再喝瓶当地特产的黄河啤酒，这是最地道的兰州吃法。

山东那边有种跟兰州差不多的吃法，叫济宁夹饼，是拿火烧夹上羊肉串、鸡肉串这类东西吃。

老礼儿

说起撸串，2015年《南方日报》搞了个调查，评选全国最爱吃烧烤的地区和城市，东北那疙瘩遥遥领先，哈哈！尤其是锦州烧烤，全国闻名。

东北人爱吃烧烤，那是有传统的。什么传统呢？东北原先是满族发祥地，满族最早是游牧民族，游牧民族天生都爱吃烤的东西。话虽这么说，您有工夫可以仔细翻翻菜谱，甭管满汉全席还是普通的满族家常菜，烤的东西有，可是绝对没有烤串这种东西。这跟过去中国人，尤其是北方人吃饭的规矩有关系。

我小时候还有这种规矩，吃饭的时候不能端着碗，到处溜达着吃，要不就得挨大人的呲。哪怕说夏天吃面条，不愿意在屋里闷着，就想在院里找个阴凉地吃，最起码，您也得蹲着，要么就是找个什么地方坐着吃。为什么呢？按老礼说，跟外头边走边吃，或者站着吃的人，都是要饭的。

各种串给您串个签子的意思，就是方便用手拿着，边走边吃。这种吃法现在没什么，可是不合过去的规矩，所以您看洋人拍的晚清时期北京厂甸庙会的老电影，那里边绝对没有跟现在逛庙会似的，手里举着羊肉串，或者托着一次性的小盘子小碗边走边吃的，当时的人忌讳这个。哪怕喝口豆汁儿，也得坐在人家摊子那喝。——糖葫芦单论，那是给小孩吃的。

炙子烤肉

80年代以前，北京大街上没卖烤羊肉串的，也看不见举着烤串边走边撸的，可要再往早了说，也有种跟烤羊肉串差不多的东西，什么呢？炙子烤肉。

炙子烤肉这种吃食是满族人从关外带进来的。咱们前边说了，满族过去是游牧民族，到处骑马打仗，不可能跟汉族一样，弄个锅踏踏实实来个红烧牛肉、清炖羊排，小火慢炖俩仨钟头。烤这种方法比炖快，尤其炙子烤肉烤的还是肉片，两三分钟就能吃到嘴里，更适合满族人以前的生活习惯。

炙子烤肉，顾名思义，烤肉的时候得用炙子。什么叫炙子呢？就跟摊煎饼的铛（chēng）差不多，不过炙子的面不是一整块铁板，是拿一根一根的铁条拼起来的，为的是烤肉的时候能往下漏油，烤出来的肉吃到嘴里不腻口。

藏族、蒙古族眼下还有这习惯，烧火用羊粪、牛粪。满族原先骑马打仗，马多，炙子烤肉最早用的都是晒干了的马粪。入关以后，好多人不养马了，这才改用的木炭。可是真正有那大户人家，还是愿意用马粪，人家这意思一个是说我们家有根基，是讲究人，不将就。再一个意思就是告诉别人，我们家有钱，养得起马！那时候北京大街上经常有这么打招呼的：

呦，四爷，可老没见啦，您吉祥！

呦，二爷，是，咱可老没见啦，您吉祥！家里老爷子、老太太好？大奶奶好？少爷好？少奶奶好？孙少爷好？您养那黄鸟和蛐蛐儿都好？

蒙您惦记着，都好着呐！哪天您得工夫，上家吃烤肉去，有马粪！

——您听听，这话要搁现在，不知道的还以为是骂人呢。

现在跟北京吃炙子烤肉，最有名的得说“南宛北季”，就是烤肉宛和烤肉季，一个在南城，一个在北城，都是大饭庄子。过去不一样，卖炙子烤肉的都是沿街，露天的。烤肉宛的年头长，康熙二十五年，1686年开的买卖，后来本钱越来越大，就有了店，成坐商了。

烤肉季的年头稍微短点，道光二十八年，1848年的买卖。最早开这个买卖的人姓季，叫季德彩，回民，家在通州那边。季德彩当年就是跟什刹海边上支个小摊儿，露天卖烤肉，因为这个人做买卖实在，也不太爱说个话，大伙儿就给他起了个外号叫季傻子。后来也是买卖越做越大，这才有了今天的烤肉季。

实际上清朝那会儿，北京类似季德彩这种小烤肉摊多得是，就跟现在满大街都是撸串的大排档一样。吃炙子烤肉最好的季节是秋天，秋天牛羊上了膘，肉肥，好吃。

每到秋天，大大小小的烤肉摊子就跟街边支起来了。甭管牛肉还是羊肉，都拿快刀切得薄薄的，事先用盐、酱油、卤虾油、料酒调的作料喂透了。吃的时候论碗、论碟算钱。您自己拿着生肉片，十几个人，认识的不认识的都有，围着炙子，自己拿着筷子，自烤自吃。

烤的时候先下肉片，哧啦哧啦几声响，肉片半熟了，再下葱白。炙子烤肉的这个葱，必须用本地产的羊角葱，不能用山东大葱。什么叫羊角葱呢？现在有些人家还习惯跟院里空地，要么就是花盆里，种几棵葱。那个葱有的当时吃不完，冬天干了，等到来年春天重新发芽，长出来特细的小葱，曲里拐弯的，像羊犄角，这就叫羊角葱。说相声的老跟台上念叨，马吃马牙枣，羊啃羊角葱，说的就是这种葱。

山东大葱的葱白长，长得粗实，吃到嘴里发甜，适合蘸酱，但拿来烤肉的话容易出汤，葱味也不够冲。羊角葱，您甭看长得细，味可冲，切的时候都辣眼睛，还不爱出汤，所以地道的北京炙子烤肉必须用羊角葱。现在有的饭馆拿洋葱代替，那就有点偷工减料的意思。

炙子烤肉除了放羊角葱的葱白，还得放香菜，北京叫芫荽（yán suī）。香菜切段，一寸来长，只用香菜梗，不要叶，为的是您吃到嘴里的时候有个脆劲，丰富口感，解腻。下香菜也有个时机问题，不能早，太早的话，香菜就烤过了，吃到嘴里没味，也没嚼头。太晚也不成，那就是生的。必须等到肉片全熟、葱白已经变软了的当口，赶紧把香菜撒上去，拿筷子紧着翻几下，然后趁热就往嘴里送。

这样的两碗肉片塞下去，再喝二两老白干，吃两个刚出炉的芝麻烧饼，最后来根生黄瓜，嚼着吃，清清口，晕晕乎乎的，打着饱嗝，当街一遛食儿。那小日子，可就应了《我爱我家》里边和平娘家妈的那经典台词了：问苍茫大地谁主沉浮，姆们，姆们，姆们！

丸子

这些日子，天儿眼瞅着见凉，天儿凉了，人的胃口跟着也就好了，愿意吃点肉多的、油大的、解馋的东西。今儿这回，咱们就聊聊丸子。

丸子全国各地都有，从哪儿开始聊呢？我从小在北京长大，对这块地方的东西最熟悉，要不还是从北京开始说吧。

经济适用丸

现在甭管北京的朋友，还是外地的朋友，去那些打着老北京字号的饭馆吃饭，差不多都得点个干炸小丸子，这些饭馆菜单上差不多也都有这道菜，那意思好像要是没有这道菜，就显得不那么地道一样。

北京人的口味是鲁菜打的底子，老北京的饭馆，鲁菜馆子也是最多。但凡是鲁菜馆子，肯定都卖干炸小丸子。猪肉肥瘦两掺着剁馅儿，里边掺上馒头渣、荸荠丁儿，加盐、葱、姜、五香粉、黄酱、高汤调味。锅里倒油，烧到六成热，把肉馅攒成小鹌鹑蛋那么大，正好一口一个的分量，下到锅里炸。

炸到九成熟左右，把丸子捞出来，等锅里的油重新烧热了，再把丸子放回去，接着炸。这叫复炸，只有这么着，分两次炸，炸出来的丸子外边那层皮才是脆的。等到丸子彻底变成枣红色，捞出来装盘，趁热配上一碟椒盐、一碟老虎酱，端上桌。老虎酱是北京的说法，就是把蒜砸成蒜泥掺在黄酱里边。过去不光吃干炸小丸子蘸老虎酱，全聚德、便（biàn）宜坊吃烤鸭，也有蘸老虎酱吃的。

干炸小丸子本身就有咸淡味儿，可以直接吃，也可以按个人口味蘸椒盐、蘸老虎酱。吃这个东西有讲究，不能整个放在嘴里，那么着能把舌头烫坏了。必须先用牙尖，把丸子咬开一小块，散散里头的热气。丸子外头是脆的，里头还是嫩的，咬开以后，一股子热气喷出来，就连那股热气都是香的。

要说起来，干炸小丸子得算低档菜里的高端货，地位比较尴尬。用现在的话说，属于一种经济适用型的菜。为什么这么说呢？因为丸子打根儿上说，就是拿下脚料做的。猪牛羊身上有大块的好肉，也有边边角角、筋头巴脑的地方，这些地方好歹也是肉，不能随便扔了不是？古人就把这些零碎肉集中起来，剁巴剁巴，加上各种作料，发明了丸子，好吃还不浪费。

用碎肉、下脚料剁馅，包包子、包饺子、炸丸子，这在餐饮行业里边不算什么秘密。就拿东来顺来说，现在大伙儿都知道，那是北京最有名的涮羊肉馆子，七八十年代那会儿，东来顺也卖羊肉馅儿的饺子。想吃涮羊肉，您去二层，多花钱；图个实惠、解馋，那就一层，吃羊肉大葱的饺子。这个饺子用的就是切羊肉片剩下来的下脚料，卖得便宜。

别的饭馆过去也是这样，大块的好肉都得留着做正经菜，多卖钱，没人给您剁馅儿，炸丸子这些吃食用的全是下脚料。兜里富裕的吃主儿，进了饭馆，直接去二楼，雅座包间，点菜，吃成桌的酒席。酒席上来盘干炸小丸子，算是低档的酒菜，愿意吃，吃两口，不愿意吃，您把它扒拉开去。

兜里没那么富裕，又想解馋的人呢？那就一层，散座儿，吃斤饼斤面。顶到头了，炖锅肉，摊个鸡蛋，炸盘小丸子，拿烙饼卷肉、卷鸡蛋、卷炸丸子，这就算解馋又解饱的好菜。所以您听说相声的有这么一句俏皮话，叫吃烙饼卷炸丸子——调炮往里打。

北京素丸子

北京还有种炸素丸子，挺有特点。这种丸子，我小时候饭馆里边没卖的，得去早点铺买。为什么去早点铺买呢？早点铺每天得炸油饼、油条呀。油饼、油条，全国各地差不多都是当早点吃，我好像没听说过什么地方中午、晚上正餐吃这两样东西的。

早点铺炸油饼、油条，最多也就从早上五六点钟炸到上午九十点钟，三四个钟头。油饼、油条不炸了，这锅油不能让它闲着，尤其那时候的油还特别金贵。所以早点铺过了中午，就开始用炸油饼、油条的这锅油，炸素丸子。

地道的北京素丸子肯定少不了胡萝卜，要不出不来那个味儿。胡萝卜在擦床子上擦成细丝，馒头揉碎，整块的豆腐揉碎，还有人喜欢在里边放点泡好的粉条，也是揉碎。几样东西掺和在一块儿，拿刀剁碎，加盐和五香粉调味，还得重重地撒一把香菜末儿，然后适量加点面粉，就为起黏合作用。搅和匀了，攒成核桃那么大，下锅油炸。

吃早点，炸油饼、油条的大锅，您都见过。那个锅大，油也多，丸子下去都是漂着的，炸得透、炸得香。丸子炸熟了以后，捞出来，搁在早上放油饼、油条的大白搪瓷盘子里晾着，还能冒着油，嗞嗞地响半天。

这种素丸子，我小时候大概四毛八分钱一斤。家里吃不起肉的，买一斤回去，老爷们儿下酒，女人、孩子也能跟着解馋。还有的小孩，家里条件不错，兜里稍微有点零花钱，五分钱能买七八个丸子，拿过去那种包油饼、油条的草纸托着，放学路上边走边吃，这就算相当高档的零食了。

素丸子，家里自己也能炸，那就必须得等到过年，家里集中预备年货，炸带鱼、炸咯吱盒、炸豆腐、炸松肉的时候，顺便也炸点素丸子。那个年代的人，肚子里油水儿都少，甭管什么东西，只要过油炸炸，就都觉得香。

屋里取暖用的蜂窝煤炉子，上头坐个油锅，大人跟边上站着，一个一个往油锅里下丸子，满屋子都是油烟。按老礼儿，家里吃东西，必须得大人先动筷子，小孩没有吃尖儿、占先儿的。唯独这时候是个例外，大人跟那炸年货，小孩可以搬个小板凳，跟炉子边上守着，丸子炸出来一个，趁热就往嘴里塞，哪怕烫得嘴里起大泡，吸溜吸溜直喘气，也挡不住吃。多咱小孩吃饱了，吃不动了，装炸丸子的那大碗里才能见着存货。

炸素丸子热的好吃，凉了就差点意思，还不能拿微波炉什么的加热，越加热，丸子就越硬，咬不动。我这教您个好办法，再有吃剩下的素丸子，可以热油加葱姜炝锅，盐、酱油、白糖、米醋调味，把凉了的丸子放进去翻炒几下，倒点团粉汁儿，勾个芡就能出锅。这叫焦熘丸子，酸甜口儿的，丸子吸饱了酸甜汁，一咬一滋汤儿，配着大米饭吃特别下饭。

南煎丸子

焦熘丸子要是再稍微改改做法，换换原材料，就是道能上满汉全席的大菜。什么大菜呢？南煎丸子。

南煎丸子，名号里带个“南”字，实际跟南方没什么关系，厨师行管这道菜叫五方菜。什么叫五方菜呢？就是综合了天南海北、八大菜系的优点，研发的这么道创新菜。发明这道菜的厨师，据说最早来自河北省保定市的南奇村，所以这道菜就叫南煎丸子。

河北省的省会眼下是石家庄，各位都知道，可要再往早了说呢，明清两朝，河北省当时叫直隶省，直隶省的省会其实是保定。现在您去保定旅游，还能看见当年的直隶总督衙门。直隶官府菜，算是北方菜系里边的一个重要流派。

袁世凯是河南项城人，平时吃饭口味比较重，喜欢吃颜色重、油大、滋味足的菜。他当直隶总督那会儿，直隶总督府的厨子就发明了这道南煎丸子。袁世凯吃的丸子，那就不能用下脚料做了，都是专门挑的好猪肉、后臀尖，剁成肉馅儿，加葱姜末、盐、黄酱、料酒、香油、高汤、水淀粉、鸡蛋清调味。搅和匀了，用手攒成鸡蛋那么大的肉团，下油锅煎。

南方好多地方习惯管丸子叫圆子，袁世凯姓袁，菜名里边忌讳沾“袁”字，yuān、yuán、yuǎn、yuàn四声都忌，沾袁就算。不光菜名不能沾“袁”这个字，圆的丸子，也得拍扁了下锅煎。丸子两面煎到半熟，捞出来，就着那个热油锅，下葱姜末炝锅，加盐、糖、酱油、料酒、高汤，把丸子放回去，小火儿慢炖。彻底炖熟了以后，大火收汁，勾芡儿，淋上小磨香油出锅。

这道菜吃到嘴里是咸甜口儿，酱香浓郁，丸子稍微带点炸丸子的焦香味，吃起来还是嫩的。袁世凯的厨子发明了南煎丸子以后，这道菜风靡一时。据说醇亲王载沣，也就是末代皇帝溥仪的父亲，特别爱吃这道菜，一天两顿吃南煎丸子，自己吃不算，还往宫里头送。

传统相声《报菜名》，最早是晚清那会儿老先生们编的词儿，所以您看那里边也专门提到了当时的流行菜——南煎丸子。

茄干晒炉肉，鸭羹蟹肉羹，三鲜木樨汤，红丸子，白丸子，熘丸子，炸丸子，南煎丸子，苜蓿丸子，三鲜丸子，四喜丸子，饹炸丸子，豆腐丸子，鲜虾丸子，鱼脯丸子，氽丸子……

丸子汤

南煎丸子算是当年各路丸子里边的顶配，普通老百姓吃不起，要是实在想解解馋，早上可以喝碗豆面丸子汤。豆面丸子是拿绿豆面加泡糟了的粉条做的，里边加盐和葱花，多搁五香粉提味儿。也是攒成鹌鹑蛋大小，下锅油炸。

炸好的丸子放到加了葱、姜、大料、花椒

的汤里煮。丸子本身是油炸的，油水大，煮出来的汤油水也大，能熬成奶白色，喝着解馋。吃的时候，连汤带丸子盛出来一碗，加芝麻酱、韭菜花、酱豆腐、辣椒油，最关键的是得放卤虾油提味儿，再撒一把湛青碧绿的香菜末，就着刚出炉的热烧饼吃，也挺美。

一般来说，卖豆面丸子汤的，捎带手儿，都卖炸豆泡儿汤。这里边的道理也挺简单：反正就那一锅油，炸丸子是炸，炸豆泡儿也是炸。炸好的豆泡儿跟豆面丸子最后都在一锅汤里边炖，您想吃豆泡儿，人家就给您从锅里捞豆泡儿，想吃豆面丸子，就捞豆面丸子。最后吃的时候，加的作料其实都一样。

现在您要是赶早儿，去北京的好多小吃店、早点铺看，有那老北京人更讲究。进门儿以后不说喝豆泡儿汤，也不说喝豆面丸子汤，说的是“给我来一碗两样儿”。这意思就是说，豆面丸子和炸豆泡儿都给我捞点，放到一个碗里，掺和着吃。

过去清真饭馆里卖早点，还有种高档货，牛肉丸子汤，现在很少看见卖的了，为什么呢？您想呀，过去的人肚子里都素，大清早儿来碗卤煮火烧、羊杂汤、牛肉丸子汤什么的，也不算太油腻。现在肚子里油水都足了，刚起床就来一大碗肉，确实有点腻，到中午吃饭都不见得能消化得完，早上吃这些东西的人也就比以前少多了。

说起牛肉丸子汤，好像各地的清真早点里边普遍还都有这么道吃食。就拿我老家西安来说，直到现在，好多老西安人早上起来，还是习惯喝一碗胡辣汤，配两个刚出炉的坨坨馍。什么叫坨坨馍呢？就是您吃羊肉泡馍的那个馍，喝胡辣汤的时候不泡，就用手拿着，当火烧那么吃。咬一口馍，喝一口汤，那感觉，用陕西话说，美得很！

那位说了，你跟这净瞎掰，谁都知道胡辣汤是河南特色的吃食，怎么又跑到西安去了？这您有所不知，历朝历代，只要河南出现大的灾荒，当地老百姓习惯性地都愿意往陕西跑，尤其是往西安跑。您看电影《一九四二》，那里边的人不就是要坐火车往西安跑吗？

好多河南人逃难逃到西安以后，就跟当地定居，不回老家了。这么着，就把河南的胡辣汤带到了西安。有朋友问了，那应该怎么区分陕西版的胡辣汤跟河南版的胡辣汤呢？其实挺简单，西安当地卖胡辣汤的，以回民居多，汤里边有牛肉丸子，河南版的胡辣汤，不管清真不清真，都没肉丸子，所以西安的胡辣汤也叫肉丸胡辣汤。

离开西安，往东南方向走三千多里地，广东、福建那边，一样都是吃牛肉丸子，风俗又有变化。

北方人吃丸子，甭管猪肉、鸡肉、羊肉、牛肉，追求的都是入口松软细嫩的口感。就拿北京来说，老北京人管做丸子叫汆丸子。有时候中午改善生活，包饺子，剩那么一点肉馅儿。中午吃得好，晚上那就简单点吧，熬锅白菜汤，熥（tēng）几个馒头，就点小咸菜。熬白菜汤的时候，顺手就可以把中午剩的饺子馅儿，拿筷子夹着，一块一块放到锅里，这就是最简单的汆丸子。那个丸子煮熟了以后没什么劲头，恨不得稍微一碰就能碎。

广东、福建那边吃丸子，甭管牛肉丸、鱼肉丸还是虾肉丸，讲究入口得劲道，得脆爽，得Q弹。那个丸子煮出来能当乒乓球玩，扔在地上弹起来老高，整个放嘴里一咬，没留神，能滋对面人一脸汤。北方人接受这种口感的丸子，那得说是90年代初，粤菜风靡全国以后。

滚蛋汤?

说了半天丸子，有个挺有意思的事不知道大伙儿注意过没有。甭管南方北方，只要赶上过年，桌子上肯定得有道丸子菜。最有代表性的，那得说四喜丸子，又叫红烧狮子头。

中国人过年必吃丸子，这里边的寓意挺好理

解。丸子又叫圆子，好多地方还管它叫团子。中国人，没有不愿意阖家团圆、平平安安的，所以过年的年菜里边必须得有丸子。

话又说回来，丸子这个名号里边毕竟还沾着个“完”的音。北方好多地区还有这样的风俗，就是说赶上红白喜寿事，招待亲戚朋友吃席，上的最后一道菜必定是一大海碗丸子汤。这个意思就是告诉吃席的人，菜已经上完了，您要是吃得差不多，屁股别那么沉，该走就走吧。

据说这个风俗更早的版本是上一碗蛋花汤。蛋的意思比丸子更好理解，就是让大伙吃饱了，赶紧滚蛋，所以这碗蛋花汤俗称又叫滚蛋汤。后来可能是因为“滚蛋”这俩字太直白，太不文雅，这才把蛋花汤换成了丸子汤。

甭管鸡蛋汤还是丸子汤，吃席最后上的这碗汤，还不是什么人都有资格往桌上给端的，必须得由做菜的大师傅亲手端上去，摆在办事的本家儿面前。本家儿当然也不能拘着啦，看见汤，必须得给大师傅一个红包，算是感谢他忙活这么半天，给点辛苦费的意思。

下回您要是有机会吃这种传统席面，就可以看看大师傅最后是不是按规矩来，给大伙儿上这么一碗汤。看看上的汤到底是蛋花汤，还是丸子汤。

小龙虾

昨天晚上喝酒去了，吃我爱吃的小龙虾。

现在咱要是约顿饭，倒未必吃小龙虾，但要是想跟朋友坐坐、以聊为主，吃这个我觉得最合适。小龙虾就是这样，您说拿它解饱？够呛，吃得比剥得还快呢，供不上！而且工夫长啊，饿劲儿上来了，不够吃的，越吃越馋，再搭上做得又好吃，可不越吃越饿嘛！非得正经晚饭吃完了，咱们吃个宵夜——尤其是夏天，几个朋友往那儿一坐，弄几瓶冰镇啤酒、两盘小龙虾，一边剥一边喝一边聊，哎哟，那时间过得可快！我昨天就是，好家伙！一喝喝到凌晨四点多，该着今天起不来床。

中国人都喜欢吃小龙虾，而且做的方式多，口味多种多样，麻辣的、椒盐的、十三香的、蒜蓉的，都好吃。虾得新鲜，吃的就是虾的鲜味。我也一抽冷子就吃去。当然了，也不敢多吃，一是喝着酒呢，怕喝多；再有呢，大晚上的吃一顿，虽说它顶不了什么，但老北京话叫吃“压炕头的饭”，吃完正餐再吃龙虾，吃完回去就睡了，对身体也不好。

小龙虾已经成了中国人吃宵夜特别有代表性的一种吃食，有朋友问，这玩意就中国人吃吧？外国人吃不吃？这个问题，我挺感兴趣，专门问了问，结果还挺惊讶：外国人也吃小龙虾！而且咱们现在吃的小龙虾，本来就是外国的！

小龙虾奇妙冒险：美国站

小龙虾最早产在哪儿？美国的路易斯安那州，那地方的气候、水土，都特别适合小龙虾的生长。咱们现在吃的小龙虾，实际上就叫美国龙虾，学名叫“克氏原螯虾”。

当时吃这种虾的都是土著印第安人，他们从河里捞出来，煮煮就能吃，味道还鲜美。后来哥伦布发现了美洲大陆，一部分欧洲移民过去了。刚过去，条件也不好，想做个面包，做个这个那个的，都没条件，结果一吃龙虾，这玩意儿敢情好！河里捞起来，煮上就能吃，又好吃又方便，于是美国就成了当时世界最大的龙虾养殖中心和交易中心——您瞧这意思，当时吃得挺疯的呐！

美国人每年还有专门的“小龙虾节”。一提到这小龙虾节，我觉得啊就是一帮吃货，想找个借口放个假，于是大伙儿攒了这么一天：就叫小龙虾节吧，大伙儿都爱吃，这天咱放纵地吃一吃、喝一喝、玩一玩，狂欢一下。

但是他们吃的方式，跟咱中国人不一样。听说，他们那儿拿小龙虾，像咱们的东北乱炖似的那么吃，里边搁上土豆块、老玉米、香肠、肉块，甚至鸡翅膀、鸡脖子，乱七八糟地都往里放，糊一大锅。但有一味作料是必须要搁的，这种作料叫“卡疆粉”。卡疆粉是什么呀？我看了看，就类似咱们的十三香。大蒜、胡椒、洋葱，把这类比较有刺激性的东西焙干、研成面儿，炖的时候往里放这个。说白了，应该就叫“美国十三香”。

这种吃法，也不是美国人发明的。路易斯安那州最早是法属殖民地，是法国人把这种做法带到了美国。另外，法国人还有一个独特的做法：熬汤。拿虾肉，熬一碗浓浓的小龙虾浓汤。您注意咯，这碗浓汤，在小龙虾的传播上起到了非常重要的作用，咱们后边再说。

小龙虾奇妙冒险：欧洲站

小龙虾传到欧洲以后，德国人也吃。但德国人吃法简单，就白水煮。您瞧，法国和德国虽然隔得不远，但法国人发明的无数种好吃的做法，德国人愣是都没学会，光知道白水煮，那就差多了！不好吃。所以德国人不爱吃小龙虾，甚至都不吃，以至于小龙虾在德国泛滥成灾，一度德国政府还号召民众都吃小龙虾，但号召归号召，不好吃那谁还吃啊？！

瑞典人就会吃，他们有一种独特的做法，把小龙虾用啤酒泡上，腌成类似于咱们的醉蟹、醉虾那类吃食。味道泡进去以后，把虾拿出来，就着高度酒喝，拿它当酒菜儿！瑞典人也有龙虾节，据说是每年八月份举办。瑞典政府为了保护小龙虾资源，还下了禁捕令，每年只在八月到十一月允许捕捞。您瞧，这就有规矩了，把小龙虾当一种重要的国家资源了，您想吧，瑞典人有多爱吃这个！

再有，俄罗斯。咱们印象当中，俄罗斯，战斗民族，都得大碗喝酒，大块吃肉，该吃牛肉啊！实际不然，小龙虾，人家俄罗斯也吃。怎么证明呢？2018年俄罗斯世界杯，咱中国队没出去，但中国的几万只小龙虾出去了，空降莫斯科。有中国记者好奇：外国人见到咱们这种新鲜玩意儿，会怎么好奇？咱们去看看外国人什么反应。一到莫斯科才知道，敢情人家早就吃了！

俄罗斯人吃小龙虾大概有三百年历史。有一位画家鲍里斯·库斯妥基耶夫，在1916年画了一幅画，名字叫《莫斯科的旅馆》，这画还挺有名。画的就是在旅馆里头，几位当地人，拿着伏特加，一边喝一边聊一边吃，桌子中间，就放着一盘小龙虾！这起码证明早在一百年前，小龙虾就已经风靡了，而且俄罗斯人也是当下酒菜这么吃。

小龙虾奇妙冒险：亚洲站

说完欧洲，再说亚洲。日本人吃不吃？早先不吃，是法国人传到日本的。

日本有一位著名厨师，秋山德藏，给两任天皇做过饭，是位大厨。秋山德藏曾去法国学习厨艺，捎带手的，把法国人做小龙虾浓汤的手艺也学来了。学来了呢，他只展示过一回，在大正天皇登基的大典上，做了一碗法国小龙虾浓汤。嚯，天皇爱喝！口感非常好，咸鲜，特别好喝！不光天皇爱喝，王公大臣们也都喜欢，从此小龙虾在日本也风靡了——之前日本人不吃，从此以后就吃起了小龙虾，除了浓汤以外还发明了好几种做法。可能是因为大家太爱吃了，没过几年，小龙虾在日本就被吃绝种了，找不着了！

一直到1920年，日本人又学法国人吃起牛蛙来了，就又开始养牛蛙，大规模的牛蛙养殖场、贸易市场都兴起了。牛蛙，它得喂啊，得有饲料啊。日本人就琢磨，什么是牛蛙的好饲料呢？研究来研究去，最后发现，龙虾，是牛蛙特别好的饲料。那就，再发展龙虾养殖呗！1927年，日本从夏威夷专门引进了二十只美国龙虾，直到60年代，龙虾才又重新遍布了日本全国。

1930年，日本人把龙虾带到了南京，打那时候起，美国龙虾才正式进入中国，咱们现在吃的，就都是美国龙虾。这就是我先前跟您提过的，一碗法式小龙虾浓汤，改变龙虾历史轨迹的故事。

咱中国，本身有没有龙虾？之前吃不吃？也有，也吃。

中国本土的龙虾，一般都在东北那一带，这种龙虾跟美国龙虾不太一样，一是形态小，二是比较娇气，难养！中国原产的龙虾对水质的要求特别高，有一点儿污染都不行，所以只有在东北的深山老林里头，有天然泉水的地方，才有这种龙虾。当地人管它叫“蝲蛄（là gǔ）”。

这种龙虾，您想啊，它对生存环境要求那么高，它那肉能不好吃吗？但它小。这种龙虾当地有一种吃法，历史非常悠久，能追溯到明朝。龙虾从水里捞出来，连壳带肉，捣成肉酱，包在纱布里用水反复冲，这样能把壳洗掉，只留下肉。再搁水里煮，煮熟了，连汤带肉盛出来，放点韭菜末之类的调料，吃着，就非常好！据说在努尔哈赤的御宴上，这算一道宴请大臣的横菜。

咱们中国人吃龙虾的历史就是这么悠久。但按我的理解啊，吃龙虾，跟吃瓜子差不多，剥的过程，才是真正让人特别上瘾的过程。——吃瓜子就得自己嗑，一边聊天一边嗑着，只觉得老也吃不完，只要跟前还有，就恨不得非得把它嗑完咯，上瘾嘛！您要说，一碗瓜子仁儿，都给您剥好了，拿勺扻（kuǎi）着吃，那就没大意思了！

剥龙虾也是，喝着酒，弄一手油，慢慢剥着，感觉特投入，特过瘾！要是都给剥好了，一口一块肉、一口一块肉的，那也没多大意思了。所以我觉得，哪种吃法，都不如自己剥着吃！虽然这肯定不是努尔哈赤喜欢的，但我要吃，就得这么剥着吃。

豆腐

我爱吃豆腐。但您注意，我这吃豆腐不是那个“吃豆腐”——吃豆腐经常被引申为“占便宜”，这种意思打哪儿来的呢？打豆腐西施那儿来。

说是古代有一个漂亮女孩，开了一家豆腐坊，别家的豆腐都卖不出去，就她这家火，男的都愿意排着队买，一人端个笸箩端个锅，端个盘子端个碗，哪怕什么都不拿，拿手托，也得来她这儿买豆腐。不为买这豆腐，也不为吃这豆腐，就为了看看这女孩，哪怕跟她搭两句话、得一个眼神，也美！——您瞧瞧这些男的，都什么乞子相。时间长了，方近左右给这女孩起了个外号，就叫豆腐西施。

豆腐卖火了，男的都美了，当媳妇的不干了。但凡家里男人回来晚点，拎着他们就问：你干吗去了？是不是又吃豆腐去了？于是，吃豆腐这词儿，打这儿开始有了占便宜的意思。今天咱不为聊占便宜，咱真正聊聊吃豆腐。

有个事儿我印象特别深刻，那是我十几岁的时候，跟着我姨去同事家串门儿去。一进门，人家正做饭呢，特别香！——我们可不是吃饭的时候去的！串门怎么能赶着饭点去呢？也赶上那“吃豆腐”了——我们下午大概两点多不到三点去的，我记得是春节前后，上人家里串个门、拜个年，专挑这么个时间，想避开人家吃饭的时候，结果怎么赶上人下午三点钟做着饭呢？

人就说了，没有没有，正闲着没事呢，家里人都回来了，做点小零食。

我就看见人家桌上放一案板，案板上好些豆

腐。豆腐上了案板，切两寸来长、一寸来宽、一公分厚的大块儿，按现在的话说叫“厚片儿”。拿小刀，在一公分左右的厚度上再拉一个小口，青椒、香菜、芹菜、葱切末，用甜面酱拌好，塞进豆腐里填严实。饼铛放油，两面煎黄，拿起来晾着。

人说，这是我们老家的一种吃法，我们稍微改良了改良，您快尝尝！

我一尝，真好吃！那豆腐不是石膏点的，是专门用卤水点的老豆腐，专带一种特有的卤水香。再搭上菜的清香、酱的酱香，咸丝丝儿的，好吃，而且清口。打那时起，我对豆腐就喜欢上了，觉着豆腐有一种味道是别的东西没有的，就是卤水味，它能中和各种菜本身强烈的味道，把各种食材的尖锐感变得模糊，而且让人想起农村，想起家乡，想起大柴锅来。用一般家里炒菜的煤气灶眼儿，做不出来那个味道。所以我一直特别喜欢吃豆腐。

喜欢吃归喜欢吃，咱还得琢磨琢磨，豆腐是怎么来的呢？谁发明的？据记载，豆腐的发明者是西汉的淮南王刘安。刘安是位孝子，他母亲得了病，有人给他出主意说吃黄豆好。黄豆不好消化，刘安就把黄豆泡发了，磨成汤水给母亲喝——就是现在的豆浆。每天喝每天喝，不知是心理作用，还是豆浆真管用、正对了病症，总之没过多长时间，病就好了！于是都说豆浆能治病，对身体好，大家伙就都效仿着这么吃。后来道家炼丹，机缘巧合，发现豆浆里点上石膏就凝固住了，成了豆腐。

吃豆腐，城里的不行，得去农村。我每次只要是到了农村，必点的就是豆腐。一个村子，豆腐做得好，是特别露脸的一个事。您像北京周边，到平谷、房山、昌平、延庆，乡亲们经常说：谦儿哥，尝尝我们这儿的豆腐！我们这儿做豆腐都是纯卤水点的。那是真好吃，豆子好，手艺也好，大伙儿都爱把自己村里豆腐做得好视作荣耀，愿意跟您显摆。

按老人说，卖豆腐实际上就是卖水钱。您想啊，豆腐不就是黄豆泡发了，加水打成豆浆这么来的嘛，所以这也不是一个发财的行业，都是小买卖小作坊。一间小院，养个小驴，安个小磨，每天起早贪黑地卖力气，挣点儿小钱。

以前我回老家的时候，都是自己到豆腐坊，拿着一毛钱两毛钱：您给我来块豆腐！热气腾腾、刚做出来的，人家按照你给多少钱就给你切多少，人也不在乎多给你点，你也不在乎人少给你点。手托着，一边走一边吃，到家就没了！什么作料都不要，就吃那香味，那确实是好吃。

各种豆腐的吃法中，我最不理解的就是臭豆腐。我指的是长沙臭豆腐，不是北京臭豆腐——北京臭豆腐我可是理解，还特爱吃，香臭香臭的！

有件事儿，十多年前了，我到现在都记得。

那回，我、郭老师，还有我们经纪人海哥，仨人去长沙演出。第二天演，我们头天就到。那时候也很少去长沙，仨人在飞机上就琢磨，长沙有什么好吃的啊？

这就说起了长沙臭豆腐，而且最地道的地方就是火宫殿啊！毛主席都专门题了字：火宫殿的臭豆腐，闻起来臭，吃起来香！

仨人到了火宫殿一看，老门脸，老字号，老招牌！里边各种装饰、照片，都是带有历史感的一些东西。看来确实找着地方了，这回咱们得好好吃！

来得早不知道点些啥，仨人就点了一大盘子臭豆腐，冒冒尖尖，这顿饭，就指着吃臭豆腐管饱！

这臭豆腐一上来，我就觉得味道不对，可郭老师和海哥不管这个，只要有名儿，那就开吃！现在说叫附庸风雅，那时候嘛，风雅不风雅不知道，反正肯定是附庸着。这俩人，你一块我一块正吃，我吃了一块，就停了筷子。

郭、海：你怎么不吃了，谦哥？

谦：老的北京动物园，那象房，你们去过吗？

郭、海：啊？什么象房？

谦：老的北京动物园那个象房，象睡觉的时候把象赶进去，白天有游人的时候再赶到露天地。翻修前还允许人进去参观来着，你们去过吗？

郭、海：去过啊！

谦：你们觉得……这臭豆腐是不是有股象房那味儿啊？同一个味，绝对一点儿都不差！

郭、海：……

俩人没理我。没理我是没理我，可从我这句话说完了以后，这臭豆腐就一块没下去！又坐了二十多分钟，“走，咱们再换一家，吃点别的去！”

就这件事儿，现在想起来还可乐，郭老师和海哥现在还埋怨我不会说话：都到那份上了，你不吃，也等我们吃完了你再拦呐！

拦住是拦住了，这个味道给我印象特深刻，打那时起我就老琢磨，这玩意儿它能好吃得了吗？怎么那么多人能接受它啊？后来就尝试着，每年去至少一趟长沙，每次硬着头皮吃两块，吃着吃着，上瘾了！好吃，确实是跟北京臭豆腐有异曲同工之妙，不是一个臭法，哈哈，也形容不出来怎么个臭，总之就是臭香臭香的，真好吃！

野菜

最近我出去办事去，看见路边草地上有好几个大妈，在草窠里头翻啊找啊。我心说干吗呢这是？草堆里能有什么呀，逮蛐蛐儿？不对，这是春天呀，哪有蛐蛐啊？逮蛐蛐儿都是秋天！再一看，大妈们都戴着墨镜、围着纱巾，生怕给晒黑咯；一手拿着铲子，一手提溜一塑料袋。我一看，明白了，挖野菜呐！

一到了春天，天暖和了，草发芽了，树也绿了，地下的野菜也都出芽了，正是挖野菜的季节。每年一到这个季节，爱吃野菜的朋友们喜欢到野外的绿地、草坪，或者田野、田埂上去挖挖野菜。我呢，也喜欢吃野菜，但一般很少上野地里挖去，我都让孩子们给挖去，我吃现成的，哈哈。

野菜好吃，而且中国人讲究吃野菜。首先，它自然、绿色，对身体有好处，大家都愿意吃这个、追捧这个。第二呢，中国有吃野菜的传统，很早的时候为了温饱，中国人都吃过野菜。过去日子穷啊，粮食不够吃，有的年景，光吃粮食可能管半饱都够呛，所以到了每个季节，都得搭上点野菜吃——甭说是野菜，真饿起来树皮都得吃！

荠菜

所以中国很早就有吃野菜的习俗。有一位，一提您就知道，王宝钏！这应该是中国吃野菜吃得最出名的奇女子了，苦守寒窑十八载，等着她的丈夫回来。王宝钏没有生活来源呐，就靠吃野菜过日子。吃的什么菜？还真有记载：荠菜。据说她这个寒窑方圆三十里地，荠菜都让她挖绝种了，最后把老公给等来了，终于一家团圆，这可以说是中国人吃野菜最著名的一个故事。到现在，西安那边每年还要吃荠菜馅儿的春饼，来纪念王宝钏。

野菜里边名气最大的，就得说荠菜。您要问，荠菜好吃吗？我觉得在野菜里边算挺好吃的了。野菜一般都带点苦味，荠菜的苦味相对小，所以荠菜有名，大家都吃。您比如北京，哪个饭店但凡有饺子，到这个季节肯定会有荠菜馅儿的饺子。

我自己也包饺子，如果是用野菜和馅儿，首先油要大，因为野菜比较吃油，肉要相对多一点才好吃。早年间，拿荠菜和馅儿，多搁肉、多放香油的条件都不具备，我记得我小时候，家里边、街坊邻居，到这季节也挖野菜，没有那么多肉，怎么办呢？拿荠菜熬棒子面粥。等棒子面粥熬得差不多了，把荠菜切段或切末都成，往棒子面粥里撒。粥一熟，菜也熟了，等于是喝菜粥。再讲究点的，粥里搁点盐、香油，咸鲜口儿的，日子也就这么过去了，挺好。所以北方一到这个季节，普遍都吃野菜。

马齿苋

有朋友说了，每到这时节，什么蒲公英啊、二月兰啊、车前草啊、灰灰菜啊、马齿苋啊……北京人好像看着满大街就没有不能吃的，凡是没毒的，都敢吃！嗬，逮什么挖什么，逮什么吃什么。碰上豪爽的人，也不讲究做法，东西挖回来，趁着新鲜洗巴洗巴蘸酱就吃了。黄酱蘸一切！

北京人除了荠菜，最常吃的就是马齿苋，俗称马儿菜。红杆儿、小绿圆叶，特别去火。我也爱吃，但是我一般不吃馅儿，我是凉拌着吃。拿开水焯了，再拿凉水拔，拔得凉凉的，去掉一点苦味，搁上蒜末、味精、芝麻酱，倒点香油一拌，夏天就着啤酒吃，就是挺好一酒菜儿，又清凉又去暑。

马齿苋有一个传说，说是后羿射日的时候，最后追太阳追得太近了，快给烤死了的时候，就躲在马齿苋的小叶底下熬过了这个劫。这当然是传说，但可见大伙儿觉得马齿苋能去火。还有像苦麻儿、曲末菜，这两种菜更苦一点，老北京人永远相信，凡是苦的东西就去火！

榆钱

这个季节还有什么？榆钱啊。我印象特别深，小时候一到这季节，榆树都发芽了，小孩儿们都上树摘榆钱去！每个院儿都有那么一两棵大榆树，特别大，少说几十年树龄。榆钱露头的季节在每年三月初，黄灿灿挂在树枝上，一撸就是一大把。过去的小孩，尤其男孩，差不多都会爬树，上树摘榆钱，就是一桩连玩儿带干活的美事！光着脚，爬到大榆树上，找根粗树杈那么一骑，把树枝捋过来，一把一把往下撸。撸了榆钱不着急往兜里、篮子里放，自己先吃，吃饱了再说。吃榆钱这个东西不能斯文，得大把撸，大把往嘴里塞，塞得腮帮子鼓起来，嚼得满嘴流甜水儿，那才过瘾！

那时候扬尘少，空气啊水啊都比较干净，采回去的榆钱洗洗就能吃。榆钱过水洗，趁着上面的水还没干，往上面撒棒子面，按八份的榆钱搭上一两份棒子面的比例，搅和搅和，上锅蒸，这叫榆钱饭——那时候棒子面吃得多，因为家里边普遍都不富裕，您说但凡买得起肉，谁吃树上摘的榆钱啊？！赶上这玩意儿便宜，甚至不要钱，家里又没别的可吃的，所以老搭上些这个吃。锅一开，榆钱饭就算熟了，弄出来搁到碗里，甭管是搁上点醋蒜汁儿，还是搁点辣椒油、点点儿香油，怎么吃都好吃。您想，有这些作料，那时候就算不易啦，既能解饱，口感也不错，又是粮食又是菜的，一家人就能饱饱地吃顿饭，挺好。现在吃榆钱算时尚了，赶上大伙儿这股新鲜劲儿，追时髦，也追捧这种健康理念，所以吃这些东西。

槐花

吃槐花的季节比榆钱晚，差不多得在四月中旬，这时的槐花刚进入花期，吃着可香！当然这得看是什么槐。槐树分国槐和洋槐两种，国槐开的花不能吃，它开完花还结豆，那种豆子有毒，真正能吃的只有洋槐开的花。我还有印象，这种洋槐开的花好看，分白色和紫色两种，白花好吃——我这馋人，什么都吃过！

我小时候也摘这个，白色的花嫩、水分足，口感更甜。那时候也不太往家里弄槐花，都是小孩儿上树，现摘现吃：摘下槐花来掐那芯（花蕊），把芯一拔、牙一咬、舌头一舔，专吃那新鲜！白花比紫花好吃，不过紫色的相对稀少，所以过去小孩都愿意找紫槐花吃，为这事还有跟树底下打架的，“这树我摘，那树他摘”“这低点的是我的，你摘那高的去”——小孩嘛！

槐花做菜也能吃，包包子，包饺子，吃馅儿都可以。

香椿

再说树上结的东西，我最爱吃的莫过于香椿了。说起香椿，那可能得算中国每年春天身价最高的野菜！之前香港《南华早报》发了个新闻，大概意思是说内地香椿价格暴涨，市场上一斤香椿的价格被炒到两百元左右，红色的香椿嫩叶已经成了中产阶层财务水平的重要指标，能吃得起香椿，就说明你日子过得还行。这条消息一出来，吃瓜群众们立刻就跟着起哄架秧子，朋友圈里有人说，一把香椿的价格相当于一只龙虾、十只鲍鱼或者三十九只小龙虾，这个春天，您可以通过买香椿炫富。

我估摸着，挖出这么个新闻的记者，自己

可能不大爱吃香椿，有点少见多怪。香椿的行情每年差不多都这样，老百姓平时吃，也就是花个二三十块钱买个一二两，很少有人论斤买香椿。买回来，也就是香椿摊个鸡蛋啊，吃炸酱面当个菜码儿调调味道啊，这么吃个一顿两顿的。像炸香椿鱼儿那种吃法很少见。什么是香椿鱼儿？香椿芽整根摘下来，不切，洗干净蘸上鸡蛋，搁油里炸。好家伙！那得多费香椿？所以现在吃顿香椿鱼儿，没有个好儿百根本下不来，早时候也这样，一说起炸香椿鱼儿，“可不敢那么吃，太浪费了！”香椿多是做调味品来吃。

当然了，以前人家也很少有出去买香椿的。我记得小时候，大杂院、四合院里，每院都种一两棵香椿树，到了季节就自己摘香椿芽儿吃。我爱吃这个，甭管是刚才说的当菜码用，炸香椿鱼儿，摊鸡蛋，怎么吃都好吃。所以现在我马场里种着几棵香椿，每年到节气了，也不会出去买香椿，都是自己树上掐一点，但只限这个季节。爱吃这个的朋友都知道，头茬儿香椿好，过了一冬，树根的养分都供到叶子上了，香气足！到二茬就差点儿，三茬又差点儿，再往后就别吃了，跟树叶子差不多了。香椿都是自个儿种，上市场买还真的挺贵。

臭鼬弹

聊到这儿，我就琢磨一问题。都说北京人，北方人，再说大点，中国人，都爱吃野菜，那光咱们中国人吃野菜吗？中国人最早是为了温饱吃的，那外国人有没有过这种不赶趟的时候呢？外国人吃不吃野菜？

我还真问了问朋友。

朋友跟我讲，说外国人吃啊，外国人也吃野菜！美国有个地方叫芝加哥，芝加哥这名字怎么解释啊？发音听着肯定不像英语，也不像俄语、法语、西班牙语，这个地名最早其实是当地土著印第安人叫起来的，意思是野蒜生长的地方。哥伦布发现美洲以前，印第安人就跟这块地方挖野蒜吃。欧洲人来了以后，也好上了这口儿，连老地名都没改，就这么沿用下来。现在美国的西部牛仔，还讲究边放羊边挖野葱、野蒜吃，还专挑重口味的吃，他们喜欢吃的那种野蒜外号叫“臭鼬弹”。臭鼬，还弹！那个味儿您就自己想象吧。

德国人也吃。德国人在各种洋人里食性比较单一，平时也就是大块的肉配点土豆、洋葱、西红柿、圆白菜，再灌一大缸子啤酒，他们其实也喜欢春天去森林里挖野菜吃。德国人最喜欢吃的野菜叫熊蒜，据说熊冬眠睡醒了以后，就喜欢找这玩意儿吃。熊蒜嚼在嘴里味道像葱、像蒜，再品品，还有点韭菜的意思。

“笑蒜”

野生的蒜，我也吃。我吃的这种不知道跟那臭鼬弹啊、熊蒜啊一不一样，反正是咱们国家自己地里长的野蒜，我一说，可能陕西的朋友就知道。

我老家是西安蓝田的，我回老家的时候，家里边人就说：走，我带你去挖点“笑蒜”吃。这是当地方言的叫法，用普通话说就叫“小蒜”，长得小，野生的，没经过培育改良。我就跟着家里人到山上，连放羊带散步，他们随手就地里摘，也不多摘，摘一把回家。哎哟，香死我了那次！后来只要是季节，我回去就得摘这个小蒜回家吃面。

老家的面确实好，面片子，裤带面，宽宽的，搁水里煮。老家吃法是，大海碗托着底，连汤带面盛上满满一大碗。再调小蒜汁儿：小蒜切末，搁点香油，搁点酱油，多多地搁盐，把汁调得很咸很咸，只要平时咱们吃饭那小碗里做一小碗底儿的汁，一家人拿来拌面就够吃了。您想啊，大海碗里连汤带面一大碗，拿筷子头挑那么一点儿小蒜汁，跟大海碗里一和弄，咸淡就够了，那得多咸呀！总之特别特别地香！有朝一日，您要是到了陕西当地农村，地上摘了“笑蒜”，吃一回当地的面条，您一定尝尝！

苋菜

说完陕西的“笑蒜”，咱再说回眼下的北京。年年到这季节，我都得吃几回苋菜。您说苋菜？市场上有卖的那种？我说的可不是那苋菜！品种没准是同一个品种，但是大棚里种出来的跟野生的可不一样。

市场里卖的苋菜，叶芯儿是红的，周围是绿的，叶子偏圆。野生的苋菜不带红，纯绿色，叶子是宽的，头上带尖儿。到了季节，野苋菜稍微冒点头的时候，您就掐那芽头儿，多搁肉，调得味道重一点、浓一点，拿这个做馅儿，我觉得比拿油菜、菠菜做的馅儿好吃。野苋菜叶子厚，口感特别肉头，年年我都得吃几回。

咸菜

一入夏，地气上来了，每天一到中午就蒸得人发汗，嘴里发苦，以前叫苦夏，吃饭觉着没劲儿。这时候，嘴里就需要多少来点儿咸菜。

我记得十五六岁上学员班那时候，上了半年一年，开始实习了，跟着老师们去外地演出。那时候老百姓出门很少坐飞机，一般就是火车，好点儿的有个卧铺，困难的时候，甭管多远都是硬座。我记得曾经去过一回新疆，坐了三天四宿的硬座，下来的时候腿都肿了。坐火车，尤其赶上天气热的时候，人也不得活动，就干坐着，时间一长人就上火，心烦气躁的，嘴里就更苦了。

那时候出趟远门觉得新鲜啊，嚯，带这个带那个，什么香肠、火腿，心气儿还挺高，觉得一路上我们能吃能喝能聊，那得多高兴啊！出去过几回以后，总结出经验来了，在火车上，尤其是夏天，坐的时间再长点儿，那带什么东西都不成，吃什么都觉得没味儿、没意思，吃不下去！就得带咸菜。

后来学精了，老带那么几样东西。让家里给炸一罐子酱，吃东西剩下的那种玻璃瓶子洗干净，装上炸酱，盖儿一盖。再带一罐子咸菜，一些烧饼夹肉、烧饼夹小肚儿，几条黄瓜，几个西红柿，背着，出门在外算能吃上点儿青菜。又去暑，又解饱，又好吃，特别适合天热上火的长途旅行。那时候我们基本一出去，到最后带的都是这几种，其中又数咸菜最受欢迎。

中国老百姓过日子离不开咸菜，从南到北，从东到西，都喜欢吃。以前日子不好的时候，全靠咸菜下饭。眼下日子好过了，还是得靠咸菜开胃。哪怕成天龙虾、牛扒盯着，终归也有吃腻了胃口，想喝碗稀粥、就两根儿咸菜的那天。所以说，甭管日子穷了、富了，咸菜老也离不开中国人的饭桌。

中国人的口味，南甜、北咸、东辣、西酸，不同的地方有不同的喜好，只有咸菜，南北通吃，东西无阻。现而今，不吃肉、不吃鱼、不吃辣椒、不吃葱姜蒜的人咱们都见过，唯独没听说过谁不吃咸菜的。各村有各村的高招儿，每个地方差不多都有自己特产的咸菜，像什么绍兴梅干菜、天津冬菜、涪陵榨菜、朝鲜族桔梗、保定春不老儿、云南玫瑰大头菜、萧山萝卜干、北京雪里蕻——就是雪菜，再有就是北京人最常吃、最爱吃，也最离不了的水疙瘩。说到水疙瘩，外地朋友可能没听说过，什么玩意儿？咱今天好好聊聊。

疙瘩是俗名，学名叫芜菁（wú jīng），也叫蔓菁（mán jing），南方人管它叫大头菜，北方人叫它芥菜疙瘩，或者叫白了，干脆叫疙瘩。

您别小瞧这芥菜疙瘩，疙瘩属于中国土著蔬菜，中国人种疙瘩、吃疙瘩的历史非常久远，一直可以追溯到老老年那会儿。《诗经》里头有句话："采葑（fēng）采菲，无以下体。""菲"指的是萝卜，"葑"呢，说的就是蔓菁——芥菜疙瘩。萝卜和疙瘩算是亲戚，都属于十字花科植物，古时候的人觉得它们长得挺像，就老把这两种东西放在一块儿说。

过去北方种得最多的萝卜品种，就是北京人爱吃的"心儿里美"，里边是红的，外边是绿皮，心儿里美这种萝卜既能当菜，又能当水果吃。您要是种一畦萝卜，长在地里，难免让人惦记。按说，走在路上渴了，拔人家个萝卜吃也不算什么，可是架不住你拔我也拔，大伙儿都拔！尤其是小孩儿，连吃带糟践，那真惹不起。除了人，牛羊也惦记着这萝卜呐。牛羊往那儿一放，闻着味儿就过去了，甭管是吃了、啃了、刨了，总之这地是糟蹋了。所以过去农民种一畦萝卜，都讲究在萝卜地的最外边种几圈疙瘩。疙瘩叶子的气味儿重，能挡住惦记吃萝卜缨子的鸡鸭牛羊，惦记吃萝卜的人看见最外边种的是疙瘩，以为整片地种的都是疙瘩，也就省得顺手牵羊了。

疙瘩长得像萝卜，可没萝卜那么好吃，生吃嚼在嘴里是苦的，还有股子芥末油味儿，嚼不了两口就能让你鼻涕眼泪一起下来。问题是，老年间混口嚼裹儿不容易，不好吃？也得想办法吃，生的疙瘩不好吃，咱就把它煮熟了吃！东坡肘子和东坡肉的发明者苏东坡先生，就搞过一道创新菜，叫“东坡羹”，名字听着高大上，其实就是萝卜和疙瘩切块搁白水里头煮，再加点儿盐和油调味。这道创新菜估计也不怎么好吃，所以就没像东坡肘子、东坡肉那样流传下来。同样是因为疙瘩不好吃，过去中国人除非饿急了眼，绝对不会拿这玩意儿当正经东西吃。

东汉桓帝末年，天下大水，粮食绝收，朝廷只能专门发个文件，号召广大群众搞“瓜菜代”。那时候白薯、土豆、老玉米还跟美洲待着，没传过来呢，瓜菜代吃的主要就是疙瘩。《东观汉记》用了八个字记载这场大灾：“皆种芜菁，以助民食。”汉桓帝生活的年代又过去七十多年，诸葛亮七擒孟获、六出祁山那会儿，村里的壮劳力都入伍当了兵，没人种粮食。孔明军师能借东风，可借不出粮食来，没办法，只能让当兵的一手耍大刀，一手拿锄头，战斗生产两不误。小麦、稻子种起来太麻烦，疙瘩长得快又容易种，干脆都种疙瘩，就这么一路打一路种，直到今天，四川、湖北那边的人还管疙瘩叫“孔明菜”。

中国农民自古就种疙瘩，西方那边的农民兄弟也种疙瘩，也觉得这玩意儿不好吃，所以他们种出来的疙瘩全当饲料喂牲口，人根本就不吃。1918年冬天，折腾了四年的德国折腾得被拉了清单，德国老百姓实在没粮食吃，只能吃简化版的东坡羹——萝卜和油都没有，就干拿盐水煮疙瘩吃，边吃边骂街。直到现在，德国人还把1918年的冬天称为“蔓菁的冬天”，想起来就眼泪汪汪的。

眼下，真正还把疙瘩当蔬菜吃的可能就只有中国新疆，维吾尔族朋友管它叫“恰玛古”，当地汉族人则叫它“甜疙瘩”。具体吃法是把鲜的疙瘩搭配胡萝卜、西红柿、土豆、洋葱，切丁儿，放在手抓饭、炒面片这些新疆特色美食里当配菜吃。我一想，吃起来可能也挺美。

华北地区怎么吃呢？把疙瘩在擦床子上擦成细丝，放到干净的坛子里头，加适量白醋和盐，搅拌均匀，然后铺平。铺平的疙瘩丝上面还得盖两张干净白菜叶子，起到隔绝空气的作用，最后再把坛子盖好盖儿，放到阴凉的角落静置，闷上一闷。几天过后，闷好的疙瘩丝苦味儿散尽，芥末味儿却被适量保留下来，装在盘子里，稍微撒点儿白糖就能上桌。夹一小撮儿放在嘴里，疙瘩剩余的微苦混合着白醋的酸，清凉爽口，一股强烈的芥末儿从口腔蹿进鼻子，又绕着弯儿往脑仁儿里头钻，顿时让人获得一种神清气爽的快感。北京人管这种经过闷制的鲜疙瘩丝叫“北京辣菜”。

疙瘩走蔬菜界这条路基本没走通，走咸菜界的路却走得风生水起。可以这么说，疙瘩天生就是当咸菜的料！

中国人自古就吃一种叫“菁苴（jū）”的咸菜。这个东西，眼下广东顺德那边还能看得见，就是改了个名字，叫“头菜”。具体做法是把疙瘩带缨儿（叶子）一起腌制——而北方人腌咸菜，光要疙瘩不要叶子——腌得差不多了再晾晒风干。去了叶子的疙瘩不能马上就腌，得放在露天晒几天，去去土腥味和水分，晒蔫乎了，再往盐水里放。腌疙瘩的盐有讲究，得用海水晒的大粒儿盐，这种盐天然带点儿海水的腥味和苦味，搭配花椒、大料，能跟疙瘩一块儿起化学反应，腌出来的咸菜更好吃。为了跟酱制的疙瘩相区别，这种盐水腌制的疙瘩在京津冀地区就被称为

“水疙瘩”。

这就终于说到水疙瘩了。水疙瘩可以生吃，从缸里头捞出来，切成手指头粗细的条儿，或者干脆切都不切，就着贴饼子、窝头整个儿啃，这是过去最底层贫苦人的吃法。稍微讲究点的吃法呢，是把水疙瘩切细丝，点上几滴小磨香油，喝粥就着吃，回味无穷。再讲究点的吃法呢，香油以外再撒点蒜末，倒点米醋，把疙瘩丝那么一拌，可以当个酒菜。旗人过去吃饭讲究大，一个水疙瘩能对付出六七盘菜来：切丝一盘，切片一盘，切条一盘，弄点花刀再来一盘，香油拌一盘，醋蒜拌一盘，辣椒油拌一盘，芝麻酱还能拌一盘，嚯，满桌子七个碟子八个碗的，看着挺热闹，其实就那一个咸菜疙瘩！这叫倒驴不倒架——穷讲究。往好了说，也算生活情趣。

水疙瘩不光能生吃，也可以再煮熟了吃，北京人叫熟疙瘩或者烂疙瘩。煮疙瘩必须用腌咸菜的原汤，汤里头还得下点黄豆。疙瘩要煮到一捏就碎的程度，老人没牙照样能嚼动，所以也叫“老头儿乐”，又因为这种煮到烂熟的疙瘩吃在嘴里很肉头儿，有肉的口感，还有人管它叫“赛过肉”。至于跟疙瘩一起煮的那个黄豆，捞出来晾凉，就是男人下酒的好菜，小孩也可以拿着当零嘴儿吃。

就连煮疙瘩的汤，也是好东西。三伏天儿，懒得做饭，弄碗面条，撒点葱花，来勺咸菜汤那么一浇，再配条黄瓜。吃的时候一手端着碗，一手连拿筷子带夹黄瓜，秃噜几口面条，咔嚓咔嚓咬两口黄瓜，满口生香，暑气顿消。

有朋友说了，你这说半天，尽是这种穷吃法？那是啊，虽然现在谁都愿意吃疙瘩，但也就这样了，就一个疙瘩，还能有什么富吃法？水疙瘩最富的吃法，从以前到现在，也就是拿肉丝炒着吃。

我也常做，特别喜欢吃。拿肉切丝，水疙瘩

也切丝，完了拿水稍微洗几回，把咸味洗淡一点儿。再买点酱乳瓜，也切丝——能跟熟疙瘩形成一种口感上的区分。锅里热油，肉丝下去一炒，葱姜蒜炝锅，再下水疙瘩炒，炒到八成熟，再下乳瓜丝儿一块儿炒，炒完以后盐就别放了啊（好容易洗出去了！），搁点儿糖，一是提鲜，二是能让咸味儿变得柔和点儿，没那么刺激。出锅，找个密封盒，晾凉了盛到密封盒里。临到吃的时候，拨出一小碗的量，剩下的还放回冰箱里，能存很长时间，因为它口儿重，不容易坏。隔三差五地我就得炒那么一盒搁冰箱里，吃完了再炒，家里不能断这个，就这么爱吃！

咸菜这么做，就是最富的做法了。您要想再往高级了吃，就只能吃酱菜了。有朋友问了，咸菜和酱菜到底有什么区别？这个划分其实挺简单，咸菜自己家就能腌，酱菜必须去酱园子买，而且真正好的酱菜，自古以来卖得都比肉贵——腌酱菜非常不容易！有的菜里面有油，一个不小心就沤烂了，所以非得有手艺才能腌。中国人开门七件事，柴米油盐酱醋茶，酱属于重要调味品，老百姓过日子离不开，所以过去类似北京这样的大城市，往往都是酱园子扎堆儿的地方，只不过年深日久地，很多酱园子因为各种原因或歇业或倒闭了，只留下大伙儿耳熟能详的那么几家。就拿涮羊肉出名的东来顺来说，这家老字号历史上也开过酱园子，叫天义顺，经营清真酱菜和调味品，后来好像直到80年代才彻底关门。

当然了，现而今的理念是咸菜太咸，对心脑血管都不好，吃了血压高。——说是这么说，但没有这个，真不下饭！我吃饭就总得来点儿，郭老师也是，好家伙！家里什么样的咸菜都有，就这习惯，不吃不成！

硬菜

鸡

鸡，在中国人的饮食结构里边占了很特殊的一个地位。中国人过去生活水平没这么高，老百姓的席面儿上要是能见个整鸡整鱼，那档次就得说相当高了。中国老百姓，一提到改善生活，吃什么？“嗨，无非就是鸡鸭鱼肉呗！”尤其是内陆地区，沿海可能有海鲜、海货，过去交通不方便，海鲜运到内陆也臭了，所以内陆还是以鸡鸭鱼肉为主。“鸡鸭鱼肉”，从这个顺位上您就能看出来，但凡吃顿好的，在中国人心目当中，鸡占头一位。

中国人爱吃鸡，还占了吉利的意思，鸡、吉谐音。文人就更喜欢了！他们给鸡总结了五大品德，文、武、勇、仁、信，把鸡拔到了一个很高的地位。

“首戴冠，文也。”脑袋上有冠子，文也，因为以前当官的才戴着帽子。

“足搏距，武也。”脚上带着打架的武器，厉害。

“见敌敢斗，勇也。”鸡一打起架来厉害极了，不单是两只鸡能打架，鸡和狗、和猪、和人，打起来也厉害着呢！

“见食相呼，仁也。”人往地下一撒食，鸡互相叫着，咕噜咕噜就奔这儿来。见着食，能够叫同伴儿，仁义！

“守夜不失时，信也。”每天晚上守夜，早晨打鸣，一天都不落，信义！

普通老百姓肚子里没那么多弯弯绕，图个吉利，过年的时候日子再怎么紧巴也得想办法弄只鸡，而且还得是全须全尾儿的整鸡，摆在桌子上，要是能再配条全鱼那当然更好了。有些人家儿实在穷得没办法，买不起整鸡整鱼，就用木头刻成整鸡整鱼的样子，三十儿那天当真地搁作料、炖了上桌，全家人拿筷子沾着汤儿尝个滋味儿，取个吉利，过完年再刷洗干净，留着下回过年接着炖。这真正得算是“年年有余”了。

宫保鸡丁

中国人喜欢吃鸡，走到哪儿就把做鸡肉菜的手艺带到哪儿。现在美国中餐馆里边点击率最高的菜得数宫保鸡丁，您看各种美剧、英剧里边，触电率最高的也是宫保鸡丁。

宫保鸡丁这道菜，据说是19世纪末、20世纪初，坐着轮船远赴美国修铁路的华工们带过去的。这道菜的发明者是晚清四川总督丁宝桢，口味上应该算是鲁菜、川菜和粤菜的混搭，吃起来又酸又辣又甜，特别能下饭。当年那帮去美国修铁路的华工以广东人为主，喜欢吃甜的，所以他们又对宫保鸡丁的烹饪方法做了改良，加大了糖的用量，没想到歪打正着，正对上洋人的胃口，从此宫保鸡丁风靡全球。

远了不说，2017年，美国总统特朗普访问亚洲五国，去日本没吃寿司，吃的美国汉堡包；在韩国没尝泡菜，喝的美国甜口儿的玉米糊糊（就是加了奶油的棒子面儿粥！）；唯独到了中国，在国宴上指名儿要吃宫保鸡丁。我这琢磨啊，外国人他估计也不懂什么中国餐饮文化，就知道个宫保鸡丁，能点个宫保鸡丁再来个什么麻婆豆腐、鱼香肉丝，就觉得自己也算是半个中国通了，假充内行！总而言之吧，不管中国人外国人，全世界人民还真很少有不爱吃鸡的。

德州扒鸡

吃鸡这个圈子里，公认有四大名鸡：道口烧鸡、德州扒鸡、沟帮子熏鸡、符离集烧鸡。都是整只，不是烤的就是熏的、酱的，那确实是好吃。

我印象很深，小时候进学员班学相声，学了一年两年的时候，快毕业了，就跟着团里的老师们上外地，去全国各地实习演出。那年代条件也差，坐的是硬座的绿皮火车，白天夜里咣当咣当的，也不得睡，也不得吃，人都上火，什么也吃不下！怎么办呢？自己带着咸菜，带着烧饼、牛肉，弄点儿香肠、小肚儿这类东西一块夹在饼里头，就着咸菜，算是嘴里有点味儿，能吃得下。

但是一进山东地界，还不用到德州，甭管哪站，但凡火车一进站，站台上就有推着小车的。那时候站台也不大，管理也不严，都是老乡推着小车，小车里头就是德州扒鸡。那时候也没有真空包装，也没有《食品卫生法》，都是老乡自己在家做的，讲究不了，但是真的好吃！哎哟，每次看见那个，就非得买上一只两只，几个老师同学坐在一块，老师们弄点小酒一喝，撕着鸡一吃，哎哟，美！

一直到现在，我有时候开车出去，但凡进了山东地界，高速公路的服务区里必然有这么个小亭子，那是德州扒鸡的专卖店。里面各种包装什么样的鸡都有，但是我呢，一定只买马粪纸包着的那种鸡，那是他们每天早晨定量做好了，发到各个销售点卖的，是鲜鸡，有时候买到手还热乎呢，刚出锅的！一定得买那个鸡。您要是买了真空包装、能存半个月的，那味道就差多了。到现在，我还有这习惯，一进了山东，不管去哪儿都得买一只，味道确实好。

白斩鸡

我自己还有个吃鸡的方法。我喜欢白斩鸡，做法跟别人的不大一样。有朋友说了，白斩鸡，不就是拿白水煮嘛，还能有什么不一样？

三合油不一样啊。一般的三合油就是酱油、醋、香油，到我这儿变了，复杂得多。拿酱油、醋、香油、葱、姜、蒜、糖、味精，整个搅和在一块，泡上三五分钟，等调料的味儿都浸在汤里头（您光想想就知道好吃）。把鸡拾掇好了搁到锅里边，倒上水，让水没了鸡；水里边就搁葱、姜、大料，别的什么都不搁。等鸡煮得熟熟的、透透的，都离了骨了，拿出来，撕着蘸调料吃。您可以回家试试，非常非常好吃！

大盘鸡

网友还评选过十道最著名的鸡肉菜，但大伙儿评来评去，好像都忘了道特有名的鸡肉菜，那就是新疆的大盘鸡。

大盘鸡现在差不多已经成了新疆的象征了，风头大有盖过羊肉串儿的趋势，很多中国人一辈子不见得真去过新疆，但没吃过大盘鸡的却是少数。大盘鸡眼下红得发紫，其实也属于新生事物，归了包堆儿，追溯起来也就三十来年的历史。这道菜在新疆公认的发源地有两个，柴窝堡（pù）和沙湾。所以卖大盘鸡的商家为了显示味道正宗，要么说自己的老家是柴窝堡的，要么就说手艺是从沙湾学来的。

据传说，80年代中期，乌鲁木齐的很多城里人纷纷跑到位于乌市东南四十多公里的柴窝堡旅游，当地出现了不少类似今天农家乐的买卖。有一对湖南夫妇，当时刚到新疆没多久，打算抓住商机挣点儿钱，说干就干，开了个小饭馆，主营上海风味的卤鸡——这事也挺哏，您说一湖南人，跟新疆开饭馆，开了一个上海口味的卤鸡店，那能正宗得了吗？

买卖维持了几个月、小半年，当地人根本不认这个口味，眼瞅着就要黄。就在这个时候，国道附近要修铁路，来到柴窝堡的建筑工人和大货司机越来越多。夫妇俩决定再赌一把，把卤鸡店改成了辣子鸡店，把上海卤鸡和自己湖南老家的辣子炒鸡结合起来，搞了个创新菜，结果一炮打响。来他店里吃饭的大多都是卖力气的汉子，觉得小盘子小碗的吃着不过瘾，就要求老板把四份的菜量一次性装到一个十几寸的大搪瓷盘子里上桌，这道菜，后来就演化成了新疆大盘鸡。沙湾那个版本，跟这也是差不多的一个故事。

大盘鸡除了“大”这个特点外，主要是原料好。您想啊，主打的是甘肃的土豆、四川的辣椒、陕西的裤带面，再加上新疆养的鸡，咱现在叫“溜达鸡”嘛，散养的，从出壳起就没碰过饲料！满世界刨食，吃虫子、吃草籽儿，那鸡它得多好吃啊！这么多好吃的食材搁一块儿，再加上鸡块先炒后炖的中原做法，最后成就了鲜美出汁的大盘鸡。

有肉有菜、有汤有面的大盘鸡火了以后，柴窝堡和沙湾县两个地方还在为大盘鸡起源地的归属争个不停，双方各说各的理，听起来好像还都挺有道理。但那都是美食家们分析的事，咱们这帮普通吃主儿自然没必要较那个真儿，反正只要鸡肉好吃就得，您管它起源于哪儿呢！

鸭

我吃饭喝酒呢，有一些不成讲究的讲究，怎么说呢？就是说吃什么得分情况。比如饿的时候呢，就去吃碗打卤面什么的，吃完了打个饱嗝，就挺美。又或者是寂寞空落（lào）的时候呢，就去吃点儿凉菜，喝点儿小酒，叫上几个朋友谈天说地话家常，就很自在。除此之外呢，还有一种情况，那就是馋的时候！俗话说，英雄过不了美人关，吃货过不了馋嘴关，那嘴馋的时候咱就去“吃呀”，好，就是去“吃鸭”！要解馋，还是得来点油腻的。咱聊聊大江南北的人怎么吃鸭子。

咱们之前聊过吃鸡，吃鸡大吉，全世界人民都爱吃鸡。传统的“六畜”，猪牛羊马鸡狗，有鸡没鸭，可见以前鸭在席面上的地位不如鸡。

但是时代变迁，鸭也翻身快呀！

古代人吃鸭子，最开始主要是蒸或煮着吃，后来大家伙觉着蒸煮口味太淡，没办法凸显鸭子的肥美，就发明了各种烧啊卤啊的方式，才算把鸭子解救了出来，成了席面上的美味。

我吃鸭呢，就是偶尔馋的时候去，每个月也就一两次。我也见过其他比较容易馋的人，那真是不得了，三天两头就去吃顿烤鸭、蒸鸭、炖鸭什么的，快成了吃鸭专业户了。有的吃鸭专业户，干脆自己养，方便就地取材！

要想养好鸭子，您还得知道这鸭子都有啥品种吧？然后各个不同品种的鸭子怎么养吧？您比如我，我喜欢吃烤鸭，我要养鸭子肯定选北京鸭。据说北京鸭起源于一千年前，是当时的帝王游猎，偶尔获取的纯白野鸭苗，又经过了长期喂养培育，一直延续下来，最后才得到这优良的纯种，成了今天的名贵肉食鸭种。北京鸭是填喂的鸭子，比一般的鸭子肥、油多，烤出来香。

烤鸭

但凡说烤，顶数就是北京烤鸭。这可是美食界响当当的金字招牌。

周恩来总理生前著名的三个外交策略，其中就有“烤鸭外交”之说，据统计，先后有二十多次用北京烤鸭来宴请国际宾朋，基辛格、尼克松、卓别林都品尝过北京烤鸭。

美国有线电视新闻网旗下的旅游网站曾经有个评选，就是评选出全球五十种最美味食物，其中皮脆肉香的北京烤鸭就排到了第五位，在当时可是排名最高的中国美食。

有个事大家可能不知道啊，咱现在都说烤鸭烤鸭，这“烤”字本来是没有的，在老北京，烤鸭原本叫“烧鸭”，口语叫“烧鸭子”，“烤”是后起的字。清末民初的时候，鸭子的烧法有三种，分别是叉烧、焖炉和挂炉。

叉烧鸭的做法，类似于叉烧肉，现在北京的店里基本见不到这种叉烧鸭了。

焖炉的做法，源自以前老北京卖驴肉、烧小猪的店铺——炉铺。早年间北京人逢年过节或者碰上红白喜寿事，需要摆席的时候讲究用烧小猪，穷人家买不起烧小猪，就用烧鸭子代替。最早卖烧鸭子的就是炉铺，现在焖炉烤鸭最有名的便宜坊，最早就是一家炉铺。现在的北京，炉铺和烧小猪、驴肉已经都没有了，便宜坊也从一家炉铺改成了专门经营烤鸭的馆子。

焖炉烤制的炉子不见明火，炉子用砖砌成，有门。这炉子要先用高粱秆儿烧热，跟咱在家里用的烤箱预热差不多。把鸭子放进炉子里面，把门关上焖烤。这种方法对火候的要求特别高，火太大一炉的鸭子就都煳了，火候不够鸭子就烤不熟。焖炉烤出来的鸭子口感更蓬松、更嫩，不过焖炉烤制效率低，得一炉一炉地烤，来吃鸭子的客人也必须得等着出炉。

挂炉烤鸭则是用明火烤，炉子也是用砖砌成，一人来高，有口没门儿。讲究用果木，一般是枣木或梨木来烧火，烤出来的鸭子有果香味。挂炉烤鸭还讲究“内煮外烤”，烤之前在鸭肚子里灌进高汤，这样烤出来的鸭子外焦里嫩，味道更好。挂炉烤制比焖炉烤快很多，现在北京的烤鸭店多数都是挂炉烤，去店里吃鸭子，随点随烤，新鲜。

以前去店里吃烤鸭，店里的伙计总要拎着一两只鸭子到顾客面前，先让顾客看看鸭子的新鲜程度，还会给您一支银扦（qiān）子，让您用这扦子的尖头扎扎鸭肚子，看看鸭子的肥瘦，您愿意吃肥的瘦的，都能自个儿选。现在这店里为了保证鸭子的质量，让食客吃得放心，鸭子从出生就都编着号，一直到上桌，这号不能差。

烤好的鸭子，得当着食客的面片成片儿，

传统的片法是要求每一片上都得有皮有肉有油，而且皮肉不能分离，否则就说明这师傅手艺不到家。片数有八十八、一百零八和一百二十八，三种规矩。

今天咱看到的烤鸭吃法，大多是用荷叶饼抹上甜面酱，夹上片好的鸭肉和山东章丘大葱一块吃。早先北京人吃烤鸭，也用两层皮的芝麻烧饼夹着吃，除了甜面酱，也会蘸蒜泥、白糖和黄瓜条。

这烤鸭蘸白砂糖的吃法，据说是由大宅门里的太太小姐们兴起的。她们一般不吃葱，也不吃蒜，怕那味儿，喜欢把又酥又脆的鸭皮蘸了细细的白糖吃。现在北京的烤鸭店里，也有专门片下鸭皮蘸白糖的吃法。

明代以前，北京人多是靠咸菜过冬，冬天蔬菜很少，到了明永乐年间，北京成了首都了，大量的中原移民来到北京，老北京的饮食结构才有了变化，从这时起，海淀一带才有了菜农，他们用地穴笼火的方法，冬天也能种出来新鲜蔬菜，老北京人叫“洞子菜”。洞子菜的味道特别好，过去冬天吃烤鸭，富人会要根“洞子黄瓜”，切开后满屋清香，解腻！说是一两银子一根太夸张，但也确实是价值不菲，普通人是吃不起的。现在有了蔬菜大棚，加上种植技术的提高，黄瓜也是吃烤鸭的标配了。

这说的是烤。

盐水鸭

第二个说这卤鸭子。说到这个“卤”，南京的盐水鸭值得一提。

南京有个称号“鸭都”，当地有句话“三天不吃鸭，走路要打滑”。大家都知道《红楼梦》的作者曹雪芹是南京人，也爱吃鸭子，有人想借《红楼梦》看，他就跟人家提条件，必须拿鸭子来换。

那南京怎么叫鸭都呢？是因为南京人吃鸭子有两个多，一是数量多，二是吃法多。据南京鸭业协会统计，南京人一年能吃掉一亿多只鸭子。吃这么多鸭子不腻吗？哎，一点也不，人家花样多呀：盐水鸭、板鸭、烤鸭、鸭血粉丝、鸭油烧饼、鸭四件……可以说，从肉到骨，从血到油，仔仔细细都给吃透了，一点儿不浪费。

这么多样的鸭子里，南京人最爱的还是盐水鸭。这南京人吃盐水鸭，都是小区门口的鸭子店里从小吃到大，就是认准了店里老卤的味道。卤得好的盐水鸭有三个标准：薄皮、红肉、绿骨，鸭子闻着就有淡淡的咸香，吃进嘴里不是干咸，有肉的鲜味，而且越嚼鸭肉的香味越浓郁。有好多外地人第一次吃盐水鸭觉得没啥滋味啊，就是齁咸齁咸的。这其实还是卤水用得不好，用得不对。

南京人在吃面、吃饭，尤其是晚上吃稀饭时，大多会斩上半只鸭子做小菜，夹一块，在滚烫的稀饭里泡一下，鸭子的咸香混合着米的清香，吃上一口，您就更能理解这盐水鸭的精髓了。

虽然南京人爱吃鸭，但是自己家里是不会做

鸭子的，更何况盐水鸭的制作既繁琐，又对卤水的要求特别高。在南京，卤菜店是最常见的，门口排的队也永远都是最长的。

您要是询问当地人，哪里能吃到正宗的盐水鸭，那答案一定是水西门。“水西门”，顾名思义，淮水之西，指的是秦淮河的西端。水西门一带历史上就是家禽交易比较活跃的场所，依靠着便利的交通，乘船运来的家禽直接就地处理，做成盐水鸭，再卖到南京各地。于是水西门附近的大街小巷里，几乎三五步就能见到一家卤菜店，而且必是排起了长长的队，连带着空气里都有了带着油光的盐卤香气。

在南京，不光卖鸭子的多，买鸭子也是一门学问。

“老板，斩四分之一的鸭子，前脯，搭个头，软边。”一听这话，店主就知道您是个行家。因为卤菜店里卖鸭子一般是去掉鸭头和颈子后，从鸭子胸部开始分成两半，带脆骨的那半边叫软边。半只鸭子又被切成前脯和后座，一般是买前脯就搭个颈子，要后座就送个鸭头。

刚才咱们说到烤鸭，其实还有一个小故事，这个故事和南京也有关系，估计大家可能不知道。一提烤鸭，咱第一个想起的肯定是北京烤鸭不是？但是有一种说法，烤鸭最初的起源是南京。最早乞丐皇帝朱元璋在南京建都后，明朝宫廷内的御厨就用南京的湖鸭来制作菜肴，因为湖鸭皮厚肉肥，因而聪明的厨子以炭火来烘烤，导致成菜的鸭子酥脆爽口，肥而不腻，颇得宫廷食者的喜爱，“烤鸭”因此在皇宫内兴起。后来明成祖朱棣到北京建都，一并带着烤鸭的技术人员来到北京，烤制的方法也逐渐改良，成了如今大名鼎鼎的北京烤鸭。

樟茶鸭

烤和卤，都是咱家常的烹饪方法，没吃过猪

肉也见过猪跑，掌握这两种方式还不算难。不过要想做好一只鸭子，您还得解锁新技能——熏，这可有难度。

四川的樟茶鸭是熏鸭子的代表。为啥叫樟茶鸭？这跟北京烤鸭还有点异曲同工之妙，它是用樟木和花茶熏制，有樟木和茶叶的香味。

咱说做樟茶鸭要会熏鸭子，其实樟茶鸭的制作工艺非常复杂，要经过腌、煮、熏、炸、蒸等好多步骤，其中又数熏最为关键，也是最能体现樟茶鸭特色的一步。熏鸭子有点儿像熏烤肠，一般用樟木屑或樟木叶子，加上茉莉花茶，点燃后产生的烟气就能熏鸭子了，这样樟树和茉莉花的香气会渗透进鸭肉里，成为名副其实的樟茶鸭。

做好的鸭子被切成小块，在盘子里还摆成鸭形，刷上芝麻油，配上葱酱碟，这道菜才算是真正完成。四川人吃樟茶鸭子，荷叶饼也是少不了的，这荷叶饼和吃北京烤鸭的荷叶饼不一样。卷烤鸭的荷叶饼是烫面饼，而樟茶鸭搭配的荷叶饼是发面饼，把面团按成圆形、对折蒸制，跟咱平时吃梅菜扣肉的夹饼是类似的。这种荷叶饼口感软绵，口味清淡，而樟茶鸭口感酥香，口味浓厚，跟荷叶饼形成味觉上的反差，再蘸上葱酱，来几杯小酒，这才是真解馋。

南宁柠檬鸭

虽然已经有了这么多做法，但再喜欢吃鸭子的人，也不能逮着一种口味吃啊，咱们也得讲究均衡膳食不是？平常吃的烤鸭、卤鸭、熏鸭都是咸口的，那是不是还得来点酸口的、甜口的鸭子？

鸭子落在广西人手里，被做成了酸口的柠檬鸭，用的材料叫作“酸嘢（yě）”。

广西的大街上，有很多摆满玻璃缸罐，里面泡着五彩斑斓的瓜果蔬菜的摊子，泡在玻璃罐里的，是广西人嗜好的酸料，方言叫“酸嘢”，也就是酸东西的意思。零食匮乏的年代，街头常见的酸嘢摊是解馋的好去处。铺面不大，或者干脆就是马路上的一张桌子，摆着几罐酸嘢，最常见的是酸萝卜、酸椰菜、酸杨桃等。小孩子放学路上，花几分钱点一把酸椰菜，摊主把它切得细细的，淋上香菜末、红辣椒粉做成的调料水，吃起来酸里透甜、甜中带辣、辣中回香，爽脆可口。

这酸嘢就是南宁人做柠檬鸭的秘密武器，做柠檬鸭的酸嘢用的柠檬，选的是南宁本地的土柠檬，不像我们平时见到的黄柠檬，本地的土柠檬是绿色的。柠檬也不是摘下来就能用，鲜柠檬的皮有苦味，得腌上至少三年，才能成为做鸭子的材料。腌制好的柠檬表皮会变成暗黄色，还流油。柠檬存放的时间越久，味道越纯正，甚至放上十几年都不会变质。

柠檬鸭的做法类似新疆大盘鸡。油锅爆炒，鸭子本身的鸭油出来以后，放入酸辣椒等配料。酸柠檬要等到鸭子快出锅的时候放，因为柠檬炒久了会有苦味，影响鸭子的味道。酸辣适中的柠檬鸭，最合拍的搭档就是一碗香喷喷的米饭，可以说是“下饭神器”了。

乐山甜皮鸭

有的朋友说吃不了酸的，那有个甜口的鸭子，您一定喜欢：乐山的甜皮鸭。

乐山大佛家喻户晓，其实乐山人爱吃鸭子也是出了名的，从一只鸭子身上，乐山人就能分辨出你是不是本地人。外地人来乐山买鸭子，一下车就急匆匆地喊“买两只甜皮鸭，一只抽真空”。乐山人可不这样，临到饭点儿，他们才晃悠悠来，“宰半只卤爷（鸭）儿”，“要脑壳不要颈子，是不是鸭公？上次那个皮有点儿湿”。

甜皮鸭在乐山叫“卤鸭子”，乐山人最看重做鸭子用的卤，好的鸭子店甚至会用三十多种香料来制作卤水，根据鸭子的老嫩、大小、季节的不同，都有不同的配方。店里煮香料的老汤，也就是咱说的老卤，甚至已经有一百多年的历史。鸭子下锅卤也有讲究，头朝下放锅里，跟在锅里潜水一样，脚浮在水上，这样鸭子在锅里不会沉，受热均匀。

以前师傅做甜皮鸭，“油烫”是特重要的一步，拎着鸭头，用勺子一勺勺往身上淋热油，现在图省事，都直接下锅炸了。烫过的鸭子还有最后一步——上浆，甜皮鸭之所以叫甜皮鸭，就是因为鸭皮要刷上一层糖浆。

鸭子的皮经过油炸，变得特别薄，又上了甜浆，又甜又脆。据说乐山人把鸭子买回去，小孩儿不抢鸭腿吃，都争着吃一口鸭皮。乐山人吃甜皮鸭都是现买现吃，才能吃到正宗的味道，鸭子放久了，皮就会变得软趴趴的，糖浆也会化掉，甜皮鸭也就名不副实了。

上海八宝鸭

聊到这儿，这么多好吃的鸭子，说得我自个儿都流口水了，恨不得现在就买只鸭子回去做着吃。这鸭子再好吃，但咱也不能只吃鸭子不吃饭吧？我这有道菜，就把这主食和鸭子巧妙地结合起来了：上海的八宝鸭。

八宝鸭是从苏州传入上海的，据说乾隆南巡时，在苏州吃了一道名叫糯米鸭的菜肴，赞不绝口。后来苏州人把这道菜带入上海，上海人觉着只吃糯米饭没什么味道，又在鸭肚子里添了一些食材，改名叫八宝鸭。其实这跟八宝粥一样，鸭肚子里的配料不一定是八种，八只是个吉祥数。专门的饭店里做八宝鸭，师傅都会把鸭骨头去了，给鸭开膛破肚，把糯米和切成细丁的火腿、香菇、莲子、笋丁、腊肠等食材填进去，封好口以后用线扎着鸭肚子，鸭子看上去像个葫芦，所以也叫八宝葫芦鸭。咱自己在家做，骨头是不用剔了，怎么方便怎么来，鸭肚子的配料爱吃啥都能放，只要能蒸熟就行。

江南人过年，糯米是少不了的。八宝饭、年糕、团子这都是糯米做的小点心，在北方咱是很少见。八宝鸭是以糯米为原料的一道功夫菜，什么是功夫菜？就是得下足功夫，时间要够，火候要到，偷不得懒也取不了巧。

做好的八宝鸭最后还需要浇汁，跟当着客人的面片烤鸭一样，浇汁也得在桌上完成。鸭子端上桌，剖开鸭肚，抽出缝鸭肚子的线，糯米就露了出来，把汤汁浇在糯米上，这道菜才算完成。

上海人过年或中秋的团圆饭里，八宝鸭是必不可少的。八宝鸭登场的时候，通常家宴已经进行了一会儿，大家胃里都有了底，对桌上的菜多少有些意兴阑珊，吃不吃两可，但聊天喝酒的兴致正浓。这时候八宝鸭一上桌，大家的注意力就会重新回归食物本身，香嫩的鸭肉和口感丰富的糯米满足了胃的期待，这一顿饭才算踏实。

有朋友说，鸭子在中国虽然很受欢迎，但外国人都不怎么吃鸭子。您看美国的肯德基、麦当劳，都是炸鸡，一点儿不见鸭的影子。什么原因呢？

我觉得第一呢，是外国人受不了这鸭子的腥味，咱上面提到的好些鸭子做法都是烤、炸、熏这种传统的中式烹饪手法，外国人炒菜都很少，他们就没办法把这鸭子的腥气盖住。

第二，外国人懒，鸭毛难拔，很难处理，他们索性就不吃了。

不过同样是外国人，法国人可没有放过这好吃的鸭子，他们对鸭子的喜爱程度几乎可以和南京人媲美了，他们吃鸭子也是一把好手，油封鸭、煎鸭胸、鸭肥肝、鸭血……也是种类繁多。

鱼

前两天我刷手机，看见这么个旧的新闻，说的是去年年底，温州有个渔民出海捞了条大鱼，六十多斤，懂行的人给估了价估，能卖二百多万。

好家伙！眼下石斑鱼算贵的了吧？您就是去五星级酒店吃，吃那最好的东星斑，最多也就几百块钱一斤。六十多斤的鱼，卖二百多万，一斤合三万多块钱，那得是什么鱼呀？吃了能成仙呀？

后来细一看这新闻吧，人家要二百万还真不算多，敢情这是条黄唇鱼。黄唇鱼本身其实不值钱，真正贵是贵在鱼肚子里那鱼胶，就是北方人说的鱼肚或者鱼鳔，这东西一斤最贵的时候能卖到四百万。温州这条鱼六十斤，要价二百万，那还是搂着说的。

鱼胶这东西，大家印象里都是南方人尤其广东人爱吃，北京其实也有。您像一百五十多年历史的清真老字号鸿宾楼，那地方就有个从 1934 年存到现在的黄唇鱼肚，一直就没人吃得起。话说回来，您哪怕有钱，人家也不给您做，这可是镇店之宝！要说那还是 1983 年，英国前首相希斯访华，在鸿宾楼吃饭。外宾嘛，咱们多少得给点面子，这才从那鱼肚上剪了那么一小块，给他做着吃了。从那以后，就再没人有口福吃过这东西了。

说起鸿宾楼，其实也不是土生土长的北京老字号，人家原先是在天津。1955年的时候，周总理觉得北京这些馆子做鱼的手艺多少还欠点，这才特意下令，调鸿宾楼进京，看中的就是天津厨师做鱼的手艺棒。

贴饼子熬小鱼

天津人真是会做鱼，甭管大鱼、小鱼，都能给您做到极致。您像贴饼子熬小鱼，这可能就是煎饼果子以外，最有特色的天津吃食了。

现在天津饭馆卖的熬小鱼，为了卖相好看、方便食用，多数都用小鲫瓜子，也有学山东海边的做法，把各种大的海鱼切成小块来个海鲜乱炖的。这都不能算地道的天津熬小鱼。最地道的天津熬小鱼，讲究得吃麦穗鱼。

麦穗鱼又叫柳条鱼，属于中国最常见的淡水野生小杂鱼，颜色土黄里边带点青灰，最明显的标志是身子两边从头到尾都有条黑线。这种鱼属于天生长不大的类型，最大超不过一个麦穗的长度去，所以才得了“麦穗鱼”这么一个名号。真正拿这种小鱼下锅熬着吃的，好像还就只有天津卫。

九河下梢天津卫，三道浮桥两道湾。天津靠海临河，河网密布，很多人家过去出了门就是小河沟子，大鱼没有，麦穗鱼有的是，随便捞儿网就够吃。天津人吃麦穗鱼，拿个大盆把小鱼搁上，用手那么一搅和，鱼身互相一碰，就把鳞给碰掉了（鱼小，也没法儿刮鳞）。再拿手把鳃掐掉，也不开膛（小鱼肚子里也没多少脏东西），热油，下葱姜蒜炝锅，收拾干净的小鱼放进去稍微炸炸定型，加酱油、料酒、醋、花椒、大料、盐、糖和水，还得放天津特产的酱豆腐提味。本地产的酱豆腐是很多天津菜的味觉基础，顶级的厨师据说葱姜蒜之类的作料都不用，只要半块酱豆腐，就能做出喷香的鱼来。

千滚豆腐万滚鱼，地道的天津熬小鱼，时间要熬得够长，火候要给得够足，还必须用农村的土灶大铁锅熬，拿棒秸、高粱秆烧火。煤气灶、电磁炉熬出来的小鱼，再怎么着，味儿也不对！

小鱼下了锅，跟手儿就得贴饼子。贴饼子的位置有讲究，必须贴在距离鱼汤一寸左右的地方，不能高也不能低，为的是饼子的下半截能让鱼汤溅到，吸足汤里的滋味，上半截又可以保持棒子面的原味。

苏东坡那句话怎么说来着？“慢着火，少着水，火候足时它自美。”贴饼子熬小鱼是道火候菜，火候到了，自然好吃。火候到了的贴饼子熬小鱼，琥珀色的鱼汤黏稠，在锅里咕嘟咕嘟直冒泡。饼子呢？底焦面软，金黄的饼面上，五个大手指头印清晰可见。

吃的时候，拿着饼子从吸饱鱼汤的那头下嘴，咬一口饼子，就几条小鱼。饼子松软又焦脆，小鱼全身酥烂，不用吐刺，棒子面的香甜混合着鱼的浓香，乾隆皇帝管这道吃食叫佛手糕千眼鱼。怎么叫佛手糕？您想啊，贴饼子时候那五个手指头印儿还在上头呢，这叫佛手糕；千眼鱼，您想这一锅他得炖多少小麦穗鱼儿？连脑袋带眼睛，都在那呢！所以叫千眼鱼。

罾（zēng）蹦鲤鱼

借钱吃海货，不算不会过！天津人有时候真挺哏儿，明明在海边住着，可当地一大一小最有名的两道鱼菜，用的还都是河鱼。说完了贴饼子熬小鱼这一小，咱们再说那一大，罾蹦鲤鱼。

罾，在文言里就是渔网的意思。罾蹦鲤鱼，说白了就是天津版糖醋鲤鱼，不过常见的糖醋鲤鱼都是平躺在盘子里，罾蹦鲤鱼呢？得摆个pose，两头撅着，模仿鲤鱼出水时蹦跶那样子。

为了达到两头撅的效果，鲤鱼必须在热油里炸焦。先大火猛炸定型，再小火慢炸二十分钟，让这鱼既外头不焦，里头还得熟了，鱼骨要炸脆，鱼肉还不能太干。鲤鱼炸好装盘，再抓紧时间弄个糖醋酱油勾芡汁，哧啦一声浇在鱼身上。这么做出来的天津版糖醋鲤鱼，鱼皮酥脆，鱼肉细嫩，大酸大甜。不用吃鱼，光拌那个汤，就能下去三碗米饭！

天津罾蹦鲤鱼跟其他版本糖醋鲤鱼最主要的区别是只开膛，不去鳞。这道菜的历史说起来也不长，1900年，八国联军侵占天津，当地的混混们趁火打劫。据说当时有帮混混跑到天津有名的馆子天一坊白吃白喝。这帮人的文化水平当然高不到哪去，点菜时不认识“青虾炸蹦两吃”几个字，胡诌出来个罾蹦鱼。什么叫青虾炸蹦两吃啊？就是河虾一半干炸，一半做醉虾活吃，听起来有点肉疼。

老板不敢跟这些混混较劲，胡诌出来这么道菜，没承想歪打正着。

鲥鱼

天津罾蹦鲤鱼不刮鳞。出了天津往南两千多里地，也有种鱼吃的时候不能刮鳞，这就是鲥鱼。鲥鱼应该算海鱼，平时跟海里住着，春末夏初跑到长江产卵，时间每年固定不变。古人觉得这种鱼时间意识挺强，就管它叫鲥鱼。

中国南方打从汉朝就开始吃鲥鱼，标准打开方式是清蒸，而且不刮鳞，还得裹猪网油。什么叫猪网油？就是猪大肠里边长得跟个渔网似的那层油，据说那油单一个味儿，好吃！

明朝皇帝大老远跟北京待着，也讲究每年吃鲥鱼，不过御膳房的加工方法只能是红烧，多搁作料，还得把鱼切碎了，跟猪肉、鸡肉、笋干掺一块乱炖。为什么呢？因为鱼臭了，得想法遮那个味！

大运河是明朝南方向北京输送物资的主要交通线。当时有规定，每年阴历五月十五，鲥鱼、杨梅、枇杷这些南方生鲜要集中到南京，先给躺在孝陵的朱元璋供一遍，然后装船，冰镇上，走大运河往北京送，限期阴历六月末到京，因为皇帝七月初一得拿这些鲜货去太庙供祖宗，误了就杀头。明朝的规定有个漏洞，只要按时送到，甭管东西烂成什么德行，皇帝也得照单签收，还不能给差评。为了节省运输时间，负责进贡的官员干脆把冰镇这道手续免了，全程不停船跑到北京，时间不误就行，鱼臭了没关系。

御膳房收了臭鱼，也只能想主意糊弄皇帝。皇帝就算吃了臭鱼拉肚子，反正还有太医背锅，您说，太医这儿招谁惹谁了？这件事更逗乐的地方在于，好多皇亲国戚在北京吃惯了臭鱼，有机会出差去南方吃新鲜鲥鱼，反倒觉得不习惯。

清朝皇帝吸取教训，要求南方那边改走陆路发货。从镇江到北京，八百里加急，快马驮着冰镇鲥鱼，四天内送达。后来，康熙皇帝觉得为了吃几条鱼这么折腾实在不值当，就下旨免了鲥鱼进贡，不过南方真正停止进贡鲥鱼那得是乾隆以后的事情。

黄花鱼

说起北京人爱吃的海鱼，多数人想到的八成

都是带鱼，不过北京人接受带鱼也就是最近五十年的事情，三年困难时期，为了填肚子，带鱼、平鱼、橡皮鱼、墨斗鱼还有明太鱼，这些乱七八糟的海鱼才算有了北京户口。那以前，北京人只认黄花鱼，也就是南方说的大黄鱼这一种海鱼。

清朝那会儿，北京的黄花鱼全部来自天津。老北京九座城门各有各的用途，崇文门专管税收。每年阴历三月，天津的头一拨黄花鱼进京，崇文门收税的官员得挑几条好的给皇上送到宫里去。皇上先吃了黄花鱼，老百姓才能尝这个鲜。

天津离北京近，再加上冰块镇着，鱼不至于臭，不过当时吃黄花鱼的季节也就那么几天，大伙儿得抓紧时间。不光自己吃，还得把出了门的姑奶奶接回来吃，老北京因此有春暖花开接姑奶奶回门吃黄花鱼的习俗。

咱说过不止一回了，北京饮食的口味是鲁菜打的底子，吃鱼偏爱红烧，唯独春天这顿黄花鱼得找找小清新的感觉。过去北京人喜欢在院子的犄角旮旯种棵花椒树，为的是炖鱼炖肉方便，省得花钱再出去买去。黄花鱼进京的时节，花椒树正好发芽，随手摘几把鲜嫩的花椒芽铺在鱼身上清蒸，银白的鱼，碧绿的花椒芽，上锅热气一嘘，满院清香。

黄鱼鲞（xiǎng）

北京人离海远，没有条件，创造条件也得吃顿清蒸黄花鱼。上海人就住在海边上，偏喜欢吃干鱼！同样一条黄花鱼，到了上海人手里，最经典的吃法那得说是黄鱼鲞。浙江人管鱼干叫鱼鲞，品质最高的鱼鲞产自宁波。黄鱼鲞就是黄鱼晒的干，可以直接清蒸就米饭吃，咸香微甜，有嚼劲。也可以切成小块，放到红烧肉里炖煮，让鱼干的醇厚跟五花肉的油润互补，成就黄鱼鲞烧肉这道传统上海家常菜。

酸菜鱼

西南地区吃鱼跟华北、华东又不一样，喜欢麻辣偏酸的口味。三十多年前，四川风味的酸菜鱼风靡大江南北，甭管什么菜系的饭馆都得有这道菜，那时候下馆子吃饭要是不点酸菜鱼，感觉好像还挺没面子。

关于酸菜鱼的起源，至今没有统一的说法。比较主流的说法是，90年代初，重庆江津的渔民用打来的鱼跟岸上的农民换酸菜，再拿酸菜配鲜鱼烹制酸菜鱼火锅。细心的川菜厨师发现了这种吃法，加以改良，就传遍了全国。

过去十年火爆起来的水煮鱼和烤鱼，跟酸菜鱼经历差不多，都属于历史不太长的创新菜。贵州酸汤鱼和安徽臭鳜鱼流行的时间比它们短，历史反倒更长，最起码得有好几百年。

西湖醋鱼

在吃鱼这个问题上，无论四川的辣，贵州的酸，还是徽菜的臭，都属于相对小众化的口味。对多数中国人来说，甭管河鱼海鱼，大鱼小鱼，中国鱼还是外国鱼，最可口的调味方式永远都是一碗葱、姜、蒜，配盐、糖、醋、酱油和料酒调的汁，这是上千年试错、磨合，打磨出来的一种经典味觉记忆。

2012年，电影《一九四二》开头就来了道开封名菜鲤鱼焙面，这道菜是河南厨师1930年前后，在开封传统菜糖醋熘鱼基础上搞的升级版。通俗地说，天津的罾蹦鲤鱼在盘子里躺平了，差不多就是河南的糖醋熘鱼。

1900年，慈禧、光绪西逃路过开封，开封知府特意找当地名厨烹制糖醋熘鱼孝敬皇帝和太后。慈禧大妈半条鲤鱼、两碗鱼汤拌米饭下去，吃得美了，当场挥毫泼墨写了个对联：熘鱼出何处，中原古汴梁。这对联虽说上下左右都不挨着，道理却说得没错，糖醋鱼的根还真得往东京汴梁那找。

公元1127年，金兵攻破东京汴梁，康王赵构南渡，落脚临安，改元建炎，史称宋高宗。跑到杭州的宋高宗在南方过了几十年舒心日子，没事就喜欢出宫瞎溜达。

南宋淳熙六年，公元1179年，高宗跑到钱塘门外游西湖，忽然听见有个老太太操着地道汴梁口音叫卖鱼羹，吩咐太监把人叫过来一问，敢情这老太太还是妙龄少女那会儿就在汴梁卖鱼羹。五十二年前，还是少女的老太太推着卖鱼羹的小车，撵着高宗的屁股一路从汴梁跑到临安，后半辈子还是卖地道汴梁口味的鱼羹。

宋高宗听了老太太的话挺感动，连喝好几碗鱼羹，宋五嫂鱼羹从此天下闻名。可能是因为宋五嫂鱼羹实在太有名，六百多年以后，还有人惦记蹭这老太太的热度。

清朝康熙、雍正年间，杭州五柳居推出了道创新菜叫醋搂鱼。咸丰皇帝当政的时候，一位名叫施鸿保的文人喜欢吃这道菜，还写了首诗：“最爱西湖醋搂鱼，酸咸滋味起锅初。作羹宋嫂今何在？过客惟寻五柳居。”硬把清朝的醋搂鱼跟宋朝的鱼羹拉上了关系。

其实呢，这俩菜基本就不搭界。宋朝的鱼羹是个汤菜，清朝的醋搂鱼跟天津罾蹦鲤鱼套路差不多，先把鱼下锅油炸，再弄个酸甜酱香口儿的汁调味。早期版本的醋搂鱼用青鱼，后来为了降低成本，改用了草鱼。

1848 年，杭州楼外楼开业，把醋搂鱼革新成了醋熘鱼，还搞出个一鱼三吃的新创意。整条的大草鱼劈成两半，一半做醋熘鱼，一半做生鱼片，剔出来的鱼骨再熬个汤喝。1949 年以后，出于卫生考虑，生鱼片不让卖了，鱼骨头汤当然也就没法熬了，楼外楼再次调整醋熘鱼的做法，又改了个新菜名，这才有了今天闻名中外的西湖醋鱼。

于谦的鱼

我本身也爱吃鱼，一个是鱼香，再有呢加上咱刚才说的那种惯用的做法，葱、姜、蒜，配盐、糖、醋、酱油和料酒调汁，我做得也不错，不管是下饭还是就酒，做顿鱼就都有了。

我记得还是单身汉那段日子，自己在西直门大街高梁桥那儿住，楼下就有“菜市场”。菜市场就是高梁桥路的两边儿，每到下班的时候，摊贩们自发地就在那儿卖菜。我印象特别深，一到冬天，天擦黑儿，菜市场摆起来，有专门卖鱼的，一个洗脸盆里面搁五六条鱼，十块钱一盆。鱼当然都不大，小的半斤多，大的一斤来的，十块钱一盆，随便挑。

没事呢我就花十块钱买一盆回去，五六条鱼做出一大盘子来，找哥们儿喝酒，哎，有意思！连吃带喝，一顿饭能把五六条鱼都解决咯。现而今呢，真正做饭的时候少了，一个是工夫忙，再一个呢家里边也有人做饭，所以我做鱼的手艺可能也有点生疏了，不过真正想一想，哪天咱们攒个聚会，我也给各位做一回鱼，尝一尝，我还真有我自己的特色。咱们盼着这一天！

红烧肉

现在一提红烧肉，不知道怎么回事，好像马上就能跟上海联系起来。之前有一个美食节目专门拿出半个小时，说了说一位在上海陪读的河南母亲做的红烧肉。节目播出以后，上海的广大人民群众不答应了，阿拉上海人烧的红烧肉咋能是这个口味啦？还放八角和蒜叶子，不地道的咧！

红烧肉口味的这个南北差异，跟西红柿炒鸡蛋一样，也是个老问题。南方人做红烧肉不放大料，就是葱、姜、酱油和绍兴黄酒。旺火热油，五花肉块放进锅里煸炒，酱油上色，料酒去腥，炒到肉块冒油。这时候再把整瓶的黄酒，凉的，直接倒进去，加葱、姜、盐和冰糖，改小火慢炖，全程不加水。炖出来的红烧肉浓油赤酱，带点甜口儿。

北方人炖红烧肉，一般不放冰糖，可是肉块下锅以前，比南方人多个炒糖色的手续，为的是让肉的颜色重，带点焦糖的香味。炖肉用的也不是黄酒，就用清水，还得是开水，凉水不成。按北京人的说法，肉块正跟锅里哧哧冒油，拿凉水猛地一激，就把油给憋回去了，凝住了，最后吃到嘴里是腻的。

柴锅炖肉

我打小长在北京，肯定还是愿意吃北派红烧肉。个人感觉，红烧肉好不好吃，除了看作料、看做法，还得看炖肉时候用的什么火、什么锅。

这可不是我瞎说。现下家家户户差不多都有电磁炉、电饭锅，您有空可以比比看，电锅炖出来的东西，甭管是红烧肉，还是炖个鸡炖个鱼，肯定没有煤气灶炖的好吃。煤气灶炖的东西呢，肯定又没有过去的蜂窝煤炉子、小煤球炉子炖的好吃。城里的蜂窝煤炉子、小煤球炉子，又赶不上农村的大柴锅、大柴灶，硬柴旺火炖出来的红烧肉好吃，香！

柴锅炖的肉，味道就是不一样，要不怎么好多城里人放假都愿意去农家乐呢？跟这顺便说一句，好多人都跟网上问红烧肉跟炖肉到底有什么区别，我觉得大概可以这么理解，炖肉的范围更大，猪牛羊的肉都可以，红烧肉一般也就专指猪肉。

“黑小子”斋堂造

除了火，炖红烧肉的锅也有讲究，最好用砂锅。刘宝瑞先生有个单口段子《书迷打砂锅》，里边提到一种砂锅，叫斋堂造。老北京人炖肉专门讲究用这个斋堂造，炖出来的红烧肉跟用铁锅、铝锅味儿又不一样。

斋堂在京西门头沟，外地朋友听说过这地方的恐怕不多，可是我要说一首元曲，您一定知道："枯藤老树昏鸦，小桥流水人家，古道西风瘦马，夕阳西下，断肠人在天涯。"马致远这首小令，只要是中国人，上学的时候差不多都背过，他说的这个古道，指的是京西古道。

从元朝开始，北京城烧煤烧的就是京西门头沟的煤，前前后后烧了七百多年。直到2018年，为了环保，门头沟的煤矿才算彻底关门。过去没有汽车，门头沟往北京运煤主要靠骆驼。骆驼队驮着煤，一路驼铃叮叮当当，从门头沟出发，沿着京西古道往东，过石景山，走杏石口，最后进阜成门。阜成门就是过去北京专门运煤的城门。

北京城里九外七皇城四，大大小小十六座城门，每座城门都有每座城门的用途。西直门，城门洞子里刻着三道水波纹，这个城门离玉泉山最近，过去专走给皇上送水的水车。宣武门，城门洞子里刻着三个大字：后悔迟。为什么刻这仨字呢？因为清朝杀人的刑场在宣武门南边，菜市口，这地名中国人差不多都知道。死囚出了宣武门，这辈子就算到站，再没什么指望了，所以叫后悔迟。阜成门呢，专门走京西门头沟运煤的驼队，城门洞子里刻着三朵梅花，取煤的谐音。我小时候就住在阜成门内、白塔寺边上，没赶上过拉骆驼，可是那片比我岁数再大点的，一九五几年生人的人，还都见过运煤的驼队。

斋堂就守着京西古道。过去好多斋堂人也挑着东西，跟着骆驼，进北京城做生意。现在说起门头沟，那是北京的一个区，可要按过去来说，门头沟有挺大一块地方都划在河北，当地人说话跟城圈子里边的北京人不一样，带口音，而且就数斋堂口音最难懂，最有特点。为什么呢？因为斋堂从明朝开始就是驻军的关卡，当兵的，哪儿的人都有，说话互相串，串来串去，就串出来一种特奇怪的口音。具体怎么奇怪，我给您也学不了，反正过去北京城圈子但凡听见斋堂口音吆喝，肯定就是卖砂锅的。北京人管这种砂锅叫“黑小子”，都愿意买，觉得用这个锅炖肉香。

京西斋堂特产的这种砂锅，跟化妆品还有点关系。现在爱美的女士画眉毛，用的是眉笔，过去呢，用的是画眉石，又叫黛石，说白了就是煤矿里挖出来的一种软煤矸（gān）石，古代女性拿这个画眉毛用。门头沟本身产煤，顺便也产画眉石。

从北宋年间开始，斋堂就是个化妆品专业村，全村人都靠卖化妆品发家。直到现在，当地还有座山叫画山，这个“画”指的就是画眉石。

斋堂产画眉石，画眉石磨碎了以后，掺上黑煤面、黄土，拉成坯，入窑烧制，就是当地特产的砂锅。因为掺了画眉石和黑煤面，斋堂砂锅的颜色发黑，所以北京人管它叫“黑小子”。这种黑砂锅的特点是透气不透水，最适合炖肉。一百年以前，地道的北京炖肉，甭管红烧肉还是炖牛羊肉，都得用斋堂出的黑小子。真正好的砂锅还能传代，越是老的砂锅，炖肉还就越香。

红烧肉伴侣

除了炖肉用的砂锅，斋堂还产烙饼用的支炉。支炉长什么样呢？外形就跟摊煎饼的铛差不多，也是拿砂锅的材料做的，就是铛面上有好多圆窟窿眼，能往上透热气，往下漏油。过去真正爱吃饼、会吃饼的人，都愿意吃支炉烙的饼，为什么呢？因为支炉烙饼用的油少，不油腻，烙出来的饼还酥脆。

一个砂锅一个支炉，买回家，一个炖肉一个烙饼。炖肉烙饼，这应该算是个经典的搭配组合。我老家陕西有肉夹馍，说到底就是饼夹红烧肉。说相声的、说评书的，跟台上一提谁要请客到家里吃饭，经常说的也是炖肉烙饼。可能是因为过去，炖肉配烙饼卷着吃，就算普通人家最拿得出手的吃食了。

现在想起来，烙饼卷热的、带汤的炖肉，好像就不如卷凉的猪头肉、酱肘子、酱牛肉对劲。饼讲究吃刚出锅的，得烫；酱肉呢，得凉。热饼卷凉肉，让热气把肉里边的冻儿和油给煺得半化不化的，肉汤浸到饼里，两只手攥着饼卷，大口大口地咬，过瘾，解馋！

热的、带汤的炖肉，我觉得，还是配米饭最好，起码肉汤不糟践。山东济南就有种传统快餐叫把子肉，据说是东汉末年发明的。您看《三国演义》，开头不就是刘关张桃园三结义吗？张飞他们家是开屠宰场的，别的不趁，猪肉有的是。拜完把子，就招待大哥、二哥吃饭，大碗米饭配大块红烧肉，米饭上还得浇一大勺子肉汤，汤泡饭。刘备和关羽甩开腮帮子，打开里外套间，暴撮一顿，留下把子肉这么种吃食。

刘关张结义发明把子肉就是个传说，这种吃食其实清朝末年才在济南出现，就算当时的一种快餐，专门面向底层穷人、体力劳动者。体力劳动者饭量大，平时见荤腥的机会少，难得吃回肉，肉不够吃，就拿肉汤泡饭凑，既解了馋，又吃了饱，挺实惠。一样是红烧肉配米饭，南方人比北方人吃得细致，把大块的肉切成小块，再配个肉汤炖的鸡蛋，来点小咸菜，这就是时下流行的台湾卤肉饭。

除了配烙饼、配米饭，红烧肉要是配面条，来个小炖肉卤，也不错，山西人最爱吃。郭老师挖坑说《九头案》的时候，好像提过一次，前门大栅栏，粮食店街，离六必居不远，有个从50年代开到现在的老国营刀削面馆，过去就卖西红柿鸡蛋、芝麻酱和小炖肉三种面，再就是有几个小凉菜，像什么松花蛋、花生米、蛋清肠、猪头肉，都是给喝酒的人预备的。

这地方离着德云社近，刚开始搭伙说相声那会儿，我们老溜达着去。先来两个凉菜喝酒，喝得差不多了，十块钱一碗的小炖肉刀削面，一人来一碗，就着蒜瓣，唏里秃噜一吃，解饱又解馋，也挺美！

一个月，半斤肉

现在好多人抱怨说，这红烧肉吃着没以前那么香了。有的说是猪有问题，品种换了。还有的说是养猪的有问题，不好好养，老给猪吃这个药那个药，这个精那个精。我觉得吧，这里边大概也有咱们自己的问题。

您想啊，过去肉都是凭票、凭本供应，每人每月就半斤肉，恨不得一年才吃那么一两回红烧肉，那可不得觉得香吗？现在呢，什么时候想吃，什么时候都有，哪怕说半夜十二点呢，想吃红烧肉了，拿起手机随便按两下，用不了半个钟头外卖就给送家来了。再好吃的东西，天天吃，顿顿吃，吃到最后，也就不觉得香了。

说起吃肉，现在三十岁往下的人可能真觉得不算什么了。我年轻时候不一样，光拿钱买不着肉，有钱，还得有肉票，每人每月限量半斤。就每月这半斤肉，好多日子紧巴的人家还不敢买，只能再把肉票转手倒给别人。

还有人实在吃不起肉，又怕别人看不起，那怎么办呢？就跟家门口墙上钉个钉子，拿绳子拴块肉皮挂上。每天跟家啃完窝头咸菜，临出门前拿这块肉皮擦擦嘴，走大街上，别人一看嘴上油光光的，就以为是吃了肉了。

就算日子富裕，吃得起肉的人家，也没有一次买半斤肉一斤肉回来炖的。赶上周末，全家都在，买个一毛钱两毛钱的肉，包顿饺子，要不就来顿炸酱面，小碗干炸，大肥肉丁，这就算改善生活了。真正舍得论斤买肉、炖肉，只能是过年。

那会儿买肉的习惯跟现在不一样，现在注重健康，都愿意吃瘦肉。四十年前，大伙儿肚子里的油水少，吃肉都讲究吃肥的，越肥越不嫌肥！真赶上小孩让家里大人支使着去副食店买肉，买错了，买了块瘦肉回来，为这事挨顿打也不新鲜。

大伙儿都愿意买肥肉，可猪身上的肥肉也有限不是？这个时候，售货员的地位立马就高大上起来了。肉就那么多肉，具体卖给你瘦的还是肥的，那全凭售货员的一把刀、一只手，所以那时候谁家要是有个亲戚朋友在副食店、菜市场工作，当售货员，那得算非常重要的人脉资源。

您比如说点心，当时都是凭粮票买，买个面包还得搭一两粮票，可是点心装在货柜里，它总得掉渣吧？肉也一样。生肉切的时候，得剩下好多边边角角，肉头儿、骨头、肉皮什么的，熟肉切的时候也能掉好多碎渣，也有小块的边边角角。这些东西都不要票，便宜处理，如果您认识售货员，这才能匀出来点，回去全家人吃，那也还是香得很。

大闸蟹

这几天北京气温掉得厉害，早上出门穿个布衫还觉得有点儿凉丝丝的。入秋了，这西风就起来了，老话说“秋风起，蟹脚痒”，螃蟹该上市了。尤其到了中秋节前后，不管是自个儿家里吃饭，还是访亲拜友送个礼啥的，总能见到螃蟹的身影。

我听过一个相声，里面就讲到吃螃蟹，说小时候家里穷根本没见过这东西，后来别人请客，第一次吃螃蟹，也不知道怎么吃，连肉带壳全都嚼碎了吃进肚子里了，结果把牙吃了个豁口。这人也挺逗，为了吃，连牙都不要了。不过要说吃螃蟹这事，还真是门技术活。螃蟹这东西跟别的动物不一样，不像鸡肉鸭肉，做熟了拿起来就能吃，要是您不知道怎么吃，蒸熟的螃蟹放在面前您也无从下手。

巴解

按理说这螃蟹长着俩大钳子，看上去张牙舞爪，壳也硬邦邦的，肉也不算多，鲁迅先生还说“第一个吃螃蟹的人是很令人佩服的，不是勇士谁敢去吃它”，螃蟹怎么就被发现是个美食，搬上餐桌了呢？

第一次吃螃蟹这事，可以追溯到大禹治水那个年代，也就是夏朝之前。大禹带着手下在各个地方视察，看看怎么疏通水流，结果发现水里有一种大甲壳虫，也就是咱现在说的螃蟹，那时候还没有螃蟹这名呢。这种虫子长着两个大钳子，这人下去疏通沟渠，它夹人的手，容易把人给夹伤，所以当时人们管它叫夹人虫。要想疏通水流，得把这东西先处理掉，怎么办呢？

大禹手底下有个叫巴解的，这人挺聪明，就给大禹出了个主意。他说这夹人虫都是横着爬，咱根据它的爬行线路，在前面挖条沟，然后在沟里倒上开水，这虫子一到这就掉沟里，一进沟里，这开水就给它烫熟了，这就把问题解决了。可是这巴解发现啊，开水把这夹人虫烫死了以后，原来青的壳都烫成红的了，一闻还有股香味，特别香。这巴解也馋了，禁不住诱惑，就把其中一个夹人虫拿出来，打开盖就看见蟹黄啊什么这些东西。这人胆子也大，觉得这东西闻起来这么香，我试试，看看能不能吃，好不好吃。尝了一口，真是天底下最好吃的东西！他就告诉大伙儿说这东西没毒，还特好吃，所有人就跟着都开始吃。

巴解是第一个吃螃蟹的人，所以就把这解字下面加了个虫字底，蟹。螃蟹螃蟹，就是这么来的。

“偷渡”

巴解吃螃蟹，吃的是河蟹，咱去市场上买螃蟹，大多数卖的是河蟹或者湖蟹，这都属于淡水蟹。淡水蟹个头不大，刨掉不能吃的硬壳，肉也不多，所以咱们中国人吃螃蟹，除了蟹肉，蟹黄和蟹膏才更是鲜美。吃了这么多年的螃蟹，有个事不知道大家伙儿知道不？这蟹黄，其实是母螃蟹的卵巢和消化腺，而这蟹膏呢，是公螃蟹的性腺，也就是生殖器官，跟咱平时吃的羊鞭差不多。

连猪下水都不吃的外国人，螃蟹肚子里的东西在他们眼里就是实打实的垃圾食品，吃螃蟹的时候直接丢进垃圾桶。外国人吃螃蟹只吃蟹肉，而且吃的大多是海蟹，因为海蟹个头大，肉也多，顶吃。

外国人不爱吃咱们的螃蟹，可偏偏咱的螃蟹还跑去他们那儿了。有名的大闸蟹，大家都知道，在美国还成了“通缉犯”。纽约的环境保护厅就发布了“大闸蟹缉捕令”，呼吁当地居民一起抓螃蟹，有的网友就在这条新闻下面留言调侃“葱姜蒜已备齐”。我觉得吧，现在大闸蟹卖这么贵，大家可以组个团去打包螃蟹了。

这螃蟹在中国长得好好的，怎么跑到别人地盘儿上搞起物种入侵来了呢？其实一百年前，大闸蟹就在欧洲泛滥了。当时中国和欧洲进行贸易往来，货物都是用远洋货轮运送的，大闸蟹就顺着货轮到那边去了。怎么带过去的呢？前面咱说了，外国人不爱吃螃蟹呀，那肯定不能是光明正大贸易过去的。吨位越重的货轮，它的压舱水也越多啊，那个水就是从咱这江河湖海里抽的，一直带到欧洲，这里头就有大闸蟹。欧洲的淡水河系没有它的天敌，环境非常适合它生长，再加上壳也硬，钳子也好使，就把当地其他物种，跟它发生竞争的，打得落荒而逃。最后英国、德国这些淡水河流域都被大闸蟹给霸占了，数量剧增，没法控制了。到什么地步呢？您比方这德国人一网下去，准备捞鳗鱼呢，捞上来一看全都是大闸蟹。

这大闸蟹严重影响了当地的生态系统，怎么办？人们就想办法，刚开始是大量地把大闸蟹杀死，或者剁碎做动物饲料。后来德国人一看，中国人爱吃这东西呀，捞上来卖给当地的中国人，搁在华人超市、华人餐馆里头给它处理掉。

七尖八团

螃蟹在大洋的那一边泛滥成灾，这一边呢，则是供不应求。螃蟹这东西，食用季节性很强，可不是什么时候想买就能买着的。一般来说，四月到十月是螃蟹的生长期，过了十月，一入冬，天冷了，螃蟹就在河底下泥洞里闭嗉（sù）了。“闭嗉”是一句老北京土话，形容这动物不吃不喝在地底下冬眠，青蛙、长虫、狗熊冬眠，老北京人都管它们叫“闭嗉了”。要想吃到膏肥脂满的好螃蟹，得抓紧时间，赶在螃蟹冬眠之前，不然又得等上一年，肚子里的馋虫才能满足。

老北京人吃螃蟹，讲究“七尖八团”。怎么个说法呢？尖、团，是指螃蟹的雌雄，肚子上尖脐的是雄蟹，圆脐的是雌蟹。农历七月份，公蟹的蟹膏丰满，蟹肉紧实，是食用的最好时节，而吃母蟹则要再等上一些时候，等到了八月，蟹黄才能完全长满，适合食用。一般来说，北方的螃蟹上市要早于南方，所以南方吃螃蟹也有“九雌十雄”的说法，大概意思跟“七尖八团”是一样的。

阳澄湖

吃蟹的时节一到，卖螃蟹的商家就开始打广告了。大闸蟹是现在市面上的热门，尤其是阳澄湖出产的大闸蟹，更显珍贵。阳澄湖在哪儿啊？阳澄湖在江苏苏州，老一辈的人对阳澄湖这个地儿应该一点不陌生，为什么呢？咱们从那个年代过来的人，都听过八大样板戏，其中的《沙家浜》里头有一段有名的唱词，就是唱的那儿，阳澄湖的螃蟹也是从《沙家浜》开始才广为人知的。

其实早先北京人吃的螃蟹，多是从天津或河北运送来的，其中最有名的属胜芳大蟹。以前天津近郊的军粮城、芦台、咸水沽，还有河北的胜芳一带的稻田间都盛产河蟹。到了中秋，各产区用蒲包装着运往北京，每包有七八十斤重，一直持续到重阳都有螃蟹进京。

当时北京有个著名的螃蟹批发站，在前门外的西河沿菜市场里，这个站不仅螃蟹的吞吐量大，而且北京各大饭庄、菜馆采买螃蟹，这里都是首选。饭庄里买螃蟹以胜芳大蟹为主，胜芳蟹壳青腹白，个大且肥，不论是清蒸整蟹，还是把蟹粉剥下来做菜，都是最划算的。买回去的螃蟹要用高粱养在大水缸里，以免“落肥掉膘”。

“闸”

现在大闸蟹出名了，在饭馆里吃螃蟹，甭管到底是啥品种的蟹吧，总是标榜自己卖的是“正宗大闸蟹”，好像别的螃蟹就低蟹一等一样。闸蟹闸蟹，您说螃蟹就螃蟹吧，怎么跟“闸”扯一块了？这“闸”是怎么来的呢？

其实这闸呀，跟当地捕捉螃蟹的一种方法有关。螃蟹没有成熟的时候，都在湖底下沉着，也不往上爬，到了快长成的时候，这螃蟹该往上爬了，也就是咱说的叫“秋风起，蟹脚痒”。这时候怎么抓螃蟹呢？当地人就在港湾那设一道竹子片做成的闸，然后晚上呢，在上面点上几盏灯。这螃蟹跟蛾子一样，都爱追亮，就会爬到这竹闸上边。到了凌晨，收螃蟹的人一来，从水里把这闸提起来，上面都是螃蟹。这就是“闸”的由来。

南方捕蟹，大多是用这种竹闸，竹片有弹性，插水里也不影响行船。北方的螃蟹多是长在河里或稻田下，等河边的高粱快打籽儿的时候，河里的螃蟹就会成群地去地里吃高粱。咱都知道大雁有头雁，这螃蟹也有头蟹，到了晚上，这头蟹就带着螃蟹们往高粱地里爬。到了地里头用大蟹钳子一夹，高粱秆就折了，大伙儿吃饱喝足，下半夜头蟹再带着它们打道回府。

种地的庄稼人，在螃蟹回去的河沿儿上插上用竹劈儿编成的帘子，帘子上弄一个横档儿，横档前头点上一盏马灯。这马灯里有煤油捻儿，外头有玻璃罩罩着，多大风也吹不灭。庄稼人蹲在帘子的一边等着，等头蟹翻过横档儿，从第二只开始逮，把螃蟹一只只抓进蒲包里。为啥头蟹不能逮呢？这也有说法，要是把头蟹抓了，以后没了带路的，就再也抓不到螃蟹了！

黄酒

螃蟹抓上来了，怎么吃？古代有位爱吃螃蟹的名人说了，“世间好物，利在孤行”，什么意思呢？吃螃蟹就干蒸，别搁油盐酱醋那些什么的，耽误螃蟹原来的味道。到咱们现在，基本上这螃蟹的做法没变，要么蒸，要么煮，啥调料也不用搁，这才能保持螃蟹的鲜美。做螃蟹是挺简单，不过要想把螃蟹吃好，要准备的东西可就多了。

第一个就是姜醋汁儿，这是吃螃蟹时候必须准备的蘸料，因为螃蟹属寒性，姜醋汁的味儿能衬托出这螃蟹的鲜，又能起到驱寒的作用。做姜醋汁也有讲究，去皮姜末儿、镇江米醋、白糖。姜末儿越细越好，越细的姜末儿越容易出味儿；镇江米醋是大家约定俗成的讲究；白糖放一小撮。把这三种调料分别搁三个小碗里，每个小碗里还得配上一小勺儿，这就照顾到所有人的口味了，吃螃蟹的时候你爱吃甜一点的，就多放点儿糖，我爱吃酸点儿，我就多往我的料里头放点醋。

除了姜醋汁儿，吃螃蟹也不能少了酒，有蟹无酒，这是大煞风景的事。有朋友就问了，这白酒、啤酒、葡萄酒，酒的种类可多了，该选啥呢？这您可得注意了，螃蟹是寒物，啤酒也是寒性的，这两样可不敢一块吃。吃螃蟹最好是喝黄酒，要是您家有陈年花雕，哎哟，美！吃之前把这花雕稍微烫上一烫，一笼肥蟹端上来，斟上陈年花雕，酒香蟹美，光是想想，我这都快流口水了。

喝完了酒，这螃蟹也吃得差不离了，收拾收拾走吧？上街溜达溜达去。——您还真别走，这还没完事呢！螃蟹虽然好吃，但这水里的东西它多少带着一点儿腥气，吃完螃蟹这手上就沾得满手都是腥味儿，而且这味儿还不好去，反正我吃完螃蟹至少得用香皂洗上七八遍才能把这味儿去了。

以前没香皂的时候呢，吃完螃蟹去腥要用紫苏叶泡的水洗手。紫苏叶也就是咱平常说的紫苏菜，既能做菜，也能入药，长得跟蚕吃的桑树叶子有点儿类似。吃完螃蟹，用紫苏叶泡出来的水冲一冲手，手上的腥气就洗掉了。除了紫苏叶，在外面的馆子里吃螃蟹，讲究的店里会准备菊花和茶叶泡水洗手，不知道大家试过没有，反正我听着就觉得够奢侈的。

禁忌

有的朋友在网上看到好多吃螃蟹的禁忌，什么螃蟹不能跟柿子一块吃呀，会得胃结石；吃螃蟹不能喝茶呀，对肝脏不好。螃蟹真有这么厉害，吃了螃蟹就啥都不能吃了？捎带手，咱也聊聊这个吃蟹注意事项。

前面咱也提到了，说螃蟹属寒性，所以这吃螃蟹跟吃一般的东西还真不一样。打个比方，早中晚都吃面条，很平常的事儿，可是螃蟹不能这么吃。螃蟹吃多了不仅不消化，还容易拉肚子，您说都吃到拉肚子了，还能算是享受吗？上顿吃了螃蟹，下顿吃什么就得注意了，来点清淡的、好消化的，吃点儿热汤面，喝点儿小米粥，第二天再吃点别的，就没啥事了。

至于这网上说的不能吃柿子什么的，这得看情况。肠胃好的，中午吃完螃蟹，下午您想吃个柿子了，也不用憋着，别吃太多就行。要是肠胃不太好，那还是建议您忍忍馋，明儿再吃吧。

吃螃蟹还有一点是最需要注意的，那就是不能吃死蟹。因为这螃蟹一旦死了，从水里带出来微生物、细菌，就开始在死螃蟹的身体里繁殖了。您要吃它，等于吃了一肚子病菌，不生病才怪呢。

蟹八件

吃螃蟹的讲究咱也说了，要准备的东西大家伙儿也都了解了，要注意的事项咱也知道了，咱还得聊聊这吃螃蟹最重要的一步：怎么剥。其实吃螃蟹这件事，乐趣就在于自个儿剥自个儿吃，要是自己不会剥，全靠别人帮忙，那吃蟹的乐趣也就没有了。

但这剥螃蟹确实麻烦，您比如我，我就不怎么吃螃蟹，也不是不爱吃，您要是把这蟹肉蟹黄都给我收拾好了搁这儿，我也喜欢吃！但您要让我自己剥，可能那边一顿饭都吃完了，我这一个螃蟹还没吃完，太费事了！

以前人吃螃蟹，也有这个问题，怎么解决呢？咱不能因为麻烦，放弃这么好吃的东西啊，还得能吃得干净，不能图省事就浪费。古代就发明了蟹八件。

蟹八件可不是说把这螃蟹分成八块叫蟹八件，这说的是一套专门吃螃蟹的工具，一共有八件，所以叫蟹八件。哪八件呢？分别叫剪、锤、斧、镦、刮、匙、叉、镊。这八样工具，用处都不一样。

剪，就是剪刀，用来把螃蟹的钳呀腿呀给它剪下来。叉呢，就用来把蟹腿蟹钳里头的肉掏出来。斧呢，就是小柄短斧，用来掀开螃蟹的前胸后盖。这镦就是一小小的、圆筒凳子一样的东西，镦和锤用来敲打螃蟹的背，让这螃蟹的壳能更好地跟里头的蟹黄蟹膏啥的分离，您掰的时候好掰一点。匙，大家都知道，小勺子嘛，用来吃蟹黄蟹膏这些软东西。刮，跟一小型的水果刀差不多，犄角旮旯里吃不干净的肉，您可以用这小刀给它刮下来。镊子，负责把不能吃的螃蟹心、肠给清理掉。这一套程序下来，可是下了大功夫的，这螃蟹想不吃干净都难。

其实蟹八件也是泛指，最高的时候有八八六十四件小玩意儿，专门吃螃蟹，您说这古人厉不厉害？吃个螃蟹都能玩出这么多花样！

这蟹八件，什么做的呢？大多是熟铜做的，也有用银子做的。晚清时候，苏州人嫁闺女，陪嫁里头还有黄金做的蟹八件。不过这金子做的蟹八件没银子的好使，铜的呢又容易对蟹肉造成污染，所以讲究的蟹八件，基本是以银的为主。

现在吃螃蟹，基本上就拿个剪刀，最多弄个小木槌儿，敲敲打打就把这螃蟹吃了，肯定没这蟹八件吃得干净，但也确实省事。

蟹黄汤包

在家吃螃蟹，总是眼大肚子小，怕不够吃，多买点儿吧！买回去，吃不了怎么办呢？有人出主意说养起来。这我也试过，养了几天，再吃的时候，膏也少了，腿也蔫了，还不如买回来就给它蒸熟了！做熟了的螃蟹也不能久放，那吃不了怎么办呢？咱可以把这蟹粉剥下来，留着做菜。

蟹粉，就是把螃蟹蒸熟以后，剥出的蟹黄蟹肉，这统一都叫蟹粉。剥蟹粉跟吃螃蟹还不一样，吃螃蟹的时候整个螃蟹都是您的，想怎么吃怎么吃，实在不行上嘴啃也没人管您。可这蟹粉剥下来是给大家伙儿做菜吃的，谁都有份，这就得注意了，这时候咱前面说的蟹八件可以派上用场了。

剥蟹粉要趁热，螃蟹冷了以后蟹黄蟹肉跟

壳都黏一块了，再剥起来就难了。蟹粉剥下来，能做的菜可多，清炒蟹粉、蟹粉豆腐、蟹粉狮子头，都是有名的菜。

不过一般爱吃清蒸螃蟹的人，都对这些蟹粉菜不屑一顾，觉得画蛇添足，多此一举。我这人比较懒，我还是挺爱吃蟹粉菜的，毕竟不用自己动手就能吃到螃蟹味儿。

用螃蟹做成的各类菜里面，有一个最独特的，也是很多人都爱吃的，就是我要给大家强烈推荐的蟹黄汤包。灌汤包，大家肯定都吃过，把这蟹黄和灌汤包结合起来，虽然不知道是谁发明的这种吃法，但肯定也是个会吃的主儿。

蟹黄汤包，顾名思义，蟹黄肯定少不了，除了蟹黄，还得配上剥好的蟹肉、剁碎的猪皮、鸡汁，用特制的面皮儿包起来。包汤包的面皮儿也讲究，要薄而不漏，还得有韧性，包子馅儿上锅一受热，汤汁儿就多了，要是皮儿没韧性，包不住这汤，蒸出来就闹了笑话了。

吃过汤包的朋友都知道有个小口诀，“轻轻提，慢慢移，先开窗，后吮汤”。蒸好的汤包端上来，晶莹剔透，在盘子里晃晃悠悠的，都能感觉到里面的蟹黄汤在流动，好像要破皮流出来了。用指尖儿捏着包子褶，轻轻地把包子移到盘子里，放点姜丝儿，在包子上淋上点儿香醋，低下身子，轻轻地在包子皮上咬一个小口，刚出炉的包子有点烫，等汤稍微晾凉，用嘴含住咬出来的缺口，舌头紧紧抵着边缘，用力吸一口，热乎的汤汁就涌进了嘴里。舌头刚尝出来味儿，脑子里的第一个字就是鲜！特有的蟹黄鲜味充满了整个口腔，趁着这股热乎劲儿，把剩下的汤汁咕隆咕隆吸进肚子里。

喝完汤，脑门上都冒汗了，咂巴咂巴嘴，轻轻打个嗝，把贴在馅儿上的包子皮拨开，露出来金黄的馅儿，吃上一口，香而不腻，足量的蟹黄蟹肉给您绝对的满足感，要我说，可比吃螃蟹实在！

火锅

火锅

“没有什么事儿是一顿火锅解决不了的。如果有，那就两顿。”

我觉得火锅啊，是特别符合中国人的饮食习惯的，不光符合饮食习惯，还符合传统习惯。怎么叫符合传统习惯？您想啊，热热闹闹、红红火火的，一家子人围坐在一张圆桌前，热气腾腾地冒着蒸汽，锅里咕噜咕噜开着，圆桌又合着团团圆圆的寓意，而且想吃什么涮什么，甭管海鲜、菌菇，荤的素的，不用特意照顾每个人的口味，省事、方便还好吃——不挑人！所以中国人都乐意吃火锅。

火锅算命?

我最近吃火锅听来一个新鲜玩意儿——火锅算命，说是日本人发明的。欸，我一听，这个有意思啊，咱也没见识过，开开眼吧。

起先呢，说鸳鸯锅就像一个太极图，所以日本人管这个叫太极定阴阳。然后，说这个上来的菜，哪个菜怎么摆放，哪个肉在你的什么方位，哪个先熟，漂起来什么样……巴啦巴啦好大一通道理。比如说这牛肉丸，漂起来一个——按咱们说，丸子漂起来就是熟了，人家不介，人说牛肉丸漂起来一个，其他都没漂起来，说明最近你的人缘不太好，背后招小人……居然还真有人同意的，一张桌子上有人信呐！我一想，这不胡说八道嘛，谁人背后不说人？再好的人，背后还有人说你不好呢！

再有，您比如说谁谁烫的腰花没漂起来，说明他肾脏最近不好；还有人烫的山药夹不起来，主大凶。吓得我夹土豆的筷子一哆嗦，没敢烫，我怕他说我土豆没漂起来——土豆它漂不起来啊！

就图一乐呗，一帮朋友坐一起，不闹不玩，那还图什么啊？！后来我想，这可能是个招儿，专门让大家伙儿吃不上。所以啊，趁着他给别人算命的工夫，我赶紧多夹两筷子肉。你们聊你们的，我先吃饱再说！

北涮锅，南鸳鸯

我喜欢吃火锅，主要是图方便。您想啊，家里来朋友，七个碟子八个碗地炒一大桌子菜，那得费多大劲呐？做饭、摘菜，蒸、煮、炒、炸，好容易弄好了，你也累趴下了，再赶上天热，一大桌子菜做好了你也没胃口了。而且呢，这好吃不好吃，主人家心里也没个准谱儿。火锅多方便啊！也不用将就哪位忌口不忌口的，买多点食材，爱吃什么涮什么呗。吃好了大家高兴，吃不好呢，下次咱上你们家再吃一顿去，不就结了嘛！

过去吃火锅，北京讲究吃铜锅涮肉。当然了，我小时候那会儿，老百姓家里条件都不好，您说谁家为吃羊肉专门置办个铜锅啊？即便祖传有一铜锅，你能老吃得上涮羊肉吗？挣那么点钱还老吃涮羊肉，那不可能！所以我记得小时候，得每过很长一段时间，轮到说咱今晚吃一顿涮羊肉吧，那主要还是以涮菜为主，也有点儿肉。怎么吃呀？弄个铝锅搁蜂窝煤子上，火烧旺，搁上葱姜煮开水，拿笊篱兜着肉——别跑了肉嘛，总共没几块肉，再跑锅里捞不上来那多亏呀——跟锅里涮，拿起来给大人、孩子们分分，一人分点儿肉。等这肉涮完，汤也肥了，白菜、萝卜再下去烫，主要就吃这个，也省事儿。尤其是冬天，一家人围着炉子，外边儿不管是刮着西北风还是下着大雪，屋子里暖暖和和的，一家人围着炉子那么一吃，有一种旺旺腾腾、热热闹闹的劲儿。

老北京涮羊肉，吃的还是羊肉的原汁原味

儿，所以用清汤——实际就是白水，里头搁上葱姜，口儿重的再放两片大料，讲究的呢再放俩枸杞，也就这样了，没别的。后来越吃越讲究，有的人家也放点羊尾油，把这汤先肥一肥，再下肉。肉还得夹肥带瘦，吃着不柴。吃的主要是羊肉的鲜味儿，讲究食材必须新鲜。

四川火锅就不一样了，嚯，那个麻！那个辣啊！云贵川一带，地处暖热潮湿地带，那边的人必须吃辣椒来驱寒、祛湿气。鸳鸯锅还有个说法，说是它出自重庆，因为嘉陵江和长江在重庆环城围绕，形成一个太极图的图案，就像火锅的鸳鸯锅一样，一清一红。

有一回，火锅上桌了，我就问一个四川朋友，你们又不吃清汤，为什么要发明鸳鸯锅做两种？那朋友说，我们是这样的啊，红汤给活人吃，清汤留着祭奠。好家伙！这一顿饭，我愣没敢把筷子往清汤那边转。

现在很多地方人都说火锅是他们那儿发明

的，其实我觉得吧，大家都没错。因为在宋朝以前是没有铁锅的，以前的人吃什么都是蒸、煮、烤，逃不过这老三样。本来嘛！没有炒锅，大家都是一锅炖，都是烫菜、煮菜，全国各地都算火锅的发源地！所以，这个谁发明的，都没法儿说得清楚，但真正让火锅被全国上下都喜欢起来的，北方就是老北京铜锅涮肉，南方就是四川鸳鸯锅，这个没的争。

以前的火锅怎么吃

咱们看《让子弹飞》里头，坐着火车，吃着火锅，带着老婆，还唱着歌……我估计他们那个火锅里面的山药也是没漂起来，不然也遇不上麻匪。

《让子弹飞》的原作者，马识途先生，就曾经回忆过当年他在重庆怎么吃火锅：就低桌子，坐高板凳，脚踏桌横子，赤着膊，豪吃豪饮豪言豪叫，才真叫吃重庆火锅！您想想那场景，桌子是低的，凳子是高的，脚踩着桌子那横梁，光着膀子，一边大口吃肉大碗喝酒，一边海阔天空地聊着，得多美！这是吃货的一种境界啊，想想都过瘾！不像现在，越吃越文明了，这种豪气也出不来了。

以前吃火锅不像现在，菜给切好了端上来。那时候，火锅摊子就支在门口，在店外头吃！后边站着老板，老板面前是案子，案子上面摆着牛、羊、猪肉，大块，生的。老板手里掂把菜刀，站在摊子后面，等您过去挑——牛肉来半斤，羊肉来三斤，蔬菜我来这个那个这个那个，上秤约（yāo）了分量，老板给您改刀，该切片切片，该切块切块，然后您拿过去自己涮，涮完不够再买去，是这么吃。

北京人之前涮肉都是冬天吃，后来才改夏天也吃，我觉得夏天吃涮羊肉这是跟四川人学的。四川、重庆，无论冬夏都吃这麻辣锅子，天气热得四脖子汗流，还得蹲在火锅桌子旁边吃呐，您问他热不热？他也热，但他就是要发出那汗来，痛快！那时候不像现在有空调，为了凉快，重庆人还专门搞出了一个洞子火锅。有朋友问：什么叫洞子火锅？洞子火锅，这是因为吃的地方不一样，所以有了这么个叫法，这个“洞子”就是以前的山洞或防空洞，闲置了，盘下来开火锅店，山洞里面冬暖夏凉的，正好吃火锅。

因地制宜的各地火锅

南北火锅的区别，不光是地点、调料上面有差异，底料也各有特色，现在别说兔子肉、牛羊肉，甚至驴肉火锅都有。说到驴肉火锅，大家想起来保定了没有？对，就是郭老师经常去的保定。保定不光有驴肉火烧，还有驴肉锅子，涮驴肉的，也好吃！

四川、重庆的火锅，大多是麻辣香醇，不光有红油火锅，还有酸菜鱼火锅、酸菜鸡火锅。酸菜鱼火锅，去过四川、重庆的朋友应该都知道，就是用四川泡菜做的酸菜鱼，在里面烫菜吃，酸菜鸡火锅也是同一个做法。还有一种特别的四川泡菜火锅，叫酸萝卜老鸭汤火锅，拿泡椒、酸萝卜、泡菜先炒，再把腌制好的老鸭切块，搁进去加水炖，等到老鸭子炖得烂烂的，鸭子味儿渗进去汤里了，端上桌子烫菜吃。酸萝卜入口酸脆，老鸭子入口即化，再配上其他的火锅配菜，香极了。

不光四川人有自己的特色火锅，全国各地都有各自地方风味的火锅。您比如说杭州，有一种菊花锅子，拿鸡或者大棒骨熬制高汤，吃的时候将生肉片、菜等入锅烫熟，但是它单加一种东西：菊花。菊花跟锅里肉啊菜啊一块儿涮，涮完一块儿吃，单有这么一味儿清香。

再说上海，我听说上海专门开了一家巧克力火锅，我一听这个就……反正我这口味啊肯定是接受不了，甜的？！爱吃甜的朋友可以尝尝去，哈哈。我就说，这肯定不是中国人发明的！但也没准真是中国人发明的，那就有点儿外道天魔了。

再说潮汕的牛肉锅，那也是远近闻名的一种吃食，大家都知道。主要涮的就是牛肉和海鲜，那地方靠海嘛，口味比较清淡，老北京有句话叫“咸中有味淡中香”，口味清淡，才能吃出海鲜啊牛肉啊那些食材的鲜香，而且呢也养生。

吃火锅喝什么

吃了，不得配点儿喝的？这就说到喝什么了。我是得喝酒，尤其是吃饺子、吃火锅，那不能不喝酒，不喝等于白吃了这顿饭。冬天我就喝白酒，烈一点儿的，暖身！夏天就啤酒，外边儿热，得凉快凉快才有食欲。但是呢也有一个麻烦，尤其涮羊肉，羊肉一吃多，冰镇啤酒再下去，肠胃不好的朋友得注意着点，这个因人而异啊，反正我肯定得喝酒。

四川、重庆那边，最早吃火锅不喝酒，人家

有一种传统，吃火锅的时候喝茶！喝什么茶呢？叫老荫茶，荫凉的荫，这种茶有好处，解辣败火，清热消炎，凉血消食，专配这川味火锅。您想啊，那又是辣椒又是麻椒又是大火跟那儿滚着红油汤，配点儿这清凉败火的茶，挺美。

不过这几年再去四川，我发现很少再有人喝这老荫茶的了，他们喝什么呀？有喝酸奶的！说酸奶可以在胃里形成黏膜，不让辣椒对胃产生过度的刺激。我们去那火锅店，老板也都说，先喝瓶儿酸奶吧，喝完第二天不闹肚子！我们还真试过，有点儿意思，确实有一定的道理。

吃火锅蘸什么

蘸料也不一样。

四川人专门有干料碟，嚯，这可厉害，能吃辣的朋友到那儿去就专吃这干料碟，肉涮完了直接往里头招呼。什么叫干料碟？就是辣椒面儿、花椒面儿，再掺点芝麻碎、花生碎，具体怎么配咱也不知道，反正又香又辣又好吃！那玩意儿蘸着，解气！

北京涮羊肉那就甭说啦，芝麻酱、韭菜花、酱豆腐，就这老三样。您别看就这么三样，哪个多，哪个少，调配的比例有讲究，有的这三样调出来就好吃，有的就不好吃。我都是自己调，很少去外面买调好的那些。包括吃川锅，我也不是就照他们香油加点蒜泥一般地那么对付，以后赶上您吃川锅，可以照我这配方试试：拿个碗，搁上香油，搁一勺韭菜花，再撒点儿香菜，整个拌匀咯，让韭菜花和香菜的香味沁到香油里头。您尝尝，单一个味儿！

到了云南，又不一样了，人直接蘸辣椒面儿，顶大了放点花椒面儿，云南说法这叫跳水蘸料，就是蘸料里面没有水。到了广东，蚝油、番茄汁儿、海鲜酱，这跟地域都关联着。火锅太讲究了，各地有各地的特色，至于麻辣烫、冒菜、毛血旺，这些我觉得都算火锅的分支。

中国人吃火锅有瘾，外国人也一样。我就发现一现象，中国人喜欢吃的东西，外国人都喜欢吃；外国人喜欢吃的东西，中国人就未见得喜欢吃。中国这饮食文化太厉害了！

一说起火锅来，这话就多，一说吃的，我这话就密。吃是人生大事，是得讲究讲究。现在大家经济条件都好了，如果有机会呢，我建议您去其他地方的时候，也去尝一尝当地的火锅，感受一下每个地方在火锅烹饪上面的特色。

羊

这两天睡得不好，怎么呢？夜里的演出多，回到家，心里还兴奋着呢（所以说演员为什么都喜欢喝酒呢？就是为了麻痹一下神经），躺在床上，翻来覆去地烙饼，就是睡不着。

睡不着怎么办呢？最传统的套路，那就数羊呗。我就躺在床上闭着眼数，一只羊、两只羊、三只羊，暖羊羊、美羊羊、喜羊羊、灰太狼，要吃羊、海底捞、小肥羊、芝麻酱、羊肉片、鱼丸子、虾丸子、牛百叶、鹅肠子、冰镇扎啤……干脆，甭睡了，楼底下吃火锅去吧！吃饱就困了。

睡不着数羊这个套路，大伙儿可能都用过。数了这么多年的羊，不知道您琢磨过没有，睡不着，干吗非得数羊呢？有人说是为了数数，数得迷糊了，自然就睡着了。既然数数管用，那我数马成不成？数狗成不成？数茄子、扁豆、辣青椒，成不成？

好像还真不成！因为睡不着数羊这招儿的关键问题不在数数，是在羊的那个发音。数羊这个办法，最早是英国人发明的，懂英语的朋友应该知道，英语里边，“羊（sheep）”和“睡觉（sleep）”，这俩单词的发音差不多。

睡不着数羊的过程，就是一个反复强化，给自己心理暗示的这么个过程。不是有那么句话吗，谎言重复一千遍，就是真理。英国人躺在床上数羊，实际等于老跟那念叨“睡觉、睡觉、睡觉”，来来回回，就把自己念叨着了。

汉语里边“羊”的发音跟“睡觉”没太大关系，中国人睡不着，躺床上拿汉语数羊，效果不会特别明显。反倒有那对数字比较敏感、有强迫症的人，从零数到好几万，越数越精神，数着数着数错了，再从头数，一直能数到天亮……所以说下回，您要是睡不着，再想玩儿数羊这招儿的话，我觉得可以试试拿英语数。

膻是羊肉的灵魂

说到羊，眼下入冬了，正是吃羊肉的好季节。现在好多地方宣传自己的羊肉好，套路差不多都是说我们这儿的羊肉不膻。这话，我感觉说得挺不上道儿的。牛羊肉，吃的就是个膻味，羊肉要是没有点膻味，您想，那还叫羊肉吗？跟猪肉还有什么区别？

古人说，鱼、羊为鲜。鱼和羊这两种食材，一个是腥的，一个是膻的，您只要把它做好了，火候到位，作料齐全，腥味和膻味就能变成香味。反过来说，要是哪位厨师做出来的鱼肉、羊肉，腥得人直犯恶心，膻得您下不去筷子，那只能说明他的手艺还没学到家。

现在一说吃肉，多数人的理解就是吃荤，管肉菜都叫荤菜。实际上，“荤”这个字跟肉没太大关系。光看偏旁就能看出来，“荤”的上边顶着个草字头儿，指的是植物。东汉有个叫许慎的人，写了本《说文解字》，算是中国最早的字典。这本书里边就说了，荤，臭菜也。什么叫臭菜呢？就是大葱、大蒜、韭菜，这些味儿本身就挺冲，吃完了以后嘴里还有臭味的菜。佛家、道家说的戒荤，说的就是不吃这些味儿特别大的菜。

不光和尚、道士得戒荤，过去传统的买卖铺户，伙计、掌柜的，也得戒荤。那时候没牙膏，也没口香糖，一般就是拿盐水漱漱口。伙计早上起来，来仨韭菜鸡蛋的包子，再就半瓣子蒜，回头主顾上门了，出去跟人家打招呼：“哟嗬，爷，您来啦，里边请……”一张嘴，逆着风儿把人家顶出二里地去，那谁受得了呀！

古人要说吃肉，就得说腥和膻这俩字，一个对应鱼，一个对应羊，一个水里凫（fú）的，一个草窠儿里蹦的，拼在一块，就是个“鲜”字。有朋友就说了，牛和猪呢？

牛，在古代得留着耕地，轻易不能吃牛肉，吃牛肉犯法。猪呢，过去来说算不上特别高级的食材，有身份有地位的人，不吃。所以您看《水浒》里边，众英雄聚在一块，都是宰一头羊炖上，然后大块吃肉，大碗喝酒。鲁智深在大相国寺看菜园子的时候，偷菜的那帮小流氓想拍他的马屁，兜里又没钱，这才弄了头猪过去。

现在也是这样，谈恋爱约会，请女朋友吃饭，想上点档次，有点情调，都得去西餐馆，牛排，红酒。绝对没有说马路边上，大排档，来盆红烧腔骨，俩人手拿着，面对面跟那儿啃。这种事，只能是结婚以后才有。

中国人普遍吃猪肉是宋朝以后的事。尤其到了明清两朝，人越来越多，地，平均下来，越来越少，养不了那么多羊，只能改成养猪了。苏东坡有首诗不就说了吗，“黄州好猪肉，价贱如粪土，贵者不肯吃，贫者不解煮”。

东西南北中，烤羊配羊汤

说起中国人吃羊肉，我总结了个规律，就是两条线、三个流派。这两条线，一条线是长城，一条线是长江。

长城，过去那是游牧民族和农耕民族的分界线。长城外边，吃羊肉以烧烤为主，很少熬汤，最有名的是内蒙的烤全羊，整只的羊，烤得金黄酥脆，冒着热气，披红挂彩的就端上来。边上再有几个蒙古族朋友，托着酒碗，热热闹闹地唱着祝酒歌，嚯！过瘾，解馋！长城里边，吃羊肉以炖煮为主，喜欢熬汤，讲究就着刚出炉的热烧饼、火烧，喝羊汤。

这种口味差异，要说起来，也是个“历史遗留问题”。古代游牧民族，跟草原上放牛、放羊是把好手儿，手工业就差点儿，铁锅、陶罐儿这些东西都不太会做，得从中原地区往那边买。朱元璋跟元朝打仗的时候就想了个损招儿，搞铁锅禁运。我就不卖给你们锅，看你们怎么熬汤！

古代游牧民族没有锅，就得少喝汤，多吃烧烤，实在想喝口稀的，那就得想别的辙。北京的铜锅涮羊肉怎么来的？民间传说，那不就是元世祖忽必烈行军打仗的时候，想吃炖羊肉，临时找不着锅，拿头盔代替的嘛。

吃羊肉的第二条分界线，是长江。咱们平常都觉得，北方人吃饭口味儿重，炒菜得多放盐，多搁酱油；南方人，口味儿轻，越往南边走口味儿越轻，甭管什么菜全是清炒，跟锅里扒拉扒拉就能吃。

羊汤呢，正好反着。北方讲究喝白汤，羊汤的色儿，越白越好，奶白色最好。像什么单县的羊汤，太原的羊杂割，都是这个路数。南方吃羊肉，多数都得放酱油，红汤。杀完了羊，还不剥皮，光刮毛，最后连皮带肉一块儿吃。

南方人这么吃羊肉，也有他的道理。一般来说，南方的羊肉，品质普遍没有北方的好，就得多加作料，为的是提味儿。越往北走，吃羊肉需要的作料就越少。内蒙草原上就有这么个说法，手把肉的最高境界，就是羊肉、清水，外加一把盐，这三样，别的什么都不放。

最传统的北京涮羊肉也是这个规矩，清水涮羊肉片，没有汤底那些乱七八糟的东西，真正的好羊肉片，汤应该越涮越清，从头吃到尾，不用打沫子。您要是在外头吃一顿涮羊肉，服务员上来打了七八回沫子，涮下来的汤也特别浑，那说明他们家的羊肉片肯定有毛病。

羊肉床子和猪肉杠子

老北京人吃涮羊肉，讲究吃口外的羊。口，指的是张家口，张家口外边就是内蒙大草原。每年一入了秋，草原上的羊，膘儿长足了，羊贩子就赶着羊群进张家口，往北京城溜达。一直到70年代还是这个规矩，内蒙的牧民到了秋天，得自己把羊赶过来，送到屠宰场。走到北京边上，白天不敢进城，羊上马路，交警管。都得等到后半夜，大街上没人了，羊再进城。

眼下北京还有好多叫羊坊的地方，就是以前羊群从草原赶到北京城以后，临时休息、养膘儿的中转站。最有名的要数北京西站，北京西站所在的地方，就叫羊坊店社区。

还有老舍先生写的《四世同堂》。《四世同堂》里边那帮人住的地方叫小羊圈胡同，也是养羊的地方，这条胡同现在改名叫小杨家胡同了，就在护国寺边上。小杨家胡同旁边还有条胡同特别有名，上过电视，让人编进过歌词，叫百花深处胡同（陈升《北京一夜》）。

现在卖涮羊肉的饭馆打广告，差不多都是写“老北京铜锅涮肉”这么几个字。过去不一样，做这种生意的馆子，过了立秋，口外的羊肥了，都得在门口立块大牌子，上头就写“烤涮”两个大字。涮，指的是涮羊肉，烤呢，指的是炙子烤肉，等于是一羊两吃。没法儿烤涮的筋头巴脑儿，还可以剁馅，包包子、包饺子、烙馅饼，便宜卖给社会底层下苦力的人。

过去宰羊、卖羊肉的买卖有个专门的说法，叫羊肉床子。对应地，宰猪、卖猪肉的买卖，就叫猪肉杠子。这俩说法当怎么讲呢？现在您去屠宰场看，猪宰完了以后，都是挂在大钩子上头，顺着流水线走，再开膛、分割什么的。以前的猪肉铺，铺子里有个架子，架子上横着根粗木头杠子，杠子上有铁钩子。猪宰完了，收拾干净，都是整只挂在铁钩子上卖，所以叫猪肉杠子。

羊肉铺就不一样了。铺子里有个木头案子，跟木头床的高矮、大小都差不多。案子不刷漆，就是白茬儿木头，每天都得拿清水刷。羊宰完了以后，按部位分割好，摆在案子上卖，所以叫羊肉床子。

一碗羊汤，千种面

猪肉杠子，羊肉床子，不光卖生肉，也卖熟食。猪肉杠子卖的熟食就是各种酱货，猪肘子、猪头肉、猪耳朵、猪口条、猪蹄子、五花肉方子，乱七八糟搁在一口大铁锅里边炖。羊肉床子还可以配套烙烧饼，蒸羊肉大葱馅儿的包子，最有名的那得数烧羊肉。

“水牛儿，水牛儿，先出犄角，后出头儿，你爹，你妈，给你买了烧羊肉……”这首老北京儿歌，全国人民差不多都知道，也有人给编成流行歌曲了。什么叫烧羊肉呢？通俗地说，就是把羊肉先搁在酱汤里边炖，炖熟了以后捞出来，再拿油稍微炸一下。“烧”这个字，在北京话里边有油炸的意思，相声《报菜名》不也老说吗，烧花鸭，烧雏鸡，烧子鹅。油炸一下，为的是去掉肉里多余的水分，吃起来更有嚼头，滋味儿更足。

以前的羊肉床子还有个约定俗成的规矩，买烧羊肉，可以白饶一点炖羊肉的肉汤，所以那时候买烧羊肉都自己带个小盆，为的是盛汤。买回家去，先拿热烧饼夹烧羊肉，再喝二两小酒，最后羊肉汤下面条，弄个热汤面，多搁胡椒面，多撒香菜末儿，一碗下肚，吃得满头大汗，那日子，没治了！

说起羊肉汤面，肯定绕不开河南烩面。羊肉、羊骨头熬汤，把羊骨头里边的油都熬出来，汤白得跟牛奶一样。再拿这个汤，下宽面条，下海带丝、豆腐丝、鹌鹑蛋，各种配料，面条出锅盛到碗里以后，浮头再放两大厚片羊肉。

河南人吃烩面，讲究吃剩的，最好是头天做的烩面，第二天再吃。为什么呢？面条在羊汤里泡的时间越长，就越入味儿呀。我老家西安有个差不多的说法，“剩面，剩面，给个知县也不换”，说的也是这道理。

一说西安，多数人的第一反应都是羊肉泡

馍。之前《长安十二时辰》火了，还带火了个水盆羊肉，说来说去，说得都俗了，我给您另外介绍一种西安美食，叫腊羊肉。

腊羊肉，名字里带个“腊”字，实际跟南方的腊肉没太大关系。西安腊羊肉是把生的羊肉切大块，先拿各种作料腌，腌透了，再放到清汤里炖。炖熟了，捞出来，得拿肉汤把肉块外头的碎渣子、作料什么的冲干净，最后拿布包上，挤干肉里的水分。

这种肉，不懂行的人一看，以为就是块生肉，实际里边的滋味特别足，特别有嚼劲。据说，1900年慈禧西逃，跑到西安的时候，就喜欢吃当地的腊羊肉。

说完西北，再说说西南。南方人多数都不喜欢吃面，愿意吃米。贵州人讲究吃羊肉粉，云南人吃羊肉饵丝，什么叫饵丝？就是北方说的年糕坨，白年糕切成细丝，当面条那么吃。

贵州的羊肉粉儿，云南的羊肉饵丝，做法

都差不多。整只的羊，带皮，切大块，连带羊杂搁在锅里炖。炖出来白汤，再往里边放大勺的红油，白汤变红汤，最后拿这个汤煮米粉、煮饵丝吃。这种吃法，要说起来，最早还是从山西传过去的。

唐朝初年，贵州这地方地广人稀，有点原始部落那意思，特别落后。大唐贞观十三年，公元639年，唐太宗李世民想在贵州开荒种地，发展经济，繁荣文化事业，就从山西太原那边发动了好多老百姓，给优惠政策，搬家去贵州。

这帮山西移民拖家带口到了贵州，顺便也把山西羊汤的做法传到了中国西南地区，又按当地人的口味改良了改良，这才有了贵州口味的羊肉粉、云南口味的羊肉饵丝。

狗的别名叫羊

整个中国南方，跟羊最有渊源的城市，那得

说广州。广州的别名叫五羊城，当地还有份特别有名的报纸，叫《羊城晚报》。五羊城的说法怎么来的呢？

民间传说，周朝那会儿，广州闹饥荒，老百姓都没粮食吃，眼瞅着要饿死了，就在这个节骨眼儿上，天上有五位神仙骑着羊飞过来了，每只羊的嘴里都叼着一棵稻子，每棵稻子上，长着六个稻穗。

神仙把这些稻穗交给广州的老百姓，让他们当种子种到地里，当地从此就再没有饥荒，五只神羊也变成五羊石，留在广州城外的山坡上，保佑广州的老百姓。广州从此得了个别名，叫五羊城。

有专家研究，广州民间传说里这五只羊，实际可能是五条狗。现在您去有些地方，老百姓吃狗肉也不说吃狗肉，得说吃地羊。有个成语叫挂羊头卖狗肉，这事儿要是搁在老年间，也不能完全说是骗人。

红焖羊肉流行风

广州最有名的羊肉美食，那得说羊肉煲。羊肉切成麻将块儿，配上萝卜、土豆之类的新鲜蔬菜，加酱油，搁在小砂锅里炖。好了之后，羊肉连锅端上桌，热气腾腾的，还得蘸着广州特产的腐乳、酱油和辣椒酱调的小料吃。

这种吃法，让我想起90年代流行过一阵儿的红焖羊肉来了。

90年代饭馆有过两拨儿流行菜。第一拨儿是90年代初的酸菜鱼，那阵儿北京的饭馆，甭管什么口味、什么菜系，都得有酸菜鱼。菜单上要是没有酸菜鱼，好像就显得特别不专业。吃主儿进了馆子，也是桌桌必点酸菜鱼，不点，就觉得特没面子。

酸菜鱼的热乎劲儿过了以后，第二拨儿流行菜，就是红焖羊肉。这种吃食，最早据说是河南新乡那边，有位姓李的厨师发明的。这位厨师年轻时候在川藏线当过汽车兵，喜欢吃四川火锅，复员回家以后，就把四川火锅跟红烧羊肉的做法结合了一下，发明了红焖羊肉。

红焖羊肉90年代火到什么程度呢？做红焖羊肉，里边得搁那种圆的炸面筋。我记得当年电视上新闻说过，就因为红焖羊肉火了，救活了全国各地好几个濒临倒闭的炸面筋厂。

只可惜这道菜眼下还不太容易能吃着了，想起来，也是件挺遗憾的事儿。

主食

蛋炒饭

这两天没事儿刷手机，看见个广告，2015年泰国人拍的，叫《一碗蛋炒饭》。

这广告讲的什么事儿呢？说有个小女孩，跟她妈闹别扭，离家出走。出去大街上溜达一天，兜里也没钱，饿得前胸贴后背。就在这时候，路边有位卖面条的中年阿姨，觉得小女孩挺可怜，就请她吃面条，边吃边给她讲各种人生感受，应该珍惜现在的生活，珍惜跟家人在一起的日子，反正都是很正能量的东西。小女孩边吃边听，听着听着，就觉悟了，撂下半碗面条就往家跑。跑到家门口，她妈正跟那儿站着等她呢，桌子上晚饭也做好了，一碗鸡蛋炒米饭。小女孩坐在那儿吃，眼泪哗就流下来了。

广告就是这么个广告，挺感人。有个规律啊，不知道各位注意没有？凡是这种以食物为话题，能戳中人的泪点，让观众看得掉眼泪的影视作品，它讲的一定都是最家常的吃食。绝对不会有人拍个广告，鲍鱼、石斑鱼、大龙虾，一顿暴撮，然后边吃边掉眼泪。真有这种情况的话，那可能就是实在没吃过，头一回吃，太激动了。

为什么能戳中人泪点的吃食，永远都是最家常的，像什么红烧肉、糖醋鱼、炖排骨、醋熘土豆丝、西红柿炒鸡蛋、蛋炒饭、炸酱面、包子、饺子、棒子面粥，这些东西呢？因为它们的背后连着的是人情，按现在时髦的说法，这些吃食才真正是有温度的。

去外头吃饭，不管这馆子多好、多有名，说白了，它也只是个花钱吃饭的地方。您掏钱，人家卖您饭，服务员当面都挺热情，出了这个门儿，谁还认得谁是谁呀？只有在家里边吃饭，才真正有人关心你吃得顺口不顺口，爱吃不爱吃，能不能吃饱，哪怕就是喝碗粥、就点儿咸菜，吃着也比去五星级酒店顺心。

老话儿不就说吗？要饱家常饭，要暖粗布衣。这里边的道理，好多人年轻时候不见得能体会得到，非得等到岁数大了，有点儿阅历了，才能明白。之前有个电影，就叫《蛋炒饭》，讲的就是北京胡同里边，有点半傻不傻那么个小孩，从小立志当厨师。干了一辈子，五十多岁了，拿手的就是做个蛋炒饭，可是人家把最简单的东西做到了极致，最后也成食神了。

要说起来，除了煮鸡蛋、泡方便面，鸡蛋炒米饭可能算中国饮食里边最简单的东西了，好多人这辈子最早下厨房做饭，做的差不多都是鸡蛋炒米饭。您说就做这么个东西，至于研究一辈子吗？我觉得不至于，人家导演真正想告诉大伙儿的，其实是蛋炒饭后边的那个“情”。要想弄明白这个“情”字，只能靠自己去生活、去领悟。治大国若烹小鲜，很多时候，做人的火候到了，做菜的火候也就到了。

炒饭不一定有蛋

我小时候，正餐，就是中午、晚上这两顿饭，吃炒米饭的机会少。都是早上，家里大人把头天晚上剩的米饭回锅炒炒，当早点吃。一般都是孩子还跟床上躺着呢，那边厨房里就坐上锅了。油烧热了，一大把葱花放进去，然后剩米饭再倒进去，哧啦一声，来回翻炒，加点儿盐。

有朋友问了，蛋炒饭蛋炒饭，你怎么不提鸡蛋呀？那时候家家户户鸡蛋都不富裕，炒饭多数都是最简单的油盐炒饭，多放点葱花提味儿，这在当年就算高档的早点，里边有油有盐的，就比干嚼馒头就咸菜强得多。

家长把饭炒好了，往桌子上一放，摆上筷子，这才招呼孩子赶紧起床："还萎窝子呐！赶紧的，吃早点，回头上学迟到啦！"这时候，小孩才爬起来，就着满屋子的油烟味儿穿衣服、洗脸刷牙。外边院子里，早起的老头儿那话匣子里边播着新闻，上班的大人互相打招呼。"哟，大哥，够早的，您上班去呀？""是，兄弟，您也够早的，我上班去，得嘞，咱晚上见。"这就是我记忆里边，四十多年前，北京胡同的早晨。

那时候炒米饭里边真正能见着鸡蛋，也就两种情况。一种是学校组织春游秋游，家长会过日子，舍不得去商店花钱买面包、火腿肠，那就来个蛋炒饭，多放鸡蛋。

为什么多放鸡蛋呢？大人孩子那都好面子呀，自尊心强！回头出去逛公园，几个小伙伴凑在一块中午吃饭。应名儿是蛋炒饭，实际白不呲咧，看不见几个鸡蛋星儿，让人看不起，自己都不好意思端着饭盒往别人跟前凑。

多加料的蛋炒饭当天早上炒出来，装在大

铝饭盒里边，外头裹上条干净毛巾保温。装在书包里背到公园，中午吃的时候还是温乎儿的，又能当饭又能当菜，确实比买面包、火腿肠经济实惠，还好吃。

我小时候，还有一种能吃鸡蛋炒米饭的情况，那就是离家远，中午学校又没食堂，自己带饭。赶上家里头天晚上吃饭没什么剩菜，也是第二天早上炒个米饭装饭盒里带着。饭盒上还得贴块白的医用胶布，写上自己名字。拿到学校，统一交给锅炉房老大爷，锅炉房负责给热，连老师带学生的饭盒都集中在那儿，等到中午饭点儿，热完了以后各拿各的饭盒。

吃个蛋炒饭，也能看出每个人心态不一样。有的小孩属于及时行乐型的，先把鸡蛋挑着吃了，再慢慢吃饭。也有先苦后甜型的，单把鸡蛋留出来，想着最后足足实实来一口炒鸡蛋，好好解解馋。偏赶上班里有那同学，好占个小便宜。走过来，哟，你今儿吃蛋炒饭呀？我尝尝。一勺子下去，直接把那口鸡蛋给搂走了，再看吃炒饭这位，那绝对是万念俱灰。

不能直呼蛋炒饭的年代

再往早了说，一百多年以前，北京有蛋炒饭，可是没有蛋炒饭这说法，要么叫炒米饭，要么就文雅点，叫木樨（mù xi）饭，反正说来说去，必须得回避“鸡”和“蛋”这两个字。为什么呢？我一说，您就明白。

北京有个紫禁城，紫禁城里边过去不光有皇上，还有好多太监。太监要想进宫上班，专门有一道“程序”，您都知道，我就不细说了。所以太监平时就忌讳一些字眼儿，比如像什么缺、少、没、鸡、蛋、善，都不能当着他面儿说。

我们相声里边就有，说是有个要饭的，要了一天，啥也没得着。好不容易跟茶馆里看见这么位，面善，穿得还挺阔气，走过去，“大爷，行行好吧，三天没吃饭啦”。这位还真挺大方，当场就给了五两一锭的银子。

要饭的得了钱，得说两句客气话呀，就跟这位说：“大爷，我这谢谢您啦，您可真是个大善人。”没想到这位听了就急眼了，啪就一个大嘴巴，银子也抢回去了。要饭的后来跟周围喝茶的一打听，敢情这位在宫里当差，你当着面儿管他叫大善（骟）人，他能不急眼吗？

过去太监三班儿倒，休息的时候也好上街溜达。穿着衣服，隔着皮儿看不透瓤儿，您知道谁是、谁不是呀？所以过去北京人说话就特别小心，遇见这几个字都得绕着走，拿别的字替。比如鸡，不能说鸡，得说牲口，卤鸡就是卤牲口，酱鸡就是酱牲口。鸡蛋的叫法儿就更多啦，像什么白果儿、黄菜，您平时听相声都能听见，摊鸡蛋就叫摊黄菜，卧荷包蛋就叫卧果儿，蛋炒饭也不能叫蛋炒饭，得叫木樨饭。

木樨指的什么呢？就是桂花的文言说法儿，

南方比较常见。桂花也有红色的，那叫朱砂桂，可还是以黄的为主。鸡蛋甭管放菜里还是饭里，不也都是黄的吗？老北京人就用“木樨”这两个字代替鸡蛋。

最有名的一道菜，醋熘木樨，是道北京清真菜，主料就羊里脊肉和鸡蛋两种。羊里脊切片，拿淀粉和花椒水抓了，腌二十分钟。鸡蛋磕到碗里，打成蛋液。葱姜蒜炝锅，先炒肉片，炒到变色，盛出来备用，然后摊鸡蛋，鸡蛋摊好了打成碎块儿，肉片重新下锅，加盐和酱油，多放醋，最后团粉汁液勾芡出锅。肉片是枣红色的，金黄的鸡蛋散落在肉片里边，就跟点点桂花一样，所以叫醋熘木樨。

有人问了，不是醋熘木须吗？就是木须肉的那个木须，也有写成喂牛、喂马的那个苜蓿的。这事儿啊，主要得赖北京人说话爱吞音吃字，您要是不故意绷着劲儿说，醋熘木樨，听着是不是也像醋熘木须？时间长了，大伙儿将错就错，就给弄成醋熘木须了。实际上，木须肉的那“木”指的是木耳，“须”指的是黄花菜，跟醋熘木樨的木樨压根儿就没关系。

南派炒饭 VS 北派炒饭

蛋炒饭，就是鸡蛋、葱花儿、米饭，再加点油和盐，炒一炒，方便又好吃，全国各地都有，大致上可以分两种流派。一种是鸡蛋打成蛋液以后把米饭倒进去，拌匀了再下锅炒。还有一种变通的办法，就是先炒米饭，饭炒熟了以后，再把蛋液倒进去，搅拌匀了，保证每粒大米都能沾上鸡蛋。

后一种炒法儿叫金裹银，南方比较普遍。好处就是显得鸡蛋多，炒出来满碗都是金灿灿的。缺点是，炒得火候不到的话，有股鸡蛋的腥味儿，吃不出蛋香。而且米饭裹上蛋液以后，容易发软、发黏，吃不出来炒米饭应该有的那种粒粒分明的嚼劲儿。1996年，周星驰演的一部电影叫《食神》，那里边就是按这法子炒的。

北方的炒法，都是先摊鸡蛋。大火，热锅，热油，鸡蛋倒下去，哧啦一声响，摊个鸡蛋饼，直接就在锅里拿锅铲把鸡蛋饼搅和碎了，下米饭，放盐，最后才能撒葱花。葱花要是撒得太早，那就炒煳了，黑乎乎的不好看，吃在嘴里还发苦。可是也不能撒得太晚，太晚炒不够火候，有股生葱气，吃到嘴里是辣的。

顶级的北方蛋炒饭，炒出来，讲究鸡蛋是鸡蛋，米饭是米饭，镶着葱花儿，有白有绿。米饭必须炒得特别干，一粒儿一粒儿的，吃到嘴里，有个咬头儿。吃了这么一碗蛋炒饭，标配应该是再来碗紫菜鸡蛋汤什么的溜溜缝儿，喝粥就差点意思。不预备稀的的话，也可以酽酽地沏一壶茉莉花茶。吃完炒米饭，喝两杯茶水。茶的那个香味能跟蛋炒饭留在嘴里的香味起化学反应，别是一番滋味。

丰俭由人，上不封顶

炒米饭其实是种包容性挺强的吃食，您要想往简单了做，鸡蛋都可以省咯，就是油、盐、葱花、米饭。您要想往复杂了弄，那可以说是上不封顶，怎么来都成。

清朝那会儿扬州的盐帮可以说是非常有钱，据说当时扬州有个盐运使，吃碗炒米饭花了五十两银子。五十两银子什么概念？《红楼梦》里，贾府最高级别的丫鬟一个月薪水才一两银子，二十两银子够普通庄稼人过一年。我就想问问，五十两银子，那饭里边都放什么了？吃到嘴里得什么味儿呀？

现在您去扬州也是这样。每天晚上，街边夜市大排档，像什么蛋炒饭、香肠炒饭、虾仁炒饭，十来块钱一份，就能吃得挺好。要是想往贵了吃呢，大饭店里边，海参、鲍鱼、龙虾、燕窝，只要您敢说，人家就敢给您往饭里招呼。哪怕后厨没备着料，老板都能出去现买。

扬州炒饭天下闻名，连老外都觉得好吃。打从根儿上说，扬州人最早学的应该是北派的炒饭，为什么这么说呢？您听传统评书《大隋唐》，里边有个奸王杨素。民间传说，奸王杨素平时最喜欢吃一种碎金饭，就是咱们前边说的北派鸡蛋炒米饭，炒出来，鸡蛋和饭是分开的。

隋朝的首都在长安，就是今天的西安，可是昏君杨广吃饱了撑的，没事干，做了个梦，梦见一种叫琼花的奇花。王世充献花图，告诉他说扬州就有这种琼花，这才有了隋炀帝开大运河，下扬州观琼花的故事。奸王杨素是杨广的二叔，也得跟着陪王伴驾，这才把自己喜欢吃的蛋炒饭带到扬州，从此就有了扬州炒饭。

眼下去扬州旅游的朋友，肯定都得来碗扬州炒饭尝尝，去了扬州不吃炒饭，那就跟来北京没吃烤鸭一样。可是吃来吃去，恐怕谁都不敢说自己吃的是最地道的扬州炒饭。甭说外地人了，就算您跟扬州大街上，随便拦住当地人问，最地道的扬州炒饭里边都得放什么呀？十个扬州人，大概也能给出十个不一样的说法。

2015年，扬州干脆出台了一个炒饭的行业标准，规定一份最地道的扬州炒饭里边，应该放三个鸡蛋，还得放海参、鸡腿肉、火腿、干贝、虾仁、香菇、竹笋、青豌豆，八种配料，多了少了，都不能叫地道的扬州炒饭。可是这个标准搞出来以后，就连扬州当地人好像也不是特别认可。

话说到这儿，我倒觉得，类似炒饭这种家常吃食，妈妈菜，各家都有各家的高招儿，好吃就成！其实没必要搞那么死板，非得按统一的标准来。就跟老北京的炸酱面一样，全国人民都知道北京的炸酱面有名，卖老北京炸酱面的馆子也不少，可是您要跟大街上随便拉住个北京人问，哪儿做的炸酱面最好吃呀？他一定会告诉您说，自己家做的炸酱面最好吃，别的甭管什么地方做的，都是味儿的事。要不怎么说，“要饱家常饭，要暖粗布衣”呢，家常的东西，永远都是家里做的最好吃。

打卤面

我这人喜欢聊天，就跟喝酒似的，喜欢那氛围，尤其一边喝着一边聊着才好呢。三五知己坐在一块儿，海阔天空这么一聊，感觉特对！当然，有条件的话也得吃着，吃着那就更放松了，口腹之欲嘛！谁都喜欢。颠仨炒俩，弄几个爱吃的菜，坐在桌子上一侃山，多好啊。

有朋友问了，你爱吃什么呀？“吃什么都成，随便做点儿就成！”我们老北京就这样：“您随便做点，炒个白菜，烧个萝卜，都成。”可也不像字面上说的“吃什么都成”那么简单，菜可以是大路菜，可以不讲究，但做法必须得可口。所以老有人说，你们北京人说的那个话呀，口不对心！说是吃什么都成，到最后挑三拣四，这不爱吃那不爱吃，非得自己下厨弄个什么乱七八糟的，实际上也不见得是什么好东西的东西，忒难伺候！

我也这样，朋友问起，你喜欢吃什么？我就说，您要是说大路的，我喜欢吃面，不单我，北京人好像没有不喜欢吃面条的，一提起面条来，都说成！一说到今天吃什么，米饭？得，您给我来一小碗吧。吃面条？哎，这碗可不成啊，您给我换个大碗！——有的人是这样，讲究吃面条不回碗儿，有多大饭量都不回碗儿，小碗不行换大碗，再不行换大盆，哈哈。总之调完、拌完了，就这一碗，吃饱了为止，再回碗、再重新调，那味儿就不对了！

您瞧，事儿还挺多，挺讲究。“要讲究别将就，要将就别讲究”嘛，北京人老说这么句话。

有朋友问了，你这天天吃面条，不烦吗？还真不烦。但您要是说天天吃炸酱面，那我也烦——不管什么好吃的，天天吃也烦。但关键是什么呀？北京人吃面条的吃法太多了！您别看都是面条，卤不一样，汆儿不一样，浇头不一样啊！

又有人说了，你这什么乱七八糟的？什么卤啊、汆啊、浇头啊，怎么那么多讲究？哎，今儿咱们就细说说这个，未见得说出多大学问来，但碰上爱吃的东西、喜欢的东西，我好琢磨琢磨。

面的吃法太多了，南方咱不提，单说北京。北京人最爱吃两样面，炸酱面、打卤面。您别看这就两样，这是概括说的，要是分开了，每一样里面恨不得都包括好几十种。咱今天不说炸酱面，单说这打卤面。

什么叫打卤啊？从字面上分析，很简单，“卤”就是盐水、盐汤——杨白劳喝盐卤，喝的就是这玩意儿。“打”是一个动词，在这儿讲就是“搅拌”。盐水里边儿加点东西，搅拌匀实，就叫打卤。所以啊，从这层意思上说，北京近郊有一种面，我觉得是最根儿上的，好吃！我特别喜欢。

农村人管那叫盐卤面、盐汤面。什么叫盐汤面呀？农村家家户户腌咸菜，把咸菜捞出来，把剩的那汤（您想那得多咸）倒出来，搁上花椒，熬。水分蒸发掉，汤更咸了，然后焌（qū）点儿花椒油，拿这汤浇面。如果您没吃过，我跟您说，可绝不是您想象中那种盐水拌面的味道！因为那是腌过咸菜的盐水，里面带着腌咸菜的味儿，熬浓了以后拿来浇面，再搁点菜码，像什么香椿啊、青蒜啊、黄瓜丝儿啊、萝卜丝儿啊，一块拌上，就着两瓣蒜，嘿，好吃极了！

北京近郊，房山、昌平、顺义都有这个。现在您想吃这一碗，还不大容易，您想，市里面谁家还腌咸菜啊？您得上农村吃去，而且各家的味道都不一样，因为家家户户腌咸菜的手法不一样，所以这盐汤的味道也不一样。我到农村就老听人说，“你上那家吃去吧，他们家盐水面可好了”，都有这么一名头儿。所以一提“打卤”，我觉得这种盐汤面，是最根儿上的。

要是按字面意思，打卤就是搅拌盐水，那打卤面的种类可太多了，连炸酱面都能归到打卤面里头！它涵盖的范围非常广，不就是搅拌带咸味的东西吗？您比如说，我爱吃的老北京“酱油汆儿”，也属于打卤面。搁点儿葱姜，拿酱油往里一倒，煲点儿花椒油，把酱油给熬熟了，酱油里的水分熬出去，实际上原理跟那盐汤差不多，只不过这就是酱油的。然后搁味精，颜色深深的，热面、锅挑儿、浇汤、搁菜码，这就是老北京经常吃的酱油汆儿面。嗬！好吃，浓浓的酱油香味。

吃法多了，哪家哪户吃面，都有几个自己拿手的，不见得多讲究。您比如我，自己跟家里头老吃什么呀？白菜汆儿，有好几种做法，都能做汆儿。搁点肉丝儿，把白菜炒了，搁酱油，汤多一点，连菜带面一浇，也好吃。您说吃素？吃素可以啊，连葱姜都不放，就白水煮白菜，然后拿酱豆腐，连汤带豆腐块搅成糊糊，搁在汤里一拌，煮开了拿来浇面，就是酱豆腐味儿的！

还有尖椒汆儿，这可讲究，我吃这个跟别人的吃法不太一样，是先把肉丝儿跟花椒煸煳了，搭出锅去，然后葱姜蒜、尖椒切丝儿，稍微带点辣味，炒熟了，放酱油，多搁点水，酱油稍微浓一点，出来味道基本跟酱油汆面配炒尖椒丝差不了多少。但吃这个是吃凉面，夏天，把面条煮熟，用冷水过得凉凉的，水控干，浇上这个，连汤带菜，搁上菜码，好吃！所以说，不管怎么吃，只要自己喜欢，这东西都能留得下。您要是唠这个，我话可就多了！

但有人说了，你这不叫打卤面，说了半天，你这是老北京的汆面啊！是，什么叫汆面？往水里搁，"入水"，就叫汆。刚才咱说了，"盐水搅拌"，这叫打卤，它涵盖的范围非常广，老北京打卤面底下又可以分为两种，人美食家给总结的：汆面，应该叫清卤面，浇的汁儿没勾芡；勾了芡的，就叫浑卤面。所以刚才我说的那些都叫清卤面，老北京管它小名叫汆面。

汆面种类多，西红柿鸡蛋的，榨菜肉丝的，茄子的，白菜的，扁豆的——扁豆切末，先炒肉末再炒扁豆末，搁上蒜、酱油、水一焖，拿这个浇面，好吃极了！

我还有一种吃法，嘿，可了不得了——臭豆腐。您要是不吃臭豆腐，这面您吃不了；您要说特别喜欢臭豆腐，行！我跟您说，特别简单，特别好吃。

把臭豆腐连汤带豆腐块搁碗里，搅成糊状，倒香油，搁葱末，搁味精，煮熟了面以后，您愿意吃热的，可以；喜欢吃凉的，过完水照样成，拿这个浇，放上菜码。您要是喜欢吃臭豆腐，您可以试试这种吃法，但我得叮嘱您一句，吃这个的时候，尽量一个人吃！怎么呢？旁人他受不了啊。但凡人要是不爱吃这个，他受不了那味，那不是人受的罪过！好家伙，太臭了！尤其是热面，您想啊，臭豆腐浇到热气腾腾的面上，再一拌，那一屋子坐不住人！

这臭豆腐面是怎么流传下来的呢？据说是以前，有人在饭馆没吃痛快，想给这饭馆找点事儿，想折腾折腾、难为难为这老板，不让他这儿上饭座，就这么治：

“你给我来一碗锅挑儿！”什么叫锅挑儿啊？煮出来热气腾腾的，从锅里刚挑出来的面，就叫锅挑儿。“来一碗锅挑儿，来两块酱豆腐，倒点汤！”啪啪啪一和完，往锅挑儿里一倒，就在那儿拌着吃。老板也不敢轰他！他也是主顾啊，对不对？老板不轰他，旁人可都走了，实在是坐不住，臭气熏天！据说，人是为搅和这买卖才发明了臭豆腐面这种吃法，别人闻着臭，自己吃着可香啊，自己不难为自己嘛！

这臭豆腐面，您要是喜欢，可以在家做做试试，尤其是多搁点香油，香臭香臭的，哈哈，好吃！

再说说浑卤面，勾芡的那个。怎么做呀？哎哟，真正的打卤面，讲究可大。有人说这打卤面应该叫“大”卤面，因为猪肉被叫作“大肉”，用来跟牛羊肉相区分，打卤面通常就是猪肉做的。

猪肉，大肉，也叫白肉。做打卤面一定得用肥瘦相间的白肉，切片，放油、葱、姜炒，炒完了兑上水煮，把汤吊出来。等汤发白了，就可以往里搁各种作料。作料可太多了！最基本的有这么几款：黄花木耳，香菇口蘑，这是必须往里放的好东西。您要是喜欢吃点鲜货、海味，再往里搁点海米、海参切的丁，最后勾芡，芡稀点稠点随您喜好。鸡蛋打成液，往里甩点鸡蛋花。盛碗以后，往里炝点儿花椒油——老北京叫“炝”花椒油，就是把油烧热，花椒搁里头弄煳了，搭不搭出来都没关系，把这油往卤上一泼——“哧啦”一下，色香味都有了。

这东西分档次。穷家照样吃打卤面，只不过不搁那些好东西。海参，我就不放了，买不起；

口蘑，也不放了，没地儿弄去。您说没地儿弄？这东西不是哪儿都卖吗？不行！真正的老北京打卤面，可不是哪儿的口蘑都能往里搁，尤其您说现在的口蘑，真的假的，不懂行的都分不清楚，可不敢乱搁。真正老北京打卤面里面的口蘑，讲究用那种小的口蘑丁——一个丁，就是一个蘑菇！不是那种干蘑菇泡发了切的丁。您要是有钱，又喜欢往里搁好东西，那就搁呗，总之您爱吃就行。

所以说，北京打卤面是特别讲究的，说起来简单着呢："就吃个炸酱面吧！弄个酱一炸，又简单又省事儿。"呵呵，您炸去吧，要想弄一个真正地道的炸酱面，费老劲儿了跟您说！打卤面照样是啊，说起来简单："吃个打卤面吧，弄点儿白肉、香菇口蘑，往里一吊汤，一煮，勾点芡，搁点花椒油，齐活！"里头这些材料、作料，您准备去吧，两三天未必能置齐！

当然现在是方便了，想吃什么都有，您超市里转去吧，但那工夫，您得真真正正地搭在里头，吃面，得有这份讲究。您要是爱吃面，我可以给您介绍老北京的二十五六种面条的做法，从冬天到夏天，从春天到秋天，哪个季节，都有适合吃的面条，保证您吃不腻。得空，咱们细聊！

拉面

这两天在网上看了一个日本动漫，讲的是一款代表性的日本网红拉面，我呢主要看的是里面这个拉面，看看到底好吃不好吃——看得我呀，那叫一个饿！满脑子挥之不去，跟您聊聊这拉面。

一碗压饸饹（hé le）

多数人最早了解日本面条，都是通过一篇课文，这篇课文的题目叫《一碗阳春面》。我小时候就学过，后来80后、90后，到现在00后，好像也都学过这篇课文。几代人学完这篇课文，都有一个共同感受，饿！当然了，首先是馋。

那时候读《一碗阳春面》就觉得挺纳闷，阳春面不是上海的吗？怎么又跑日本去啦？后来才闹明白，敢情这是当初翻译的问题，人家的正名应该叫《一碗清汤荞麦面》。但认真来说啊，这种面条，最早其实是咱们陕北那边的一种传统吃食。

北方人，尤其是陕西人，都爱吃面条。陕北跟陕南、关中的气候不一样，缺水，不适合种小麦，当地人种的粮食多数都是荞麦。荞麦这东西，现在大伙儿都觉得能降血糖，属于健康食品，但过去算杂粮，不值钱。荞麦磨成面，最主要的问题就是黏性不够，硬度高，没法像小麦那样做切面、拉面，也不能长时间在热水里煮。为了解决这个问题，古人专门发明了种工具，叫饸饹床子。

饸饹床子上有个漏勺一样的凹槽，下边带小窟窿眼。荞麦面团成团，放在里边，上边有个杠杆似的机关，往下一压，面团变成面条，直接掉在开水锅里定型，捞出来浇上各种卤就能吃，北方管这种吃食叫压饸饹。包括最地道的朝鲜冷面，其实也属于压饸饹的一类。

民间传说，压饸饹的起源是四千七百多年以前，中华始祖黄帝跑到甘肃平凉崆峒山求仙问道。山上有位半人半仙的道士，叫广成子，据说活了一千两百多岁。为了招待黄帝，广成子发明了饸饹床子，拿崆峒山上的野生荞麦和面，做了顿压饸饹。

广成子发明压饸饹就是个民间传说，大伙儿当个故事听，不能认真。不过这个故事细想起来，编得还挺有道理，现在咱们不是还说“送行饺子接风面”吗？也有说“滚蛋饺子接风面”的。黄帝刚到崆峒山上来，广成子给他压饸饹吃，这事儿办得挺合规矩。至于黄帝下山那天，广成子是不是还给他包了顿饺子吃，古人没说，咱也不能给他瞎编。

据专家研究，压饸饹的真正起源是在唐代，盛行于明清。唐朝那会儿，您想啊，中国最繁华、最热闹的地方是哪儿？不就是陕西嘛。陕北信天游里有一句："荞麦饸饹，羊腥汤，死死活活相跟上。"直到今天，陕北人还有这样的说法。

什么叫羊腥汤呢？压饸饹在陕北大概分两种，一种荤的，一种素的。荤的就是羊肉、羊杂熬汤做浇头，陕北管这个东西叫臊（sào）子，浇在饸饹面上，趁热撒葱花、香菜、油泼辣子，拌着吃，这叫腥汤饸饹。过去的人生活水平低，吃肉的机会少，哪个小伙子要是有实力老能吃上腥汤饸饹，那肯定好找对象。

素的饸饹叫清汤饸饹，虽说比腥汤饸饹低一个档次，做起来也挺讲究。臊子里起码得有土豆、葱头、西红柿、豆腐、木耳这么几种东西，有点岐山臊子面的意思。日本人唐朝那会儿从中国学过去的，就是这个清汤饸饹，只不过他们又给简化了一下，乱七八糟的配料全不要了，就是酱油汤泡荞麦面条，配一碟葱丝，一碟山葵酱，那么吃。还真有点上海阳春面的意思。

阳春面为什么叫阳春面

说到这儿，有人可能就得问了，阳春面这“阳春”两个字，到底当怎么讲呢？这事儿说起来没那么复杂，您有空翻翻《辞海》就能明白。咱们中国人过去用的历法叫阴历，现在每年的三大节，春节、端午和中秋，都还是按阴历过。

阴历把春节作为一年的开始，这个时间点眼下是固定的，差不多就是每年阳历的一月底到二月初这么个时间段。汉朝，汉武帝以前不是，每年的春节，也就是这一年的开始，可以灵活浮动。具体由谁说了算呢？谁当了皇上谁说了算。

古时候有个说法叫“受天命，改正朔”，意思是说不同朝代建立以后，皇上作为上天的代表，按照上天的意思，颁布自己的一套历法，规定每年的开头和结尾。

阴历最早是夏朝人制定的，又叫夏历。夏朝人制定的历法就是以每年阴历一月作为全年开始，到十二月结束，跟咱们现在的习惯一样。商朝人觉得自己得搞点个性，不能跟夏朝一样，就把每年的开始提前到阴历十二月。所以商朝人要是过春节，就应该在阴历十二月过。商朝人要个性了，周朝人当然也不能落后，又把每年的开始从阴历十二月提前到了十一月。周朝以后，秦始皇横扫六国，统一天下，更有个性，就把每年的开始从阴历十一月提前到十月。

按这个路数玩下去，汉高祖刘邦应该把每年的开始定在阴历九月，但问题是，要个性要多了，那就变成了没个性。刘邦来了个逆向思维，接着用秦朝的历法，把阴历十月当成一年的开始。直到他重孙子汉武帝刘彻，觉得阴历十月就过年，实在有点别扭，这才让人搞了个太初历，把历法恢复到夏朝的“出厂设置”，重新规定阴历一月是每年的开始。从秦始皇到汉景帝，前后一百多年，中国人都是阴历十月就过年。后来虽说又改回去了，可这段历史多少还是留下了点痕迹，大伙儿就管阴历十月叫小阳春。

中国南方北方面条种类挺多。过去面馆里边、路边摊上，最便宜的面条就是清汤面。什么叫清汤面呢？就是有汤头、没浇头，光有汤，没有菜。这么一碗面条，按当时的行情，卖十个铜钱一碗。十个铜钱跟阴历十月的这个“十”对应，所以叫阳春面。

咱们现在都觉得，只有上海人吃的那个酱油清汤面才叫阳春面，其实按最古的说法，凡是有汤没菜的面，比如北京的酱油汆面，还有臭豆腐拌面，都可以叫阳春面。日本人说的这个阳春面，用的就是最古的意思。按最标准的叫法，《一碗阳春面》里边的这个面条，应该叫清汤饸饹。

日式拉面不用拉

要说起来，日本阳春面跟上海阳春面，除了面条用料不一样，别的地方真都挺像。这里边有个民间传说，最早把这种面条吃法传入日本的是个浙江人，叫朱舜水。

朱舜水是明朝末年的一位读书人，老家在浙江绍兴府余姚县，清朝顺治十六年，公元1659年，东渡到日本。据说，朱舜水到了日本以后，在江户，就是今天的东京，用浙江口味的面条款待过当时日本的一把手，德川光国。从此以后，中国口味的面条风靡日本，慢慢演化出了今天的日式拉面。

朱舜水把拉面传进日本这事儿只是其中的一个说法。2017年7月，日本那边又出了个新闻，说是他们的考古专家发现，早在1488年，明朝弘治年间，日本京都的和尚就按一本来自中国的菜谱，叫《居家必用事类》，做拉面吃，当时管这种拉面叫经带面。

现在日本人公认自己的拉面起源是在1912年。那年有大批华人移民到日本的横滨、神户和长崎，形成了现在有名的中华街，就是类似美国唐人街那种地方。中国人到了海外，主要的营生就是开中餐馆。这么着，横滨、神户、长崎三个地方中华街的中餐馆，最早就开始在日本卖中国口味的面条。二战以后，日本人缺吃少穿，中国面条经济实惠，味道好，还有菜，从此风靡全日本，成了今天日式拉面的老祖宗。

不管怎么说，日式拉面的做法和口味都特别像中国南方，尤其是江浙地区的面条。比如说上过《舌尖上的中国》的片儿川，还有什么虾爆鳝糊面、烧鸭面、黄鱼面、奥灶面，差不多都是日式拉面的路数，有汤有菜，搞得挺花哨。这里边有什么道理呢？您看看地图就知道，就整个中国大陆来说，江浙沪地区离日本的距离近，差不多就是隔海相望，两个地方自古打交道就多，所以说日本人用上海阳春面的做法改造陕北的清汤饸饹，也在情理当中。

日式拉面应名儿叫拉面，您有机会可以到这种拉面馆的后厨去看看，他们用的面条都是机器轧（yà）的。家在农村的朋友，应该有这种经历，过去农村商店、副食店少，没法直接买现成的面条，家里想吃面条，都是自己带着面，去专门的作坊轧。作坊里边有轧面机，那时候的轧面机都是拿手摇，没电动的。这头把揉好的面团放进去，手一摇，那头面条就出来了，日式拉面店用的轧面机也是这原理。

兰拉 VS 青拉

提起拉面，多数人的第一反应肯定是兰州，但真正在兰州，没有“拉面”这个说法，地道的说法应该是牛肉面。

80年代，最早在全国各地打出兰州牛肉拉面招牌的，其实是青海化隆的拉面师傅。青海人卖拉面干吗非得打兰州招牌呢？可能就是因为当初兰州的知名度更高，全国差不多都知道。

化隆的拉面师傅卖兰州拉面赚了钱，正根

正派的兰州拉面师傅这才受到启发，也开始在全国各地开拉面店。所以您看，眼下全国的牛肉拉面，从大类上分，就是青海和兰州两个流派。

80年代，我年轻那会儿，北京大街上刚开始有卖兰州拉面的摊子和小店。那时候也不知道什么青拉、兰拉，就觉得这种面条做法挺新鲜，吃着也挺好吃，关键是快。一块面团拿在手里，啪啪啪几下，就成面条了，往锅里一扔，来回翻腾几下，面条就熟了。然后装碗，盛牛肉汤，加牛肉片，撒葱花、香菜末、油泼辣子，愿意吃酸的还可以自己加点醋。从做到吃，总共用不了五分钟。

80年代初，兰州拉面就算最快的快餐。我第一次吃兰州拉面是在老的官园花鸟鱼市，那儿有个露天卖拉面的小摊。北京的朋友应该知道，最早的官园市场是在今天车公庄立交桥东边，梅兰芳大剧院的位置。

为什么卖拉面的非得在花鸟鱼虫市场摆摊

呢？那地方人多，流动性大，老有人吃饭呀。那时候卖拉面不是论大小碗，论两，一般人的饭量，女的二两，男的三两，最多也就四两。自己能吃多少，直接跟拉面师傅说。三两面的话，最多也就一块钱。那时候的拉面不像现在似的，象征性地撒几个牛肉粒，人家是实实在在地放两大厚片牛肉。一大碗，连汤带面吃下去，再就两瓣不要钱的蒜，这顿饭吃得挺滋润。

厨师之乡福山

要说起来，兰州拉面跟北京还挺有渊源。兰州当地传说，清朝嘉庆年间，有个叫冯六七的人来北京国子监上学，当监生。这个人上学期间，跟来自河南怀庆的一个同学学会了华北地区做面条的手艺，后来他把这门手艺带回兰州，加工改造，这才发明了兰州拉面。等于是一个甘肃人、一个河南人，俩人在北京一起切磋，发明了兰州拉面。

北京本身也有拉面，不过北京的拉面不叫拉面，叫抻（chēn）面。现在北京的好多饭馆卖面条，差不多都打着老北京手擀面的招牌，那不对路。地道的北京面条，甭管打卤面、炸酱面，还是老舍先生《茶馆》里说的烂肉面，用的面条肯定都是抻面。这话还得从山东烟台，一个叫福山的地方说起。

过去京津冀口味儿都比较单一，以鲁菜为主，福山就是那时候最有名的厨师之乡，专出鲁菜大厨。当时北方餐饮行业里边，有福山帮的说法，就拿北京来说，九成以上的饭馆都是鲁菜馆子，差不多都是福山人开的。

最有名的，做葱烧海参的丰泽园。90年代，单田芳先生还说过段评书《栾蒲包和丰泽园》，讲的都是这饭馆的故事。丰泽园的传世人叫栾学堂，就是山东烟台福山人。往早了说，丰泽园不光掌柜的是福山人，就连最底层干杂活的小孩，山东话叫小力巴，全是福山老乡。

山东人当年在北京开大酒楼、大饭庄，也开小饭铺，这种小饭铺有个专门的说法，叫二荤铺。二荤铺指的是哪二荤呢？有说是牛羊二肉的，也有说是猪肉和猪下水的，甭管怎么说，二荤铺都不能跟大馆子似的，做特别高档的菜，一般也就是炒个肉片，熘个肝尖，弄个火爆腰花，顶到头了，炖锅肉。主食没有米饭，就是烙饼、馒头、花卷、面条。用现在的话说，二荤铺做的是简餐。

这种饭馆卖的都是实惠菜，您要是嫌他的东西贵，还可以自己带材料去，人家收点加工费就能给做。去二荤铺吃饭的人，多数都是拉洋车的、扛大包儿的、做小买卖的体力劳动者，肚子里油水少，饭量大，吃饼、吃面条都是论斤吃，所以您看，我们评书、相声里边经常说谁谁谁吃斤饼斤面，指的就是去二荤铺吃饭。

二荤铺面条的消耗量这么大，当然不可能慢条斯理地做手擀面，都是抻面，玩的就是短平快。周围的老百姓觉得这做面的办法挺方便，就开始跟着学。有挺长那么段时间，整个京津冀地区再到东三省，吃的面条都是抻面，只不过后来随着时代发展，机器做的挂面、切面越来越多，这才逐渐没什么人自己在家抻面吃了。

现在想在家吃碗炸酱面，我呢习惯还是自己抻面吃。抻面不像外面买的切面、轧面、手擀面那么粗细匀称，没那么好看，但说实话，口感特别好，劲道。我们家从小到大，习惯都是吃抻面。

馒头

前两天跟湖广会馆看演出，完事儿开车回家，路过菜市口，突然就想起馒头来了。

有朋友问了，这菜市口跟馒头，搭边儿吗？哎，还真搭边儿。菜市口，甭说北京人，全国人民都知道，那地方原先是杀人的刑场。再说得精确点，是清朝杀人的刑场。清朝往前，明朝，杀人的刑场在北京西市，也就是今天的西四。现在您去西四路口，路西能看见一个新华书店，路东还有一个工商银行，都是古建筑，小楼儿。

这两个古建筑，明朝那会儿是干什么用的呢？北京过去叫顺天府，顺天府以下，分两个县，宛平县和大兴县。明朝规定，杀人行刑的时候，必须由宛平和大兴的两个县令一起到场，监督执行。西四路口的那两个小楼里边，一个小楼坐一个县令。

这还不算完，明朝还有个规矩。就是说死刑犯砍了头以后，尸首必须由宛平和大兴两个县分开收，分开埋。比如说，宛平县收了人头，那大兴县就只能收腔子，腔子就是割完头以后的躯体。为什么这么干呢？中国文化讲究人死后得留全尸，明朝这规定的意思就是说，罪大恶极的人，光挨一刀还不够，连全尸都甭惦记着留。

明朝再往前，元朝，北京杀人的刑场在交道口。交道口这地方现在算不上特别热闹，外地的朋友可能不大熟悉，但我要是说出它周围的几个地名，您肯定知道。交道口的北边，有雍和宫、国子监、五道营；西边有中戏、南锣鼓巷、鼓楼、什刹海；往东呢，就是连外国人都知道的簋街，吃小龙虾的地方。

交道口，元朝那会儿不叫交道口，叫柴市

口，是个专门卖柴火的地方，跟清朝菜市口、明朝西市的性质一样，都属于大市场。说到这儿，有人就该问了，过去杀人干吗专挑市场呀？这里边的道理说起来挺简单，因为杀坏人本身不是目的，杀一个坏人的同时，还要能震慑住一大批坏人，怎么能起到这种震慑作用呢？那时候没有电视呀，也没有广播，也没有报纸，更不能上网，就只能挑人多的地方来，让大伙儿都看着。

清朝完了以后，菜市口就没那么热闹了，杀人的刑场跟着也就换了，到了现在的老天桥。等于是这边说着相声，那边，咔嚓咔嚓砍脑袋，就为让大伙儿都看着。处决完犯人以后，尸首往南放，放在天坛西墙那边，当时都是大野地，就是今天我们德云社旗舰店的门口儿，可能就是让说相声的都看看：好好说啊，别胡说八道，要不就这下场——哈哈，当然是玩笑话。

菜市口买人血馒头

有朋友说了，你跟这神侃半天古代杀人的刑场，血赤糊拉的，跟馒头有什么关系？您别着急，馒头马上就上场了。现在您去菜市口那边溜达，还能看见个药店，叫鹤（hè）年堂。过去北京人都管这个药店叫西鹤（háo）年堂，北京老话管鹤（hè）叫鹤（háo），因为鹤年堂当时在北京有几个分号，这个药店在菜市口，位置偏西，叫西鹤年堂。

一百多年以前，清朝那会儿，菜市口处决人犯，当时的说法叫出大差，监斩官就坐在西鹤年堂的门口。那时候鹤年堂还有个任务，赶上出大差，得负责给监斩官预备茶水、桌椅板凳，还得搭个席棚。监斩官坐在席棚里边，人犯押过来，他拿根毛笔，蘸上红颜色的朱砂往人犯头上一点，就算验明正身，押赴刑场了。这时候，他手里这根笔可不能再放回去，不能再用了，点完了红点儿以后，随手就得往边上一撇。

周围看热闹的人看见这根笔扔过来，也得马上躲开。按过去迷信的说法，这根笔扔出来，打在谁身上，一辈子都得倒霉。可是这根笔一旦落在地上，谁要是把它拿回家，就能辟邪，用它答卷子，参加科举考试能中状元，所以当年有人专门贼着这个笔，愿意花重金买。

监斩官把这根笔扔了，万一要赶上处决的犯人多，那后边的怎么办？那没关系，有几个犯人，提前就预备几根笔，监斩官就扔几回，这么着还能多卖几回钱。按清朝的规矩，卖笔的这个钱算是刽子手的外快。

刽子手不光能卖笔捞外快，还有一个地方也能挣钱，就是每次大刀一挥，人头落地以后，他得马上拿一个大馒头，堵在人犯的腔子上。直到家属收尸，重新把人头跟腔子缝到一块，这个馒头才能拿下来。馒头拿下来，不能扔，也可以卖钱，这个钱也算刽子手的外快。

有人说了，谁有钱没地方花，买这个东西干什么？按过去民间迷信的说法，沾了人血的馒头，吃下去能治痨病，就是今天说的肺结核。故事讲到这儿，您听着是不是挺耳熟？好多人上中学语文课应该都学过篇课文，鲁迅先生写的，讲的就是吃人血馒头治痨病。

现在中学生学语文有三怕，一怕文言文，二怕写作文，三怕周树人，周树人就是鲁迅先生。怕了这么多年鲁迅先生，您知道他来北京以后住在哪儿吗？1912年，鲁迅来北京，最早住的是绍兴会馆，跟那儿住了八年。中国人都知道的，像什么《孔乙己》《狂人日记》这几篇文章，都是在绍兴会馆写的。

这绍兴会馆具体地址就在菜市口路口西南角，南半截胡同里面，原先是普通民居，现在已经腾退了，据说要恢复原貌，改成鲁迅博物馆。有专家就说，鲁迅先生当年能写出人血馒头治痨病这么个情节来，没准儿就是他在南半截胡同绍兴会馆住着的时候，听哪个北京老头、老太太说的。

诸葛亮发明馒头

话说到这儿，有人可能就得问了，刽子手砍完脑袋，干吗非得跟腔子上堵个馒头呢？换个贴饼子、烧饼什么的成不成？这事儿啊，恐怕还真不成。因为馒头从根儿上说，就是人头的替代品。

这事儿不是我瞎说。宋朝有个叫高承的人，写了本书叫《事物纪原》，这本书讲的就是咱们生活里边各种杂七杂八的东西到底都是怎么来的，喜欢刨个根问个底。

按高承《事物纪原》的说法，馒头这种吃食，最早是诸葛亮发明的。传说，诸葛亮南征孟获，七擒七纵，孟获那边死了不少人，诸葛亮这边也死了不少人，最后蜀军总算是旗开得胜，打算班师回朝了，没想到走到泸水这个地方，突然风浪大起。

三国时候的泸水，就是今天咱们说的金沙江。现在您去四川旅游，四川凉山州有个会理县，产石榴特别有名，那个地方就是当年诸葛亮南征孟获，率领蜀军渡泸水的渡口。

从会理这个地方南渡金沙江，对岸就是云南。当年诸葛亮把孟获收服了以后，等于还得带着蜀军北渡金沙江，从云南回到四川来。就在这个时候，金沙江上突然起了风浪，游泳过不去，划船也过不去。

这个节骨眼儿上，有人给诸葛亮出主意说，泸水上突然起来大风大浪，那是因为这次南征，两边战死的将士太多，阴魂不散，所以兴风作浪。过不去河怎么办呢？七擒七纵孟获的时候，不是抓了好多战俘吗，从这些人里边挑七七四十九个，配上黑牛白羊，脑袋砍下来，祭祀泸水里边的水神，自然就能风平浪静。

诸葛亮这人心善，一琢磨，南征本来就死了好多将士了，现在战争都完了，为了过条河，再搭上四十九条人命，拿人头当祭品，实在不可为。可是不拿人头当祭品，河又过不去，这事怎么办呢？诸葛亮就想出个主意，和面，里边包上肉，外边的面皮儿上再捏出人的鼻子眉眼儿，拿这个当人头的替代品，祭祀泸水里边的河神和战死的将士。孟获那边的人，当时蜀国管他们叫南蛮，所以这种代替人头的东西就叫“蛮头”，后来慢慢演化，这才成了今天咱们说的这个食字边的“馒头”。

话说到这儿，咱们再翻回菜市口去。清朝的刽子手砍完脑袋以后，干吗跟腔子上放个馒头呢？因为这东西从根儿上说，是人头的替代品。中国传统文化讲究人死后得留全尸，脑袋砍下去了怎么办？那就先放个馒头，代替一下吧，鲁迅先生说的那个人血馒头，就是从这儿来的。

馒头≈包子

有人说了，面里边包肉馅儿，那不是包子吗？馒头不是没馅儿，里外都是面的吗？这事儿您有所不知，最早甭管有馅儿没馅儿，这类蒸出来的面食都可以叫馒头，包子这说法的出现，是宋朝以后的事情。

北宋年间，东京汴梁的饭馆卖各种包子和馒头，有灌浆馒头、葵花馒头、捻尖馒头，虾肉包子、牛肉包子、羊肉包子、猪肉包子，说来说去，都是带馅儿的。没馅儿的也有，那叫实心馒头。

什么叫灌浆馒头呢？现在您去开封，当地还有种特色包子，叫开封灌汤包，包子里边带汤儿，这种吃食就是北宋年间留下来的。捻尖儿馒头呢？说的其实是带褶（zhě）的包子。有朋友就问了，包子还有不带褶的？

不带褶的包子那多了去了。就拿北京来说，您听侯宝林大师说的《叫卖图》，过去老北京卖包子，分汉族大教和清真贵教两种，馅儿不一样，吆喝起来也不一样。还有个事儿侯大师没告诉您，大教包子跟清真贵教包子外形其实就不一样。汉民大教的包子有褶，正规的清真包子没褶，它那个口儿收在包子底下，蒸出来跟豆包一样，就像个小馒头。

有句老话怎么说来着？包子有肉不在褶儿上，最早的包子本来就没褶，跟馒头一样，为什么后来的包子普遍都带褶了呢？那是宋朝人搞的技术革新。给包子捏褶，主要是为了降低皮的厚度，包子的褶越多，上头这层皮就越薄。最有名的，天津狗不理包子，要求每个包子最少十八个褶，也是这个意思。

馒头和包子这两种说法，在北宋的时候可以互换，真正把这两种吃食明确区分开，规定包子有馅儿、馒头没馅儿，那是清朝以后的事。话虽这么说，南方好多地方还是习惯管包子叫馒头。您比如上海南翔小笼包，外地人一般都说南翔小笼包，正经的老上海人，真就有说南翔小馒头的。再比如说，上海的生煎馒头，其实就是北方人说的生煎包子，区别就是北方的生煎包子有褶，上海的生煎馒头没褶，可是里头的馅儿都差不多。

直到现在，江浙一带普遍都习惯管包子叫馒头。就拿苏州来说，当地有年初一吃大馒头的习俗。要按北方人的理解，过年的大馒头也就是比平时个头大点，上头点着红点，里头跟普通馒头一样，没馅儿。苏州人年初一吃的这个大馒头，外边没褶，里头可是有馅儿。猪肉大葱配冬笋丁，拌馅儿的时候里边还得放上肉皮冻，蒸熟了以后是带汤儿的。

二十九，蒸馒头

过年蒸馒头，甭管南方北方，都是个必要的程序，歌谣里边不就说了吗？二十八把面发，二十九蒸馒头。过年蒸馒头有两个意思，一个意思是预备着给祖先、神灵上供，拿馒头当供品，这是诸葛亮那时候留下来的传统。再一个意思就是取个吉利，蒸馒头先得发面，这里边占个“发”字，有兴旺发达的意思。

现在发面，大伙儿都用现成的发酵粉，直接加到面粉里边和面，用不了多长时间，面团就能发起来。过去不一样，没发酵粉，用的都是老面肥。什么叫老面肥呢？就是以前发的面，每次留下一块，里边含酵母菌，当引子用，和新面的时候加在里边。那会儿家家户户过日子，都得留块老面肥。

老面肥的效果没发酵粉那么强，必须腊月二十八提前一天发面，二十九才能蒸馒头。过年那几天冷，尤其当年都住平房，天儿越冷，面就越不容易发起来，有的人家为了提高点温度，就把发面的盆拿棉被裹起来，放在炉子边上。农村就更省事儿啦，都睡火炕，直接把面盆放在炕头上就成，晚上守着面盆睡觉。

那个年代，每到春节前几天，家家户户进门都能闻见一股酸溜溜的发面味儿，闻见这股味儿，您就知道要过年了。过年以前把馒头蒸出来，再炖锅鱼，炖锅肉，弄点芥末墩儿、素什锦之类的小凉菜。过年那几天，把馒头和菜上锅溜溜，几分钟就能开饭。做饭的时间省下来，就能多出时间赶庙会、串亲戚了。

致我们已经逝去的电炉子

我小时候，馒头最讲究的吃法，那得说切片、过油，炸馒头片。馒头片炸到焦黄，上边厚厚地抹一层芝麻酱，再撒一层绵白糖。有人说了，馒头片本身就是油炸的，还抹芝麻酱、撒白糖，多腻得慌呀？

这事儿，您得说是那个年代，馒头虽说基本不限制，油、糖和芝麻酱可都是限量的，每人每月就能凭票领那么一点。哪天家长要是高兴了，给孩子炸个馒头片，抹芝麻酱、撒白糖吃，那这小孩绝对不能就那么老老实实跟屋里吃，得拿着馒头片上院里，甚至跑到街上吃去，为的就是让别人看见，我吃炸馒头片了！上头还抹了芝麻酱，撒了白糖！

馒头当零食解馋，最简单的办法就是烤馒头。那会儿冬天都生炉子、烧蜂窝煤，吃饭要是剩下那么一块半块馒头，就可以放在炉盘儿边上，跟那儿慢慢烤着，也不用特意管它。多咱馒头彻底烤干了，焦黄酥脆了，想吃的时候拿起来就能吃，自带一股焦香味，都不用就咸菜。

自己做烤馒头，要想好吃，过去有种专门的工具，电炉子。说起电炉子，90后、00后可能都不知道是个什么东西。那玩意儿的原理跟白炽灯泡差不多，是个圆盘的，一圈一圈盘着电阻丝，白炽灯泡点的时间长了，摸着不就烫手了吗？电炉子也是这意思。那时候用电炉子最集中的有两个地方，一个是工厂青年职工的集体宿舍，再一个就是大学的学生宿舍。保卫处、宿管什么的查这个查得也严，逮着就没收，大学生好像还得给处分。为什么查这么严呢？主要就是电炉子忒费电，再有就是不安全，容易跑电着火。

饶是查这么严，电炉子还是“野火烧不尽，春风吹又生”，管都管不住。青年学生，青年工人，都是单身汉，平时吃食堂，缺油少盐的，有个电炉子，晚上可以自己弄个锅煮面、煮鸡蛋，冬天还可以取暖，反正那时候住宿舍电不用花钱。您看《致我们终将逝去的青春》那电影，里边不就有个桥段，用电炉子在宿舍自己煮面条吗，结果还把保险丝给烧了。

有那心灵手巧的工人，专门拿钢筋焊个铁架子，放在电炉子上边，烤个土豆、白薯、馒头什么的都成。尤其是烤馒头，外头一层整个都能烤焦了，拿手指头一敲，当当带响，馒头里边还是软的。趁热掰开，一股热气混着面香就能喷到脸上，我跟您说，绝对比面包好吃！

小食

瓜子

《四世同堂》电视剧您看过吗？甭管是最早的1985年版，还是2009年黄磊他们演的新版，里头都有个女坏蛋，叫大赤包，大伙儿应该都印象深刻。尤其是老艺术家李婉芬老师演的那版，直到现在，好多人提起大赤包，脑子里浮现的还是她塑造的那个形象。

大赤包翻身记

说来说去，“大赤包”这说法到底什么意思呢？外地的朋友多数可能都不太清楚，就是土生土长的北京人，也不见得清楚。

赤包是种植物，学名叫瓜蒌（lóu），我一说这学名，好多人就知道是什么了。老北京人过去住平房四合院，都愿意种花、种树，尤其是夏天，犄角旮旯撒几颗草茉莉籽、指甲花籽，用不着花钱，院子里就能见红、见绿。再有点儿地方，拉几根绳子搭个架子，种葫芦、丝瓜、扁豆，还有这个赤包，让它们自然地往上爬，爬成个天棚。

三伏天下午，搬个小板凳往天棚底下一坐，摇着蒲扇，听着话匣子，看着晚报，喝着大把儿缸子沏的茶叶末，头顶上有蝈蝈儿叫，葫芦、丝瓜、豆角、赤包结得满满当当。再往高了看，还有唧鸟儿（蝉）跟大树上吱吱地叫，这就是北京普通老百姓的日子。

葫芦、丝瓜、豆角都能吃，赤包不能吃，纯就是看的玩意儿。北京人为什么管瓜蒌叫赤包呢？就是因为这玩意儿熟透了以后，变得通红通红的，特好看。但好看归好看，实际没什么用，最多就是小孩摘下来，用手来回揉着玩。赤包熟透了以后，里边是烂的，越揉越软和，小孩揉到最后，没留神，“嘭”地一下子给揉破了，弄两手黄汤，黏黏糊糊跟稀屎一样。《四世同堂》里的女坏蛋最爱穿红色，满肚子坏水，老舍先生就给她起个外号叫大赤包，“赤包”俩字前头还加个“大”，显得阔！

这两年，瓜蒌算是咸鱼翻身了，南方不少地方都种这玩意儿。人家种可不是当花看，是为了要里头的籽。拿这个籽炒熟了嗑着吃，算一种新式瓜子，据说对身体有好处，大补！一斤能卖一百多块钱，具体怎么样，我也没吃过。我小时候家家户户种瓜蒌，一般都没用，真正赶上有点用的，是什么时候呢？那时候都穷，没钱，抽不起烟。到了深秋、初冬，等那瓜蒌秧子上那叶子干了的时候，给它摘下来搓成面儿，卷在烟纸里头抽，据说那瓜蒌叶子能对付着当烟抽，还有点劲儿，能盯一气，不跟一般的叶子似的。其他的不知道，吃瓜蒌子儿？没听说过！

四干四鲜四蜜饯

说起这个瓜子，跟我们说相声的也算有缘。您想啊，进了相声园子，最常见的吃食不就是花生、瓜子配茶水吗？我听网上有观众拿手机录的郭老师跟我说相声，嚯，那里头嗑瓜子的声儿，比我们俩说相声的声儿都大。

相声园子、戏园子的传统向来就是这样，甭管多有钱的人，进了园子，也就是这几样吃食，顶到头了，您再来个萝卜，弄两盘点心。多咱也没听说过哪位端着碗炸酱面，揣着半斤猪头肉进园子听相声的，回头我们站台上说，您跟下头吃，再吧唧嘴，像我这种馋人非忘词不可。

听相声离不开瓜子，说相声其实也离不开瓜子，传统相声《满汉全席》的开头您应该知道吧？

我请您吃四干四鲜四蜜饯，四冷荤，三个甜碗，四点心。四干有：黑瓜子、白瓜子、核桃蘸子、糖杏仁。四鲜有：北山苹果、深州蜜桃、广东荔枝、桂林马蹄。四蜜饯：青梅、橘饼、圆肉、瓜条。三甜碗：莲子粥、杏仁茶、糖蒸八宝饭。四冷荤：全羊肝儿、熘蟹腿、白斩鸡、炸排骨。四点心：芙蓉糕、喇嘛糕、油炸荟子、炸元宵。

您注意没有？《满汉全席》这套贯口里，开头这四干说了两种瓜子，黑瓜子和白瓜子。黑瓜子就是西瓜子，白瓜子呢，就是现在说的南瓜子，人家可压根儿没提眼下瓜子界最主流的葵花子！因为相声老前辈编这段贯口的时候，中国人嗑的瓜子就是西瓜子、南瓜子这两样，没葵花子什么事。

此向日葵非彼向日葵

您是不是觉得挺神奇？要说这嗑瓜子，中国人恐怕没几个不在行的，男女老少，个顶个嘴里都有颗瓜子牙。据说有那技术高的，一把瓜子抓起来放嘴里，再往外吐就全是皮了，也不知道人家用的是什么高招！可是真要较真说，中国人嗑瓜子，尤其是嗑这葵花子，到现在其实也不够一百年，就真这么短的时间。

要想嗑葵花子，先得有向日葵吧？向日葵这玩意儿原产地在北美洲，所以全世界最早嗑葵花子的人应该是当地土著印第安人。话说回来，中国其实从周朝就有向日葵这个说法，可当初这个向日葵，跟现在说的向日葵根本不是一种东西，它指的是葵菜。

葵菜属于中国古老的原产蔬菜，北方已经没什么人种了，南方还有，俗称冬寒菜。这种蔬菜的叶子也有追着太阳跑的习性，古人就管它叫向日葵。杜甫有首写得挺长的诗，叫《自京赴奉先县咏怀五百字》，里边有这么句话，“葵藿倾太阳，物性固莫夺”，这个葵指的就是葵菜。

瓜子也讲先来后到

葵菜身上也有不少故事，不过咱们还是接着

把瓜子说完。先说西瓜子，西瓜是五代十国时传入中国，宋朝才开始普及的。宋朝人那时候不光吃西瓜，还嗑西瓜子，瓜子的这个“瓜”，指的就是西瓜。

宋朝人怎么吃西瓜子呢？就是加盐，跟锅里干炒，炒熟了吃。到了明朝，万历皇帝特别喜欢吃的也是这种瓜子。到我小时候还是这样，有那特会过日子的人家，夏天吃西瓜特意准备个碗，大伙儿都把瓜子吐在里头。西瓜子洗干净，搁窗台上晾着，晾干了再下锅炒，算是小孩不花钱的零食。

西瓜发展到后来，就专门出了种吃瓜子的西瓜，叫打瓜，又叫籽瓜。打瓜的瓤也能吃，跟西瓜味儿差不多，可是人家主要要的是籽儿，甘肃那边就盛产这个。

北京也有，咱们都知道北京庞各庄西瓜好，但您不知道的是，庞各庄再往东北走一点，就是现在我马场在的那地方，大兴礼贤镇。我刚到那儿去的时候，老人都跟我聊天说：“你搬到瓜子礼贤来了？”怎么叫瓜子礼贤啊？后来我才知道，这地方就盛产打瓜。一到打瓜熟了的季节，街两边西瓜堆得跟小山似的，甭管是自己人还是外边儿来的、走道路过的，想吃就吃，不要钱！西瓜山堆儿旁边，铺着两领炕席，您就在这儿吃，吃多少都没关系，只要把西瓜籽儿给他吐在这炕席上就行，要的就是这西瓜籽儿。

南瓜传入中国比西瓜晚了五百多年，是明朝正德年间的事。中国人吃白瓜子的历史就比吃黑瓜子晚得多，大概在清朝末年。话说到这儿，跟前头的茬儿就算对上了，传统相声《满汉全席》的产生时间也是清朝末年，当时中国人只吃黑瓜子和白瓜子，还没有葵花子的概念，所以《满汉全席》开头这四干就是黑瓜子、白瓜子、核桃蘸子和糖杏仁。

有人问了，那中国人什么时候才开始嗑葵花子的呢？要细究起来，葵花子跟“瓜”其实压根儿不沾边，可是因为之前咱们嗑瓜子已经成了习惯，葵花子也就约定俗成地算到瓜子那类里边去了。

向日葵传入中国是在明朝万历年间，比南瓜又晚一步。明朝人最早管它叫迎阳花、西番葵、丈菊，认为葵花子有毒，而且能打胎，您想啊，那谁还敢吃呀？就这么着过了两三百年，有个叫吴其濬（jùn）的人在道光二十八年出了本书，叫《植物名实图考》，这才替向日葵讲了句公道话，说葵花子“可炒食，微香”，说完这句话以后，紧跟着还找补了四个字，“多食头晕”。就这四个字，把葵花子又耽误了将近一百年，您说这事儿闹的。

嗑瓜子斯基

中国人后来是怎么慢慢接受的葵花子呢？我觉得可能是让洋人给带起来的。要说这洋人嗑葵花子的历史，那可比中国人长得多。就拿东北来说，东北人管瓜子叫毛嗑儿，因为东北人原先管俄国人叫老毛子，老毛子嗑的瓜子，简称毛嗑儿。

现在提起俄国人，大伙儿公认的好像都是能喝酒、爱喝酒。90年代中俄边贸刚开放那会儿，大批国际倒爷从北京坐火车去莫斯科做生意，带的都是整箱的二锅头，过去跟人家换东西。要我说，带二锅头不如带瓜子方便，俄国人真是喜欢嗑瓜子，兜里老揣着瓜子，走一路嗑一路，弄得满地都是瓜子皮。您有机会去俄罗斯，看见有小青年拉帮结伙蹲在马路边上嗑瓜子，可别轻易招惹，那没准是黑社会。俄国黑社会他就这么哏，喜欢蹲大街上嗑瓜子，这还有个标准的说法，叫斯拉夫蹲。

再往远了说，美国。美国人吃瓜子，吃葵花子，那得算正枝正派，为什么这么说呢？因为全世界最早吃葵花子的是印第安人，美国人抢的是印第安人的地方，这叫近水楼台先得月。

美国人吃瓜子，那是货真价实的“吃”瓜

子，人家不嗑！直接大把往嘴里揉，就那么嚼着吃，嚼得没味了再把皮吐出来，跟吃甘蔗似的那么吃瓜子！像中国人这种一粒一粒嗑的吃法，美国人瞧不上，觉得比较娘炮。

嗑的不是瓜子，是感觉

要说这大把吃瓜子，很多人小时候可能都有这样的经历，要么是家里大人疼孩子，姥姥、姥爷，爷爷、奶奶什么的，白天没事在那儿剥，攒那么一小碗瓜子仁让孩子吃。要么就是自己觉得一个一个嗑着吃不过瘾，故意先光嗑不吃，攒那么一大把，最后往嘴里一揉，越嚼越香。现在就方便啦，超市有卖袋装瓜子仁的，买回家直接就能吃。——咱也别琢磨那瓜子仁是怎么嗑出来的，别细想！

可要我说呢，这么吃其实也没多大意思，嗑瓜子，按老北京的说法属于吃着玩，没人真指着吃这玩意儿解饱。嗑瓜子嗑瓜子，享受的就是那种嗑了一个又一个，没完没了的过程，那才上瘾，而且真上瘾了可不能见着瓜子！您说给我一把，我一把吃完，您说今天弄二斤搁这儿，今天这人就动不了地方了，吃完为止！您说剩下点儿？不行！你只要坐这儿了，手就老往那儿伸，管不住啊！

北京人嗑瓜子还讲究个氛围，啥氛围呐？您说要是夏天，四脖子汗流地，坐院子里头弄一把瓜子，这玩意油性也大，吃着没劲。冬天最好，尤其像过去住平房，家家户户都有炉子。三九天夜里，外头下着鹅毛大雪，全家围着炉子烤火，喝着茶聊着天，炉子上坐着水，水已经开了，噗噗地冒白汽。这时候，桌子上弄二斤瓜子，大伙儿你抓一把，我抓一把，围着炉子咔嚓咔嚓那么一嗑，而且那瓜子皮还不能搁垃圾桶啊、搁烟灰缸啊、搁桌子上搁一堆儿，都没劲！就得吃完了随手往地上扔，弄一地瓜子皮，谁站起来一走道都嘎吱嘎吱响，要的就是那氛围，那随意劲儿！哪怕最后再扫呢，那是后话。

等到我小时候，瓜子还真不是随时想嗑就能嗑的了，为什么呀？因为葵花子能榨油，属于国家重要物资。老百姓过日子，每人每月就半斤油，您还嗑瓜子？做梦去吧！那会儿城市居民就是每年春节，按人头，每人供应半斤花生、二两瓜子，拿票上粮食店领去。

那时候家里大人，您说要买个油、买个芝麻酱黄酱的，可以让孩子去，哪怕买个肉，也可以让孩子去，没问题。唯独这半斤花生、二两瓜子，不能让孩子上粮食店买去，怎么呢？怕你半道上偷吃呀！瓜子、花生买回来以后，还得藏起来，每天跟防贼似的防着孩子，非得到年三十晚上了，这点宝贝才能拿出来。可能也是因为平时吃不着，那时候就觉得这瓜子是真香。您要是去谁家串门，人家能把花生、瓜子拿出来招待，那绝对得是实在亲戚、实在朋友！

后来直到改革开放了，北京周边的农村为了致富，家里都种几亩地向日葵，炒好了拿进城卖。我记得那时候马路边上，都是一麻袋一麻袋地装着，跟那儿卖瓜子，北京的大街小巷满地都是瓜子皮。那几年可过了瘾了，随便花个一块来钱两块钱，买半斤瓜子搁兜里头，一吃吃好几天，嚯，那可真是从来没有的过瘾！

电影院，绿皮车

说起那个年代嗑瓜子，我觉得最有感觉的地方有两个。一个是过去那种老电影院，那时候不像现在，讲究文明，什么东西都不往地下扔，那时候不讲究。每次电影院散场，专门有人收拾卫生的，那是一地的瓜子皮啊！再讲究点的，弄半拉苹果，吃完了也把核扔地下，剥个橘子，也把皮扔地下，最后一块儿扫，统一收拾，主要就是瓜子皮。好家伙！那瓜子嗑的，电影里边儿台词都听不见。

再一个就是火车上。我不是说现在的火车啊，尤其现在都是动车，又整洁又干净，你这弄一地瓜子皮，非把你轰下去不可！我说的是老火车，现在说那叫绿皮火车，咣当咣当一开动，紧跟着就得有这么段吆喝：“啤酒饮料矿泉水，花生瓜子火腿肠了哎——”那地方，吃瓜子成风！

我觉得这是中国人的消费心理。您说在家里，大人可能不舍得花钱买瓜子，但中国人有句话，叫穷家富路啊，您带着钱出去，甭管是旅游去还是串门去，跟家再舍不得花，路上总得带足了。而且咱老说，出去干吗去了？不就是花钱去了嘛，既然舍得花钱旅游，出门一路上还带着孩子，也别苦着自个啊！再说了，瓜子能花几个钱啊？——就这种消费心理，一出门儿，非得买点儿东西不可，块儿八毛的，买几小袋瓜子，往小桌上一倒，你抓一把，我抓一把，就着火车上的各种味儿，听着咣当咣当那动静，边嗑瓜子，边聊天，再看看外头的景，那好像才真正是坐火车的感觉。

现而今，您再想复古一把，找找那种带着氛围吃瓜子的感觉，您就只能上德云社了。我们那小园子里现在还保留这风俗，喝点茶水，嗑嗑瓜子，听听相声，找找当年那感觉，享受享受慢生活。

栗子

"天津良乡"炒栗子

老北京有句俗话，"吃过寒露饭，路上不见单"，什么意思呢？按过去的规矩，每到寒露节气，大概就是阳历的十月八号前后，天气开始真正由热转凉，从秋天往冬天过渡，家家户户都得在这天吃顿好的，改善改善生活，这顿饭就叫寒露饭。

那时候天儿冷得比现在早，十月初，树上的树叶就掉光了。吃过寒露的这顿饭，大伙儿就得把棉衣从箱子底翻出来穿上，街上就看不见穿单衣单裤的人了，所以老话讲"吃过寒露饭，路上不见单”。不光北方这么说，南方也有差不多的说法，人家说的是，“吃过寒露饭，路上不见单衣汉”。

北京卖糖炒栗子历来都得等过了寒露节气。炒栗子，吃的主要是个甜和糯的口感，天儿越凉，栗子的糖分就越高，吃在嘴里就越甜。过去谁要敢九月份跟大街上卖糖炒栗子，那倒也不犯法，可是遭人笑话，大伙儿得说这人不懂行，老北京说法叫怯勺。现在冷库都挺方便，头年的栗子摘下来存着，三伏天炒也没问题，但全国各地差不多也还都守着这个规矩，不到十月，不炒栗子。

南方也有好多地方产栗子，比如浙江上虞、湖北罗田、安徽金寨，这都算有名的栗子产区。不过南方卖糖炒栗子，本地的栗子基本都不能用，必须得用从北方运过去的栗子。这里边也有道理。

南方产的栗子，个头大，水分足，可是甜度低，口感偏脆，适合做菜吃，做西餐里边的栗子糕、栗子粉，也成。要是炒着吃，意思就差点。北方的栗子，个头儿虽说比南方的小，可甜度高，淀粉含量也足，这种栗子炒出来，吃着才甜、才糯。

直到现在，在南方真正上档次的炒栗子，还必须用北方栗子，卖炒栗子的还得特意告诉您说，我炒的可是“天津良乡”的栗子。有朋友说了，天津良乡？你跟这儿瞎掰呢吧，谁不知道良乡在北京房山？那儿有个大学城，特有名。这事还真不是我瞎掰，不信您马上买票坐火车、坐飞机去上海溜达溜达，照样到处都有卖正宗“天津良乡”糖炒栗子的。

话说，南方本来没有卖糖炒栗子的，清朝末年时，有个家在上海的举子跑到北京考进士，北漂了好几年，考了好几回也没考上，实在没辙，打算收拾行李回上海。进士考不上，回家怎么也得找个营生干，挣口饭吃啊。这位上海举子北漂的时候特爱吃北京的糖炒栗子，心里一琢磨，干脆回上海卖糖炒栗子得了！

那会儿从北京到上海，还没有铁路，整个中

国都没有铁路。从北京回上海，最方便的办法就是先走陆路去天津，再从天津坐船，走海路。上海举子等到过了寒露节气，栗子开始下树了，这才动身往天津走。往天津走的路上，特意拐弯去了趟良乡，买了好几大车栗子。

回到上海以后，举子就带着书童，凭着跟北京学会的手艺，在今天的上海浦东区摆了南方的第一个炒栗子摊儿。打那儿起，南方才开始卖糖炒栗子。因为自己的栗子是从良乡买的，那时候北京卖糖炒栗子的又都吆喝良乡栗子，上海举子为了显示手艺地道、口味正宗，就挂了个招牌说自己炒的是良乡栗子。

那时候交通不发达，也没手机、电脑这些东西，多数南方人根本弄不清楚良乡在哪儿，就知道有这么个地方，离天津不远。一来二去，张三传李四，李四传王五，王五传赵六，就传出来个“天津良乡”的栗子，将错就错叫到了今天。

良乡栗子是泛指

良乡确实产栗子，老北京过去还都讲究吃良乡产的栗子。老舍先生在《四世同堂》里边就专门提过这么一句，说是“良乡的肥大的栗子，裹着细沙与糖蜜在路旁唰啦唰啦地炒着，连锅下的柴烟也是香的”。可良乡归根到底也就是一个乡，那能有多大地方？满打满算全种上栗子，也供不上全国人民吃糖炒栗子。

过去很多打着良乡旗号的栗子，多数都是产自京津冀这一大片地方的山区。因为良乡的栗子有名，就都集中到这个地方，然后再往全国各地搞批发。用现在的话说，当年的良乡就是全国栗子产业的集散中心。

有人说了，不是良乡产的栗子，还打良乡的旗号，这不是蒙人吗？话也不能这么说。甭管良乡的栗子、怀柔的栗子，还是现在最有名的迁西的栗子，从根儿上说，都属于燕山栗。什么叫燕山栗呢？就是燕山山脉出产的栗子，那范围可大了去了。

早在两千多年以前，写《史记》的那位司马迁就说过，全中国出产的栗子，数两个地方最有名，一个是西边，陕西秦岭的栗子，再一个就是东边，燕赵大地，燕山山脉出产的栗子。话虽这么说，再往后几百年，唐朝皇帝待在长安，就是今天的西安，近近巴巴守着秦岭的栗子树，可还非得让人千里迢迢从燕山往长安给他们进贡栗子，您就说这燕山的栗子有多好吃吧！

日本人也爱吃栗子，按日本的民间传说，日本的栗子树是清朝顺治年间，有个叫朱舜水的人（就是咱们前边聊过，把拉面带到日本的那位），从中国带过去的。这事儿说起来也挺新鲜，清朝传过去的这拨栗子树，原本在中国长得都挺好，可是种到日本的地里，结出来的栗子个儿小不说，也不好剥，吃到嘴里还发苦，所以日本人最早根本就不爱吃栗子。

这话说起来得到1914年，有个叫北泽重藏的日本人跑到天津做生意，吃了天津当地的糖炒栗子，觉得真好吃，后来索性就专门做栗子生意，往日本倒腾中国的燕山栗，还在东京开了家炒栗子店，字号叫甘栗太郎。

日本人，那更闹不清楚良乡的大门朝哪边开了！就知道自己吃的栗子是从天津装船运过来的。所以您要是有机会，秋天去日本，就能看见满大街炒栗子买卖挂的招牌都是“天津甘栗”。

炒栗子也分南北

话说到这儿，有个挺好玩的事儿不知道您注意过没有。北方人，甭管东北、华北还是西北，一般都说栗子；南方人呢，甭管北方运过去的栗子，还是本地产的栗子，都叫板栗。那“板栗”两个字当怎么讲呢？

家在农村，种过桃的朋友都知道，真正上市

卖的桃子，它那个桃树得经过嫁接，还得经过各种后期管理。也有那种，比如谁吃桃，吃完随手把桃核给扔地上了，桃核凑巧还就发芽长成大树了，这种野生的桃树也能开花结果，可桃子长不大，也不甜，北京管这种桃叫毛桃。

栗子也是一个道理。长在树上的栗子都是外边一个刺球，里边包着几个栗子，跟蒜瓣一样。野生的栗子分瓣儿少，瓣儿也小，比蚕豆大一点点，这种栗子南方就叫毛栗子。经过人工培育的栗子瓣儿就大了，而且最理想的情况下，一个刺球里边应该有五个栗子，多了少了都不好。这种栗子因为在刺球里互相挤着生长，最起码有一面是平的，所以叫板栗。

南北方不光栗子的叫法不一样，吃法也不一样。就拿糖炒栗子来说，南方的糖炒栗子，那真叫“糖炒”栗子，炒的时候，一碗一碗往锅里倒糖水，最后炒出来的栗子，拿在手上发黏，吃到嘴里齁得慌，吃完了还得洗手。这种糖炒栗子，按北京的标准来说就不能算合格。

为什么这么说呢？北京的糖炒栗子过去不光老百姓吃，宫里的皇上、娘娘也吃。您现在去前门那边溜达，还能找着个老字号叫通三益，现在卖秋梨膏特别有名，这家老字号原先是北京最大的干果铺，每年秋冬两季光炒栗子就能卖两万多斤。清朝那会儿，宫里专门指定通三益每天给皇上、娘娘炒栗子，然后趁热直接送进紫禁城。

皇上和娘娘，那平时都得捯饬得人五人六，跟那儿端着架子。那栗子总不能炒得黑不溜秋，上边沾的又是糖稀又是煤灰，皇上、娘娘剥完栗子，嘴巴子漆黑，手也是黑的，回头再往龙袍上抹——那不成。过去紫禁城对送进宫的炒栗子特意有要求，就是吃完了以后不能沾得哪儿都是，用不着洗手。

话说回来，北京的糖炒栗子，炒的时候往里边放糖稀，也不是为了给栗子增加甜度。栗子本身就已经是甜的，炒栗子的过程其实是为了让栗子脱水，水分少了，吃起来那当然就更甜啦。至于让栗子脱水脱到什么程度，那看的就是炒栗子的手艺了。炒得太生，水分脱得不够，吃起来不甜，也不糯。要是炒得过了呢？栗子就变硬了，嚼在嘴里硌得牙床子疼。

火候恰到好处的糖炒栗子，应该有种溏心鸡蛋的感觉。栗子仁剥出来是个整的，放在嘴里，用舌头一抿，就能变成栗子泥，又甜又香。炒栗子的时候加的那点糖稀，真正的作用其实是为了让出锅的栗子显得油亮，卖相好看，再就是多点焦糖的香味。

买炒栗子，还得看风向

过去看糖炒栗子合不合格，北京人有两个标准。一个是吃完糖炒栗子，手不能脏，不能黏。再一个就是栗子不能炒得破了口儿，必须外皮完整。现在南方好多地方讲究卖开口儿的炒栗子，那意思好像只有把栗子炒开了口，才算够火候，北京大街上也有骑着三轮车卖开口栗子的。这其实不对路。

您想呀，炒栗子本身就得用沙子，再加上烧柴，街上还暴土扬烟的，栗子要是炒得开了口儿，那脏东西不都进去了吗？所以正宗的北京糖炒栗子一定不能炒得开口儿。

再讲究点的吃主儿，过去老北京的八旗子弟，吃糖炒栗子还得看干果店门脸儿的方位。您说这还有讲究？嗬，当然有讲究了！门面朝东、朝南的吃，朝西、朝北的都不能吃！

人家这么矫情，也有人家的道理。中国属于季风气候，夏天刮东南风，冬天刮西北风。过去炒栗子没有在室内的，都是露天，干果店门口。干果店门脸要是朝西、朝北的话，风一刮，灶里的火苗就得受影响，来回摇晃，铁锅受热就不均匀，锅里边栗子的火候也就跟着不均匀，炒出来也不好吃。

有朋友说了，你说的这都没边儿了，凭什么北京的糖炒栗子就算正宗？我们都得按着规矩来？您看，我既然敢这么说，自然就有我的道理。中国的大街上真正开始有卖炒栗子的，那是在宋朝，东京汴梁。宋朝有个著名诗人陆游，写了本专讲杂七杂八的书，叫《老学庵笔记》。

据《老学庵笔记》记载，东京汴梁原来有个卖炒栗子的人叫李和，是当时全国炒栗子这行的大拿，行业标兵。大宋朝分南北，公元1127年，金兵攻破汴梁城，高宗南渡，卖炒栗子的李和带着全家，跑到金中都，就是今天的北京，接着卖炒栗子。

那之后又过了二十年，名叫陈福公和钱上阁的两位南宋使臣奉命出使大金朝。走到北京附近，燕山脚下，有两个小伙子突然拦住南宋使臣的马队，自称是李和的儿子，流着眼泪，送给他们十包炒栗子。

所以说，北京现在的糖炒栗子，那是大宋东

京汴梁，李和炒栗子传下来的正根正派。只不过当时炒栗子就是干炒，里边不加糖稀。这种炒法儿，您自己在家也能炒，找口大铁锅，必须得有锅盖。锅里边稍微放点水，把栗子倒进去，等水快烧干了，一定得把锅盖盖上，这时候您听吧，锅里边乒乒乓乓一阵响，就跟放鞭炮似的，栗子就算炒好啦。虽说赶不上专业的糖炒栗子，可是趁热也非常好吃。

北京开始炒栗子加糖稀，那是清朝以后的事。清朝乾隆年间，有个叫郝兰皋（gāo）的人，写了本杂七杂八的书叫《晒书堂笔录》，意思跟陆游的《老学庵笔记》差不多，里边就讲了北京的糖炒栗子，原话是这样的："及来京师，见市肆门外置柴锅，一人向火，一人高坐机子上，操长柄铁勺频搅之。"

直到我小时候，北京的糖炒栗子差不多还是这么个路数。三九天，西北风呼呼地吹，卖炒栗子的跟街上搭着大灶，架着大铁锅，烧着旺火，光着膀子，拿着大铁锨，四脖子汗流地在那儿炒栗子。那时候也没有塑料袋、纸口袋，卖糖炒栗子都是用旧报纸卷个圆锥形的纸筒，把栗子装在里边，再把口儿折几下，封严实。大冬天的，两只手捧着这么个纸包，热乎乎，香喷喷，小孩能美得屁颠屁颠的。

天津起士林，法国蒙布朗

小孩，甭管南方北方，差不多都爱吃糖炒栗子。北京的小酒馆过去每到秋天，还卖一种专门给老爷们儿下酒用的盐水煮栗子。就是把栗子壳拿刀破个口，方便进味儿，然后放花椒、大料、盐，搁水里边煮。

这种咸口儿的栗子，就数杭州西湖边上做的最好吃，最有名。郭老师讲过，大才子徐志摩就最爱吃杭州的盐水煮栗子，每年秋天都得特意跑过去吃几碗。不吃，好像觉得全身都不舒服。

北方的栗子适合炒着吃，南方的栗子不适合炒，可是个头儿大、水分足，做糕点最好吃。张爱玲在《色戒》里边就专门提过，上海凯司令餐厅卖的栗子蛋糕特别好吃。好多“张迷”看了《色戒》以后，就到处打听上海这凯司令到底是个什么底细，跟天津特有名的起士林是不是有什么关系。

要说起来，起士林跟凯司令还真有点渊源，凯司令最早的老板，原先就是天津起士林的服务员，那时候的说法叫西仔。这位服务员等于是在起士林攒了点工作经验，手里也有点银子以后，才辞职跑到上海创业，自己当了老板。之所以给自己的买卖起这么个名字，也有点蹭老东家热度的意思。

天津起士林这买卖是1900年开的。那年八国联军侵华，攻破大沽口炮台，占了天津城。当时德国军队里边有个老炊事兵，年纪大了，手里也有俩钱了，一合计，干脆退伍，跟天津开了个西餐馆，字号叫起士林。

德国守着阿尔卑斯山，阿尔卑斯山也产栗子，德国连带边上的法国都流行吃一种栗子泥做的蛋糕，法国人管这种栗子蛋糕叫蒙布朗（Mont Blanc）。蒙布朗指的是阿尔卑斯山在法国境内最高的一座山峰，山上长满了栗子树。这个蒙布朗的做法，就是先把栗子煮熟，然后剥出来，拿刀背碾成泥，再往盘子里铺。铺一层栗子泥，铺一层奶油，最后再跟蛋糕顶上撒一层白色的糖霜，象征阿尔卑斯山上终年不化的积雪。

1900年，德国老炊事兵开的天津起士林卖的西式糕点里边，就有这种法国口味的蒙布朗，挺受中国顾客欢迎。蒙布朗后来在中国风靡一时，好多中国糕点师傅也开始学着做这种蛋糕，还按中国人的口味做了改良。

现在您去北京、天津、上海的一些老字号西餐馆，还能吃到这种中国版的蒙布朗。

调料

油

茶米油盐酱醋茶，咱们先说家家户户必备的重要调料——油。

昨儿晚上我做了个梦，梦见十几岁的时候，在学员班，中午下课，大伙儿拿着饭盆跑到食堂排队打饭。

“半大小子，吃死老子。”十几岁的小伙子，那正是能吃的时候！早上俩大馒头、一碗稀粥下去，最多盯到上午十点来钟，肚子里就叽里咕噜的，就盼着早点打铃，早点去食堂。

我做梦梦见那天，食堂的菜还真不错，烩油渣！新炸出来的油渣，按炖肉的法子，葱、姜、蒜、花椒、大料、盐、酱油、料酒，加水一咕嘟，再搁点儿白菜。我买了一饭盆烩油渣，来了仨大馒头，一口馒头一口油渣，油渣外焦里嫩，一咬一滋油，那叫一个解气、解馋！吃着吃着，就把我给吃醒了……

油渣、油渣饼

有人就说了，破油渣有什么可吃的？倒找钱，我都不吃。现在还真是这样，大伙儿都讲究低盐、低油，尤其油渣这东西又容易致癌。过去可不一样，肚子里都缺油水，甭管什么油，只要不是汽油，都敢往嘴里放。

好多年轻的朋友可能都没赶上那时候。现在买油是方便啦，随便找个大超市，里头什么油都有。过去不一样，油得凭票供应，有定量，城市居民每人每月就半斤油。

半斤油一个月，按现在这生活标准来说，还

真用不了。那会儿不一样，有的人真是不见得一礼拜能吃一回肉，平时就萝卜白菜，做这东西它可费油啊，油不够吃，怎么办呢？就买猪板油，买肥肉自己炼油。

油炼出来，油渣当然也不能糟践。食堂吃的是大锅菜，不可能做得太细，把油渣搁锅里烩烩，那就算吃到了极致，便宜还解馋，大伙儿都抢着买。家里边还能把油渣做得再细致点，拿它烙饼吃，这在北京是种挺独特的家常吃食，叫吱油饼。油渣烙饼外地也有，叫法跟北京不一样，多数好像都叫脂油饼，可是这种饼在北京的正名一定得写成吱油饼，它形容的是油渣重新回锅加热以后，吱吱冒油的那个动静。

吱油饼最大的好处就是烙的时候省油，因为油渣本身还往外冒油。新鲜油渣剁碎，小葱也剁碎，放到碗里，拿盐、花椒面和胡椒面调味。生面擀饼，把拌好的油渣馅儿撒在上头，不能跟烙馅饼似的撒那么多，星星点点地撒点儿就得。

然后把撒了油渣馅的生面饼卷起来，再重新擀成饼，上饼铛烙，方法跟烙家常饼差不多。

这种饼上锅烙出来，从里往外那么冒油，酥脆的。咬一口，有油渣的焦香，有葱香，还有点咸味儿，不用就菜，就拿手这么撕着吃，一口气吃个两三张那跟玩儿似的。

吱油饼我原来是真爱吃，吃起来没够，现在年纪上来了，三高，这都得注意，就不大敢吃了。可真要是馋了的时候，我还是愿意拿大油烙饼吃。您可以试试，荤油烙出来的饼，那绝对跟素油饼不是一个层次，单有那么种特殊的香味。

鸭油

说起这荤油烙饼，北京人还单有这么一路口福，烤鸭油烙饼。北京烤鸭，甭说中国人了，全世界人民都知道。过去全聚德和便宜坊的外卖窗口，除了卖整只的烤鸭，卖鸭架子，还卖瓶装的烤鸭时候流的那个鸭油。

烤鸭油买回去，炒菜也可以，最好还是烙饼。我不知道这里头有什么原理，但是这个烤鸭油烙的饼，它真就跟别的饼不一样，吃在嘴里更松软，发甜，细品品还有股烤鸭的味。可惜后来说这玩意儿致癌，不让卖了，现在您要真想吃这口，除非是认识烤鸭店内部的人，能送您那么一两瓶鸭油。

猪油拌饭

印象里边，南方的朋友都挺爱吃猪油。比如1989年有个电影《百变神偷》，讲的是上海的故事，最后有个桥段说的就是吃猪油汤圆。那时候北方人看了都觉得不理解，汤圆是甜的，再加上猪油，那得什么味儿呀？

最近这些年，旅游发展了，人口流动也频繁，南北方的饮食差异好像也没原来那么大了，可您真要说让北方人吃甜的猪油，恐怕还是比较难接受。要是弄成咸的那倒没什么问题，比如猪油拌饭。

这些年甭管演出还是旅游，走南闯北的，我就发现南方各个省份吃猪油拌饭真挺普遍。江浙闽粤这些地方就不用说啦，最远往东南走，走到台湾，当地人也爱吃这个。现在咱们一想，台湾最有名的饭，那肯定是卤肉饭呀？可要真正到了台湾您就会发现，当地人对这个猪油拌饭的热情也是很高的。

香港地区也讲究吃猪油拌饭，当地人管它叫猪油捞饭。著名美食家蔡澜老先生写过篇文章，叫《“死前必吃”清单》，里头开了个单子，罗列了自己哪天万一真不成了，咽气前必须得吃、不能留下遗憾的这么几样美食，猪油捞饭排在第一个。

说到这儿，好多人可能就得问了，这猪油拌饭到底怎么做啊？肯定特复杂吧？还真不是那么回事。大米饭做好了，趁热盛到碗里，凝成块的猪油来一小勺，放进去，让米饭的热气自然把猪油给熥化了，趁热，再往饭里头加炼过的豉（chǐ）油、炒到半熟的葱白末，适量再来点盐。搅和匀了，就可以吃了。

这个做法，您是不是觉得特简单？可是现在大伙儿不老说这么句话吗，越是简单的事情，想要做好反倒越不容易。大羹必有淡味，至宝必有瑕秽，这就是咱们中国老百姓从柴米油盐酱醋茶的普通日子里，总结出来的人生哲学。

说起这个猪油拌饭，它的历史，我能给您捯到周朝去。中国古代有本书叫《周礼》，《周礼》中就记载，天子吃饭有八珍。注文解释，这八珍分别是淳熬、淳母、炮豚、炮牂（zāng）、捣珍、渍、熬、肝膋（liáo）。

其中的淳熬和淳母，这两种吃食差不多，就是底料不一样。淳熬的底料是大米饭，淳母用的是大黄米，古人管这种粮食叫黍（shǔ）。这两种米饭也是趁热，加上各种蔬菜和肉类，再来勺猪油、牛油或者羊油，那么一拌，就可以吃。所以说淳熬和淳母其实就是今天南方人爱吃的这个猪油拌饭的老祖宗。

动物油、植物油

有人问了，周朝人干吗就非得拿动物油拌饭，吃点植物油不成吗？多健康呐。这话，您算问到点子上了。

咱们这回聊的是油，可是您知道“油”这个字最早什么时候出现的吗？是在宋朝。老百姓开门七件事，柴米油盐酱醋茶，这句口头禅，只要是中国人基本都知道，它最早的版本也可以追溯到宋朝，出自吴自牧的《梦粱录》，原话是“盖人家每日不可缺者，柴、米、油、盐、酱、醋、茶”。

“油”这个字出现在宋朝，专指植物油。

那宋朝以前的人呢？他们多数时候吃的是动

物油。

这个在《礼记》里边也有规定，当时的食用油就是脂和膏这两类。现在不是还有这样的说法吗？民脂民膏。脂指的是有角的动物身上的油，比如牛油、羊油。膏呢，指的是没长角的动物身上的油，比如刚才说的猪油。

周朝那时候，中国就已经开始种黄豆了，可是没人拿黄豆榨油，因为用不着。周朝人吃饭不像现在似的以炒菜为主，那时候多数都是生吃，做熟了吃的菜也都是烤、蒸和煮，用不着放多少油。

中学历史课上，老师肯定都得跟学生说，周朝人地位高低主要是看有几个鼎。有几个鼎的意思就是吃饭的时候能有几个菜，菜越多，级别就越高。鼎这东西大伙儿在博物馆都见过，那里头装的可不是炒菜，都是汤菜，熬、煮、炖，不放油都成。吃饭用油少，也就没人费力气拿豆子榨油，弄几块肥肉直接熬油多省事儿啊！

到了宋朝，情况发生了变化。宋朝的疆域

小，养不起那么多牛羊。再就是宋朝人发明了炒菜这种新科技，厨房的耗油量越来越高，光靠猪牛羊身上那点肥肉炼油，实在也不够用，所以植物油从这时候开始慢慢地就成了中国人食用油的主流。

话说回来，宋朝人也不是什么植物油都吃。您像这个豆油他们就不吃，因为有豆腥味儿，所以豆油在宋朝一般就是点个灯，涂个门轴、车轴，轻易不会往厨房里送。至于什么花生油、葵花子油，那时候根本还没有，因为花生和向日葵这两种东西是在明朝，经西方人转手，才从美洲传过来的。

宋朝人最愿意吃的油是芝麻油，就是现在说的香油。现在咱们吃香油就是借个味儿，喝汤什么的滴那么几滴，很少有人拿香油炒菜吃。宋朝人不光拿香油炒菜、炸东西，真正讲究的人家还拿香油点灯、当头油梳头，所以那时候走在大街上，满身香油味儿，那就是土豪、大款的标志。

好景不长。大宋朝分南北，公元1127年，金兵攻破汴梁城，徽、钦二帝被俘吃了牢饭，泥马渡康王，落脚临安称帝，改元建炎，史称宋高宗。

人是跑到南边去了，北边的芝麻地你横不能也安上四个轱辘推过去吧？南方的气候不适合种芝麻，可老百姓过日子又得用油，最后逼得实在没办法了，就逼出油菜这么个新生事物。现在大伙儿每年春天都愿意去南方，赏油菜花海，拍照发朋友圈。油菜花海这种西洋景，就是南宋以后才在中国出现的，之前根本就没有。

油菜的老祖宗是芥菜。说起芥菜，酸菜鱼您差不多应该都吃过吧？酸菜鱼里的那个酸菜，就是芥菜。还有北京人爱吃的雪里蕻，它也属于芥菜。再有就是芥菜疙瘩当中的芥菜，也算一种。

油菜的种子榨出来的油就是菜籽油。前边说了，过去每人每月就半斤油，这个油主要就是菜籽油。我小时候吃的也是这种油，颜色棕红棕红的，有股芥末味儿，放到锅里一烧就呼呼冒黑烟，老百姓其实都不太愿意吃这个油，不愿意也没辙，你没别的油可吃啊。

油罐子、油瓶子

那时候每家每户过日子基本都得有个油罐子，里头装的就是自己炼的猪油。还得有个油瓶子，油瓶子也不是专用的瓶子，一般就是喝酒剩下的玻璃瓶子，外头油渍麻花的，大伙儿每月就拿着这个瓶子，再拿着油票、副食本，去副食店打油，一个人半斤。

那时候家家户户吃油也省，您要是用油瓶子，就一点儿一点儿地倒；要是用油罐子呢，就拿勺扡，每次扡出来还得衡量衡量，哎哟，今天多了。总之，油当时是非常珍贵的一种生活必需品。不是有这么个传说吗？相声里也说到过：有一农村老太太，会过日子，抠门儿。年初，拿一油罐子盛了二两油，搁在灶台上。怎么扡油呢？

拿一根筷子，筷子头上拴一铜钱儿，临到炒菜的时候，拿那筷子带铜钱，上油罐子里头蘸去，蘸上那么一铜钱的油，下锅里涮涮，就用那么点油炒一大锅的菜！年初打了二两油，到六月份一看，这二两改半斤了——又搭回三两水去。

过去负责打油的多数都是家里的小孩，我小时候就干过这个。家里大人把瓶子、钱和油票给了，还得额外多嘱咐几句，钱和票可拿好了，别丢咯，油瓶子也拿好，留神别瓴（cèi）喽。

说是留神别瓴喽，还真就有瓴了的时候。您想，油瓶子本身就是玻璃瓶子，外头还油渍麻花的，它滑呀。小孩要真半路上把油瓶子给瓴了，油糟践了，赶上开明的家长，起码也得训一顿，赶上暴脾气的家长，那一顿揍肯定是跑不了。你把油糟践了，家里这一个月的日子它真就没法过呀！

盐

今儿咱们怀旧一点，说一部戏，《戏说乾隆》，这也是差不多三十年以前的事了。90年代初，电视上成天介都是戏说乾隆，咱们香港的两位著名演员，郑少秋和赵雅芝，每天就跟电视上折腾。折腾来折腾去，郑少秋老演乾隆，赵雅芝名字还老换，这集叫程淮秀，下集叫沈芳，再下集又改金无箴（zhēn）了，甭管怎么换，都那么漂亮。

我记得这电视剧播出那段时间，好家伙，卖扇子的都火了！为什么卖扇子的火了呢？因为电视里边，乾隆皇上微服私访的时候自称四爷，手里无冬历夏都拿把扇子，但凡跟别人动手，差不多都是拿着扇子来回比画，大伙儿觉得挺帅。尤其半大小子，那阵儿都跟说相声似的随身带扇子，见面就掏出来，互相往对方身上招呼。

有人问了，你跟这儿回忆了半天《戏说乾隆》，到底打算说点什么呀？聊乾隆，还是聊扇子？再不就聊聊赵雅芝？都不是，老百姓开门七件事，柴米油盐酱醋茶，今儿跟您说说盐。

井盐 VS 海盐

您还记得《戏说乾隆》开篇的剧情是什么吗？第一部叫《江南除霸》，讲的是乾隆皇上下江南，遇见了赵雅芝演的盐帮女帮主程淮秀，愣充仁义大哥，帮着调解盐帮跟漕帮的纠纷，铲除当地恶霸，顺便撒个狗粮，这么个故事。应该就是这个电视剧播出以后，大伙才知道中国历史上还有盐帮那么个组织。

电视剧里边说的这个盐帮，指的是两淮盐

帮，根据地在扬州，近着海边，卖的是海盐。现在您去超市，盐的种类也是五花八门，不光有吃的盐，专门还有洗澡用的盐。过去中国人吃的盐主流就分两种：东部离海近，吃的都是海盐，就是直接拿海水晒的盐；西部离海远，吃的多数都是井盐。

什么叫井盐呢？就是跟挖石油一样，在地上钻井，最深能挖到地底下一千多米，把卤水抽上来，然后跟太阳底下晒盐，再不就是架上锅，烧火煮盐。您看《舌尖上的中国》第一部，讲云南做诺邓火腿，不就得先从当地村里的盐井抽卤水煮盐，然后再拿那个盐腌火腿吗？

有人说了，眼下超市这么方便，盐也便宜，两三块钱一袋的事儿，直接买几袋盐回去腌火腿，成不成？这事儿，恐怕还真不成。有句话，咱们叨叨过不止一遍了，一方水土养一方人，有些地方特色美食，还就必须得用当地的材料，才能原汁原味儿。换了，味儿怎么弄，也对不了。

盐这玩意儿，甭管哪儿产的，猛一看都差不多，全是白的，但味道有细微的差异，那种感觉，只可意会不可言传。所以您看，现在虽说买盐这么方便，可是真正讲究的四川大厨，一定得用四川产的井盐，又叫川盐，绝对不用海盐。我曾经看过一个菜谱，里面就说到，川菜里面，最重要的一味调料就是盐。

老北京人也一样呀，过去北京人吃的基本都是海盐，离北京最近的盐场就在天津塘沽，那地方叫长芦盐场。现在超市里也有卖海盐的，不过那个盐都是精加工以后的海盐，颜色白，里边的杂质也少。过去北京人吃的海盐叫大粒儿盐，说白了就是那边海水刚晒出来的盐，这边直接就放到锅里吃了，不经过加工。大粒儿盐做菜，有种特殊的香味。

您要问我具体是个什么味儿，我也说不清楚。反正您跟大街上随便找个北京老太太问问，她肯定得告诉您说，大粒儿盐炖出来的鱼，炖出来的肉，就是比普通的盐香，有盐味儿！现在好多老北京人秋天腌咸菜，腌点雪里蕻啊、萝卜啊、芥菜疙瘩什么的，还是必须得买这个大粒儿盐。

自贡盐帮菜，作！

老北京有句话，叫没有不开张的油盐店。盐这玩意儿不起眼，值不了几个钱，可是谁过日子都离不开，都得买，日积月累，卖盐的商人就特别有钱。中国历史上有两大盐帮。一个就是前面聊的，程帮主的这个盐帮，叫两淮盐帮，卖的是海盐。还有一个就是四川自贡的盐帮，卖的是井盐。

论资历的话，自贡盐帮比两淮盐帮可老得多，人家那边打从两千多年以前东汉时期，就开始打井、煮盐。不到一百年以前，整个中国西南地区，川滇黔三省，包括再往东一点，两湖地区的湖南、湖北，吃的主要都是四川的井盐。

自贡盐帮有钱，有钱了怎么办呐？那就得变

着花样消费，用现在的话说，炫富呀。眼下好多人都知道，四川自贡的花灯特别有名。80年代那会儿，北京劳动人民文化宫，也就是明清两朝的太庙，年年正月十五都办灯会，那里边的好多花灯都打四川自贡来。

再往前说，一百多年以前，清朝那会儿，每年过年，自贡的盐商都自费来北京办灯会，扎彩灯、放烟花，当时的说法叫孝敬皇上，其实就是名副其实地斗富、烧钱。互相都得比着、赛着，你这边花了白银一万两，我就花两万两。那边一听，这孙子敢花两万两，要造反呀，那我花三万两！花两万两的那位得着信儿，坐不住了，这是成心跟我较劲儿呀，他花三万，那我再加一万，花四万。双方就这么较劲，多咱花趴下一个，多咱算完。

我们相声里边老说，出门走路看风向，穿衣吃饭晾晒家当。每个人的经济实力到底怎么样，吃饭是一个挺重要的指标。眼下您去自贡旅游，满大街都是卖各种牛肉的餐馆。最有名的，火边子牛肉，有点咱们小时候吃的肉脯的感觉。做火边子牛肉，专挑牛的后腿肉，拿当地产的井盐，配上葱、姜、蒜、花椒、大料、桂皮各种香料，调成卤水，把牛肉放到里头腌制。肉腌好了以后，捞出来切成薄片，放在炉子上，小火儿慢慢地烤，烤到牛肉干的那个感觉，再用剪子把大片的牛肉铰成小片，用秘制的红油一拌。嚼在嘴里特别劲道，有咬劲，咸鲜辣，越嚼越香，平时能当零食吃，下酒最好。

细论起来，火边子牛肉还算不上地道的自贡盐帮菜，只能算盐工菜，就跟北京的爆肚儿、炒肝一样，原先上不了大台面。为什么这么说呢？过去自贡的盐井要想把卤水抽到地面上来，得靠传统的水车，拉水车的劳动力都是牛。拉水车的劳动强度特别大，牛干不了几年活儿就累死了，牛累死了也不能扔了呀，就便宜处理给盐场里边干活儿的工人改善生活。工人上顿牛肉、下顿牛肉，变着花样地吃，这么着，慢慢就演化出了自贡的各种牛肉美食，像什么水煮牛肉、冷吃牛肉、粉蒸牛肉，最早都属于盐工菜，当年真正开盐场卖盐的盐商反倒不吃这些东西。

有人问了，牛肉都不愿意吃，他们还想吃什么？那就怎么高级，怎么麻烦，怎么花钱，怎么来呗！有时候啊，盐商吃的这东西本身也未见得多名贵，可是工艺特别繁琐，吃的是功夫钱儿，您比如说最有名的自贡冷吃兔。吃兔子，不算新鲜，一般咱们吃兔子，都是扒了皮，光要里边的肉身子。自贡的冷吃兔不一样，连皮一起吃，吃的就是兔皮爽脆的口感。

整只的兔子宰了以后，先得放在开水里边烫，就跟过去咱们自己在家杀鸡一样，开水一秃噜，兔子身上的毛就掉了。长的、粗的毛掉了，短的、细的毛还有呐，那就得拿刀片刮，拿镊子一根一根拔。毛收拾干净，这才能开膛，掏内脏，然后把整只的兔子剁成小块儿，加葱、姜、蒜、料酒腌制，去兔子的土腥味儿。

腌好的兔肉块儿下锅，按辣子鸡那意思，加各种作料爆炒。爆炒这里边有个火候问题，可以个人掌握，愿意吃嫩点的，就少炒一会儿，兔肉留下的水分多点。牙口好，愿意吃老点儿的，就可以把兔肉块儿炒得跟牛肉干一样，肉最后都干得扒在骨头上，透着股焦香。

冷吃兔为什么叫冷吃兔呢？咱们中国人吃饭多数都讲究得趁热儿，刚出锅的菜香，凉了就不好吃。冷吃兔不一样，非得是晾凉了以后才好吃。这个菜跟火边子牛肉意思差不多，可以当零食吃，下饭下酒也成。只不过最早的火边子牛肉那是盐场的工人吃的，用现在的话说，草根美食。冷吃兔呢，那是给盐场老板吃的，普通老百姓还吃不起。

火边子牛肉、冷吃兔，说到底，吃的都还是大路货。自贡当地有这么个传说，说的是清朝那会儿有位盐商，一辈子就好吃一种东西，吃这种东西本身不用花钱，就是特别麻烦。吃的什么呢？麻雀，北京叫家雀儿、老家贼。

自贡这位盐商，吃的那是货真价实的家雀儿，吃家雀还不是吃整只，就光要家雀儿大腿上那一小疙瘩肉。这块肉按老话儿说，属于“活肉”，平时老运动着，吃在嘴里有嚼劲，可是每只家雀儿身上最多也就能出黄豆粒那么大的两小疙瘩。

盐商每天必须吃一盘炒的这种小疙瘩肉，最少得宰两百只家雀儿，还给起了个菜名，叫玛瑙碎片。为了吃这盘菜，他们家专门养了五个下人，每天别的不干，就负责拿着粘网、绷弓子到处打鸟。您就说，这盐商他多能作吧。

两淮盐帮菜，开国第一宴

话说到这儿，有个事儿不知道各位注意过没有。中国人吃饭，一般来说，南方人吃得肯定比北方人细致。都是南方人，东南沿海吃得又比西南细致。一样都是穿衣吃饭晾晒家当，两淮盐帮跟自贡盐帮一比，那可以说又上了好几个档次，随便炒个什么菜，都透着讲究，不将就。

就拿鱼头来说，现在全国各地都流行吃鱼头。北方有鱼头泡饼，侉炖大鱼头，浓油赤酱，刚烙出来的饼，焦黄酥脆，往鱼汤里边一泡，吃的是个酱香口儿。南方和北方不一样，喜欢吃砂锅鱼头，江苏天目湖的最有名，按炖鱼汤的路数，拿砂锅炖鱼头，汤里边下豆腐块儿，临上桌的时候往锅里撒一把香菜末，鱼汤白、香菜绿，吃的还是鱼本来的鲜味儿。

再往前头说，不用太远，大概四十年以前，多数中国人其实都不太愿意吃鱼头。那会儿家家户户日子都不富裕，好不容易炖条鱼，筷子全往鱼肚子上招呼，谁没事闲的，吃鱼头呀？只有扬州的盐商，打从清朝那会儿就流行吃鱼头。现在您去扬州，当地还有个三头宴，三头宴指的是哪三头呢？咱说过，就是猪头、鱼头和狮子头。

猪头，大家都很熟悉了，这回咱们说说鱼头和狮子头。扬州人吃的鱼头是鲢鱼的头。鲢鱼，北京人叫白鲢子，刺特别多，过去得算最便宜、最次等的鱼。我记得自由市场上，十块钱给一洗脸盆都没人爱要，大伙儿宁可多花点钱，吃草鱼、鲤鱼，也不吃这个鱼。

鲢鱼本身就不值钱，鲢鱼头，那更不值钱。扬州盐商吃的这个鲢鱼头，金贵就金贵在功夫上头，人家吃的拆烩鲢鱼头。整个的大鲢鱼头，从中间一劈两半，放到锅里边煮，煮到八九成熟，捞出来，去骨。

您想想，鱼头去骨，最见厨师的功夫，必须是骨头拆干净，鱼头还得是整个的，不能说您这骨头拆完了那边剩下一堆碎肉。现在您去淮扬菜馆后厨看，刚入行学手艺的小徒弟干的都是拆鱼头的活儿，赶上那手笨点儿的，一两年，未见得能把这活儿干利落了。

拆干净骨头的鱼头，再重新回锅，加高汤提味儿，点缀点儿笋片、火腿、香菇和菜心。出锅的时候还得是整个的鱼头，两片，装在大盘子里，拿小勺抿着吃。吃的都是胶原蛋白，还不用担心嗓子眼儿让鱼刺给扎了，图的就是个方便劲儿。

狮子头的道理也是一样。狮子头，北京叫四喜丸子。各路狮子头里边，最讲究的，那得说当年盐商吃的蟹粉狮子头。咱们平时吃螃蟹，都愿意整只的螃蟹，自己剥着吃，咱说过，因为这个剥壳和从螃蟹壳里边往外掏肉的过程，也是个挺有意思的事，就跟嗑瓜子差不多。

扬州盐商大概平时吃螃蟹的机会也多，有点审美疲劳，剥壳剥烦了，愿意大口吃肉，所以就让厨师预先把螃蟹肉都剥出来，配上猪肉粒、冬笋丁、香菇丁，汆丸子吃。

扬州盐商发明的蟹粉狮子头，1949年开国大典，上过咱们的国宴，那叫开国第一宴。这事儿不是我瞎说，当年承办开国第一宴的那家北京老字号眼下还在，叫玉华台，主打的就是淮扬菜，人家至今还保留着1949年开国第一宴的菜单。

老鼠想飞，吃盐就成

话头儿绕来绕去，又绕回北京来了。北京人吃饭，口儿普遍都重，愿意吃得咸点。那会儿的人也没有什么预防高血压的观念，可是潜意识里边，好像也都知道盐吃多了对身体不好。谁家的小孩要是在饭桌上多吃了几口咸菜，或者菜吃得多、饭吃得少，大人就该说话了：少吃几口咸的，吃多了变盐老鼠！

什么叫盐老鼠呢？就是蝙蝠，蝙蝠跟老鼠长得挺像，就是多个翅膀。按老北京的土说法，老鼠吃多了盐，就会长出翅膀，变成蝙蝠。我也不知道这是个什么理论，反正当年老人儿都这么说。

老北京还有句俏皮话，叫卖羊头肉的回家——不过戏言（细盐）。这话什么意思呢？现在咱们不是还有个说法，叫交浅不可言深吗，意思就是说，跟人说话，尤其是开玩笑，得看双方的交情。有些程度的交情，可以过大玩笑，哪怕找找伦理眼，说句“我是你爸爸”什么的都没关系。有些程度的交情，这种玩笑就开不得，弄不好对方就能急眼。

那卖羊头肉的，跟细盐又有什么关系呢？羊头肉是北京的传统小吃，收拾干净的羊头，放到加了盐、葱、蒜、花椒、大料、桂皮的白汤里边煮熟，不放酱油，学名叫白水羊头。

北京的白水羊头，跟四川的冷吃兔意思差不多，也是得凉着吃，口感才好。过去北京卖羊头肉有个规矩，必须是立了秋，天凉了以后，没有三伏天就出来卖的，那么着肉容易坏，再就是不容易晾凉，影响口感。卖羊头肉的都是下午，挎着筐，背着木头箱子走街串巷地卖，吆喝起来是这味儿的：“哎哟，羊——头肉哎。”老北京人艺，有些老先生专门学这叫卖的，您听听，里面还有这个呢。

为什么下午才卖呢？因为羊头肉这种吃食，纯粹就是个下酒的小菜，按老礼儿来说，正经人没有上午、大早上起来一睁眼就摸酒瓶子的，都得是等到下午，快吃晚饭了，才能喝两口。穷人，正经好的下酒菜吃不起，就买点羊头肉回去，便宜又实惠。

谁要是买羊头肉，必须得是卖羊头肉的现场给切，普通人没那个刀工。羊头肉讲究切出来的肉片必须得飞薄，薄到什么程度呢？那时候卖羊头肉，包装用的都是旧报纸，讲究是切好的肉片铺在报纸上，能看见底下报纸上那字！

肉片切好了，还不算完。羊头本身是白汤煮的，没太多滋味，为了提味儿还有道手续，就是往肉片上撒事先炒熟、碾碎了的椒盐。这个盐不能直接用手捏着撒，必须是装在羊犄角里边，从犄角粗的那头把椒盐装进去，然后用布把口儿封上。犄角细的那头，截下去一小段，开个口，跟胡椒瓶的意思差不多。

撒椒盐的时候，卖羊头肉的手拿着犄角，高高抬起，特别有范儿地来回一摇晃，椒盐就跟下雪一样，落在肉片上边。清朝人写过本书叫《燕京小食品杂咏》，其中有首诗：“十月燕京冷朔风，羊头上市味无穷。盐花洒得如飞雪，薄薄切成与纸同。”讲的就是卖羊头肉。

椒盐对卖羊头肉的来说，特别重要，反过来说，椒盐要是用没了，那肉也就甭卖了，买卖也就做不成了，只能回家再想办法。这么着，老北京才留下句俏皮话，卖羊头肉的回家——不过戏言（细盐）！

酱

想起来个话题。这话说起来得是十多年以前了，好多朋友可能还有印象，有那么一阵儿，保健品流行吃各种素，像什么番茄素啊、大蒜素啊，还有纳豆素。我原先住的那小区就来过几拨卖保健品的，几个人，有男有女，穿着黑西装，系着领带，楼底下摆几张桌子，铺上桌布，拉上横幅，搞得挺隆重，卖纳豆素。

我这人您也知道，好跟人聊个天、搭个话。路过那地方，就让这帮人给挡住了。好家伙！那叫一顿胡吹海侃，有的没的说了一车，中心思想反正就是纳豆素好，大补，吃了能防病，能长寿，你得买，得多买。

但凡是人，没几个能架得住这套忽悠的，尤其是北京人，脸儿热，人有见面之情啊，他这么拿话把你给拘住了，你还真就不好意思说出“不买”这俩字。

正思想斗争着呢，街坊大妈一句话点醒梦中人。纳豆？那不就跟黄酱差不多嘛，都是黄豆煮熟了，发酵做的东西。你有那好几千块钱，买他这纳豆干吗，直接上六必居，两块钱买包黄酱，回家吃炸酱面成不成？一天中午晚上吃两顿，连着吃一个礼拜也花不了五十块钱呀！

我心里一琢磨，这话还真挺有道理，正好就坡下驴，说了句“拜拜了您呐”就走了。哎哟，把那几个卖纳豆的给恨的，当场生吃了我们街坊大妈的心都有，还不用蘸酱油。

纳豆 VS 豆豉

纳豆，还真是从中国传到日本去的。汉唐年间，中国的僧人东渡日本，顺便就把豆腐、黄酱这些大类上都算豆制品的东西传到了日本。酱油和纳豆的根儿都是黄酱。

哪位朋友要是在酱园子工作，您就知道，眼下酿造酱油的工艺虽说多种多样，可最原始也最高档的酱油，就是黄酱渗出来的那个清汤，行话叫酱窝油，那是黄酱里边的精华。

黄酱彻底发酵熟了，能往外渗酱油；要是没发酵熟，还在从熟黄豆往黄酱过渡的这个阶段，日本有纳豆，中国有豆豉。纳豆和豆豉属于差不多的东西，都是黄酱的半成品，就连日本人自己也说，他们的纳豆始于中国的豆豉。

只不过，日本纳豆的工艺跟中国的豆豉稍微有那么点区别，臭得挺邪性！不少人愿意吃纳豆，觉得对身体好，也有好多人受不了那个味儿。它那个臭，怎么形容呢？反正就是您家吃饭的时候，要是有一个人吃纳豆，那别人就都吃不下去了。不光吃不下去，连吃纳豆的人用过的碗，恨不得都想直接扔了，干脆就不刷了。

中国的豆豉也臭，可臭得没那么邪乎。就拿湖南那边来说，有道经典的下饭小菜，豆豉辣椒。就是把蒜末儿、豆豉放到热油锅里边炒，再加剁碎的红泡椒、鲜的青辣椒，稍微搁点儿肉末更好。这道菜炒出来，臭香臭香的，吃不惯的人，离着老远就得捏鼻子，吃得惯的人，光这一个菜，能连干三碗米饭。

豆豉鲮鱼罐头，倒退三十来年，在商店里边得算高级货。现在大伙儿都注重健康，觉得罐头里边有防腐剂，能不吃就不吃。我小时候，能吃上这么个罐头，只有两种情况，要么是家里来客，临时加个菜，要么就是出远门，随身买几个带着。

那个罐头里的鱼，连刺都是软的，整个放在嘴里嚼，干香，还有韧劲。吃完了鱼，罐头底下一层都是豆豉，油汪汪的，带点鱼的香味儿，拿那个拌米饭，也行。会过日子的人，罐头掏干净了，里边还剩点油星儿、豆豉渣儿，舍不得糟践，弄点开水倒在里头，来回一涮，加点榨菜丝这就是个汤，还挺鲜。

螃蟹是肉酱变的

中国人最早吃的酱，是拿肉和鱼做的，学名叫醢（hǎi）。现在您去天津塘沽，当地特产一种虾酱，那玩意就可以叫醢。醢在中国古代不光是一种食物，还是一种刑罚。现在大伙儿都知道，中国古代有种酷刑叫凌迟，凌迟是拿小刀把活人身上的肉一片一片拉下来，最多也就能拉三千多刀。

醢不一样，是把人整个剁碎了，剁成肉酱。中国历史上受过醢刑，特别有名的人，总共有三个。一个是周文王的大儿子，伯邑（yì）考。传说周文王为了糊弄商纣王，把儿子的肉酱强忍着吃下去，再吐出来，就变成了天上的玉兔。

第二个特有名的人，您听马三立先生的经典段子《吃元宵》里头，陪着孔子吃元宵那位，孔子的学生子路。孔子七十岁以后，回鲁国养老去了，子路呢，跟卫国找了个饭辙，没想到卫国后来起了内讧，子路让人给砍了，剁成了肉酱。消息传到鲁国，孔子让人把家里的肉酱都给倒了，发誓说自己这辈子再不吃肉酱。

第三个特别有名的人是西汉初年，汉高祖刘邦那会儿。刘邦手底下有三个最厉害、功劳最大的武将，韩信、英布和彭越。韩信后来让吕后骗到未央宫，乱棍给打死了，现在京剧还有个回目《未央宫斩韩信》，郭老师老唱这出。

彭越更惨，满门抄斩不说，还给剁成了肉酱。英布在这仨里边，算是最老实最听话的，刘邦也觉得不放心，打算敲打敲打他，就把彭越那肉酱装了一小坛子，跟英布送去了，告诉他说，这是新开发的菜品，你尝尝鲜儿吧。

英布没有周文王那两下子，会算卦，有什么事提前都能给算出来，他不成。他就把这一罐子肉酱都给吃了。有句话怎么说来着，没有不透风的墙。彭越让人剁成肉酱这事儿，传来传去，还是传到英布耳朵里了。这俩人，用现在的话说，老战友啊，平时关系就不错，现在人死了，让自己给吃下去了，吃得还挺香，英布心里觉得不是滋味，一阵一阵犯恶心，就跑到河边上吐，传说吐出来的肉块掉到水里，就变成了小螃蟹。

现在您去浙江一带，海边滩涂上爬的一种小螃蟹，就叫彭越蟹。南方各地，方言发音不一样，也有管这种小螃蟹叫旁元蟹、彭琪蟹、白玉蟹的，辽宁那边叫它臊夹子。宁波人最讲究吃彭越蟹，专门用它生腌，做醉蟹，图的是它个儿小，好入味儿，据说一个这种醉蟹就能下一碗白米饭。

辽宁人的吃法更特别。辽宁人吃臊夹子，跟蝲蛄豆腐差不多，也是把一大堆小螃蟹打碎，弄成肉酱，然后再把里边的肉汁过滤出来，重新放到锅里煮，做螃蟹豆腐。

范蠡（lǐ）发明黄酱

中国人吃黄酱的历史，比肉酱、鱼酱、虾酱、螃蟹酱，都晚。民间传说，春秋时代的范蠡——就是后来帮着越王勾践出主意，给吴王夫差献西施，然后又带着西施私奔的那位——小时候家里特别穷，十七八岁的时候，在老地主家干活，当大师傅，管做饭。

老爷们儿做饭，本身就粗枝大叶，更何况十七八一小伙子，手底下没准儿。他又怕饭不够，大伙儿吃不饱，骂厨子，所以每天做饭都是多做一点，宁可剩下也不能不够吃。这么一来，就算把老地主给豁出去了。

范蠡怕老地主知道这事儿把他给开了，找了个背静屋子，在里边放几口大缸，每天剩下的饭就倒在里头。周朝时候，中国人吃的粮食还没现在这么多花样，也就是大米、黄豆、小米什么的。

民间传说，造酒那杜康是因为心情不好，吃不下饭，把饭倒在树洞里边，赶上下雨，饭一发酵，就变成酒了。范蠡把剩饭存在屋里，雨淋不着，时间长了，就变成酱了。

好几大缸酱放在那儿，您想，老地主能闻不见味儿吗？所幸老地主这人还不错，没把范蠡怎么着，就是给他限期十天，把这几缸剩饭废物利用，怎么利用都成，就是不能糟践。想不出主意，到第十天，自己就收拾行李滚蛋，工钱也不给了。

现在咱们处理剩饭泔水，一般就是弄到养猪场喂猪，范蠡也是这个思路，从缸里扤了桶剩饭就奔猪圈去了。没想到猪还特别爱吃这种发酵了的剩饭，一桶不够，猪还惦记着回回碗，又来一桶。周围看热闹的长工闻着这猪饲料，也觉得挺香，用咱们现在的话说，这饲料是酱香口儿的。有那胆子大的，就拿手指头蘸了点，放到嘴里一尝，那叫一个好吃。从那儿以后，中国人就吃起黄酱来了。

慈禧的特长是品酱

甜面酱的历史，跟黄酱差不多，最早也就是馒头之类的东西放坏了，长毛了，有那心灵手巧的人就给做成酱了。我小时候，街坊老太太就有这号能人，家里买馒头买多了，剩那么一两个，放在那儿，那会儿老百姓家里也没冰箱，只能找阴凉地方放着，时间长了，馒头表面能长一层绿毛。这种长了毛的馒头，给它弄碎了放到碗里，加点水，用不了几天就能变成甜面酱。

山东那边有种煎饼酱，就是吃剩下的煎饼，放时间长了，长毛了，发酵做的酱。东北有种大碴子酱，那个是吃不了的贴饼子，长毛了，发酵做的酱。您要是去六必居里边看，他们做甜面酱也是这个路数，只不过为了降低成本，他们不买现成的馒头，得买麦子。麦子买回来磨面、蒸馒头，馒头再发酵，就是甜面酱。

现在一说甜面酱，好多人的第一反应肯定是保定。保定有三宝，铁球、面酱、春不老。这个面酱，指的就是甜面酱。保定最早做甜面酱是在清康熙十年，距今三百多年。当地人不光拿甜面酱蘸葱、蘸菜吃，炖鸡、炖鱼、炖肉的时候，还喜欢放点甜面酱当调料，这个饮食习惯后来不光影响了河北其他地方，也慢慢影响了山东、天津、北京这一大片儿。

据说，慈禧太后吃炖鸡、炖鱼、炖肉，多少都得放点甜面酱，而且指定必须是保定产的甜面酱。老太太嘴特刁，换个地方产的，当时就能尝出来。所以北京几个最有名的酱园子，打根儿上说，做甜面酱的手艺都是学保定的。

要说起来，北京人做菜，用甜面酱当作料的少，还是用黄酱的多，有时候可以用黄酱代替酱油。就拿吃馅儿来说，眼下京郊农村还有这种吃法，包子、饺子、馅饼，和馅儿的时候放点黄酱，吃起来绝对跟酱油口味不一样。炖鸡、炖鱼、炖肉的时候，也会拿黄酱代替酱油。北京有个月盛斋，好多外地朋友也知道，做酱牛肉、烧羊肉最有名的地方。月盛斋打从乾隆年间开张，到现在差不多二百五十年，炖肉用的都是黄酱，从来没用过酱油。

我做饭也有这习惯，炖鱼，酱焖，就用黄酱做。再有做馅儿，别的我倒不用黄酱拌馅儿，但是吃茄子馅儿，我喜欢用点黄酱，做出来有酱味儿，我喜欢吃。

烤鸭不够，肉丝凑

北京人真正拿甜面酱当作料，蘸着肉吃，最有名的就得说烤鸭了。吃烤鸭的正确打开方式，起先也不光是蘸甜面酱配葱丝卷饼，也可以蘸老虎酱，就是把大蒜捣成蒜泥，拌到黄酱里边。最早全聚德、便宜坊吃烤鸭，都是同时给上甜面酱、老虎酱两种，您自己按口味儿挑。老爷们口味儿重，愿意吃蒜，蘸老虎酱的多。女士，口味儿轻，怕吃完了嘴里有味儿，多数愿意蘸甜面酱。后来烤鸭的吃法慢慢改良，这才就剩下蘸甜面酱这么一种吃法。

烤鸭，自己家一般做不了，得去馆子吃。现在老百姓吃烤鸭，也不是说想吃就吃，得是逢年过节，要不就是有什么社交活动，或者轮到改善生活。过去更是这样啦，普通老百姓一辈子也不见得能吃上一回烤鸭，可又想找找吃烤鸭的感觉，这么着，就发明了一种吃法跟烤鸭差不多的菜，京酱肉丝。

京酱肉丝，名字里就带个“京”字，得算货真价实的老北京菜。这道菜，我在外地也吃过，用豆腐皮卷肉丝吃的居多。您要去最地道的北京馆子，卷京酱肉丝的只能是跟烤鸭一样的薄饼。猪里脊切丝，用甜面酱加各种作料炒出来，装在盘子里边，吃的时候配鲜的葱白丝，卷饼。过去吃不起烤鸭的老百姓，吃这个，就算过过吃烤鸭的瘾。

咱们说过不知道多少回了，北京人的舌头，是鲁菜打的底子。京酱肉丝这道老北京菜，要说起来，也是从鲁菜那边化过来的。鲁菜里边有一路酱爆菜，调味都离不开甜面酱，最有名的酱爆肉丁就是把猪里脊肉切丁，提前用酱油、花椒面腌十来分钟，再拿团粉抓一下，为的是肉嫩。葱姜炝锅儿，先炒肉丁，然后放盐、甜面酱、酱油，临出锅儿，淋一点水淀粉勾芡就成了。

一样的方法，把猪肉丁换成鸡肉丁，那就是酱爆鸡丁。发明宫保鸡丁的丁宝桢，当过山东巡抚，后来调到四川去了，所以厨师行里有种说法，宫保鸡丁这道菜，可能就是在鲁菜酱爆鸡丁的基础上，按四川、贵州那边的口味又给改良了改良。

当蚕豆遇见辣椒

说着说着，就说到四川了。四川人吃饭也有自己独门儿的酱，什么呢？郫（pí）县豆瓣酱。过去有种说法，四川厨师做菜离不开三个坛子，一个泡菜坛子，一个面酱坛子，还有一个就是豆瓣酱坛子。眼下流行的几道川菜，像什么烤鱼、麻辣香锅、干锅兔头，说到底，吃的都是豆瓣酱的味儿。

豆瓣酱的历史肯定比黄酱、甜面酱晚得多，因为做豆瓣酱的蚕豆和辣椒，都是从国外传到中国来的。就拿蚕豆来说，现在好多地方还管蚕豆叫胡豆，您一听这名字，就知道是外来的进口货。蚕豆的原产地在西亚、北非那边，西汉年间，张骞通西域，这才沿着丝绸之路传到中国来。

辣椒的时间更晚，原产地在美洲。哥伦布发现美洲以后这才传到欧洲去，明朝万历年间，又转手从欧洲传到中国来。中国最早种辣椒的地方是东南沿海浙江、福建那边。明末清初，连年战乱，四川土著的老百姓都死得差不多了，湖广填四川，辣椒从中国东南沿海传到西南地区，中国人这才开始吃辣椒，川菜才变成了辣的。

清朝咸丰年间，郫县当地有户姓陈的人家，祖上是从福建那边搬过去的，开了个酱园子，叫益丰和。他们把做黄酱用的黄豆换成蚕豆，又在里边加上盐和辣椒，发明了现在全国人民都知道的郫县豆瓣酱。

酱油

大伙儿都知道，我那马场在的地方叫大兴，属于郊区农村了，住农村有个好处，能赶集。农村大集上卖的东西，一个是便宜，再一个是新鲜，好多东西跟城里，您花多少钱，还真买不着。所以现在好多城里人，都愿意开着车、坐着车，大老远跑到农村赶集去，比当地农民都积极，一集不落！

有人问了，大老远地跑过去，就为赶集买点儿东西，来回够油钱吗？这个账吧，您不能这么算。来回跑这么一趟，也不光是为买东西，您不还散了心、活动了吗？老北京有句话，叫不冤不乐，人有时候也不能太算计钱，一分钱掰成两半儿花，把钱都串在肋巴扇儿上，那么着，活着也就没意思了。

热豆腐蘸酱油，越吃越没够

有一天我就买着好东西了，那东西也不值钱，农村豆腐坊，人家农民自己点的豆腐。大清早儿的，摆在那儿，还腾腾冒着热气儿，这么新鲜的豆腐，买回去，您说，得怎么吃？炒个麻婆豆腐？再不就来个锅拓豆腐？不成，那么吃就糟践东西了。

新鲜的豆腐买回去，切成麻将块，下开水锅焯一下，倒一小碗酱油，里头稍微搁点葱花、香菜末，点儿滴小磨儿香油，齐活儿！豆腐趁热蘸着酱油汤儿，就这么吃。刚点出来的豆腐又软又嫩，掰一块儿，白嘴儿吃都是甜的。酱油呢，是咸鲜儿的，热豆腐蘸着酱油吃，甜里边带着鲜，鲜里边裹着甜，有豆腐的香，又有香油、香菜、葱花的香，解馋，还不腻口，吃得满头大汗！那滋味，您可以试试，绝对跟涮火锅顺便涮两块豆腐吃，感觉不一样。

有朋友说了，谦哥看来也没吃过嘛儿呀，弄个豆腐蘸酱油，能美得冒鼻涕泡儿。这事儿，您有所不知，白水煮豆腐蘸着酱油吃，天下至味！而且，这在日本可算是相当隆重的一道大菜。日本有种专门的豆腐料理店，主打菜就是豆腐蘸酱油，而且人家在中国的吃法上还有发展。夏天，把豆腐晾凉了，切成麻将块儿，搁冰块上镇着端上桌，然后蘸着加了香油、葱花、姜末的酱油吃，有点儿吃凉粉那意思。

冬天呢，是用专门的小砂锅煮。这个砂锅就只能煮豆腐用，不能炖肉、炖鱼，为的是怕油腻，影响豆腐的口感。小砂锅装上山泉水、豆腐麻将块，烧开了，咕嘟咕嘟翻着泡儿的时候，赶紧往桌上端，也是趁热，蘸着酱油吃。吃完了，拿锅里的热汤把剩下的酱油冲着喝了，原汤化原食，这种吃法儿在日本叫汤豆腐。

去日本打酱油

现在好多人吃豆腐都讲究上庙里头吃去，吃全素宴。因为出家人常年吃素，成天研究怎么做素食，豆腐做得好。日本也是这么回事，您要是有这个雅兴，去日本庙里转转，随喜随喜，日本老和尚能出来打个招呼，留您吃顿汤豆腐，那人家可是按贵宾的标准接待的您。

日本人怎么这么待见豆腐呢？这事儿得从一千多年以前说起。大唐天宝年间，鉴真大师从扬州启程出发，东渡日本弘扬佛法，顺便把点豆腐、做酱油的手艺给日本人带了过去。从那时候开始，日本人的一日三餐就离不开豆腐，更离不开酱油了。

日本老百姓有句俗话，叫和食始于酱油，终于酱油。意思是说，日本人吃饭必须得有酱油，顿顿都得吃。现在好多时髦年轻人讲究吃日本料理，日本料理甭管上什么菜，老也离不开酱油，而且人家是吃什么东西，就得对应地有什么品种、口味的酱油。像什么白酱油、淡口酱油、甘口酱油、浓口酱油，多了去啦。

您比如说，上好的精白米蒸出来，喷香的大米饭加上点紫菜末、香菇丁，盛在大碗里，岗尖儿岗尖儿的，上头摆一个七八成熟、溏心儿的鸡蛋黄。临到要吃的时候，再往鸡蛋黄上浇一点地道的日本酱油，搅和匀了，然后就甩开腮帮子吃去吧。

生抽，老抽，酱油

日本的酱油品种多，中国酱油里边的门道也不少。

我小时候，北京家家户户过日子，日常吃的都是金狮牌的酱油。金狮酱油龙门醋，过去北京人的厨房离不开这两样作料。那时候去副食店，北京话叫小铺儿，甭管买整瓶的酱油，还是拿着瓶子打散装酱油，都是金狮牌，不用问，也没有生抽老抽这么个概念。

北京人，或者说北方人，开始把生抽、老抽、酱油分得那么清楚，是90年代末以后。90年代末央视有个美食节目《天天饮食》，主持人刘仪伟每天教大伙儿做饭，他就老跟电视上说，加点生抽、倒点老抽。当时好多人看着都觉得新鲜，这不都是酱油吗，还又是生抽又是老抽的？

老抽、生抽、酱油这种分法儿，从根儿上说，其实是广州人的说法。什么叫生抽呢？就是把酿好的酱油从酱缸里边抽出来，直接就装瓶拿到市面上卖，没有再加工的过程。这种酱油，颜色比较浅，咸味重，适合做炒菜、凉拌菜。老抽，就是生抽的基础上再加焦糖色，调色调味，颜色重，带点甜口，炖个红烧肉、红烧鱼什么的效果最好。

酱油这个说法，在北方就是个泛称，生抽、

老抽都算。南方人分得更细点，他们管工艺、口味介于生抽和老抽之间的那种东西，叫酱油。

腌笃鲜

好多人都觉得北方人吃饭口味重、色儿重，炒菜愿意多搁酱油。我到现在还有这个习惯，哪个菜要是酱油放少了，白不呲咧的，就觉得不香，不好吃，不下饭。不过历史上第一道白纸黑字、有据可查的加酱油做的菜，那可是南方人做的。

这事儿不是我瞎说，南宋有个叫林洪的福建泉州人，写了本《山家清供》，讲的都是当时流行的各种文人菜，其中就有道菜叫山海羹，是拿春天刚长出来的春笋和蕨（jué）菜做成的。春笋切块儿，蕨菜切段儿，用开水焯一下，去掉草酸和涩味儿。然后新鲜的鱼虾切块儿，连同焯好水的笋块儿、蕨菜段儿一起放到大海碗里，加水，上屉蒸。出锅以后，加酱油、香油、胡椒、盐、醋，稍微撬点儿绿豆粉皮，搅和匀了，就能吃。

现在绍兴人吃的腌笃鲜，可以说是最接近宋朝这道菜的。把竹笋老得嚼不动的地方，切成块儿，加上剥虾仁剩下的虾头、老得咬不动的臭苋菜梗——反正都是下脚料——再加点咸肉、火腿什么的提味儿，加盐、葱、姜、料酒、酱油，也是装大海碗里，加水，上锅蒸。最后主要是为了喝汤，不为吃里边的干货，都是下脚料嘛！

鲁迅先生是绍兴人，他就总结过说绍兴人吃饭有三种打开方式。一种是甭管什么菜，都弄干了吃，绍兴的干菜最有名。再一种是甭管什么菜，都沤臭了吃，像什么臭苋菜、臭冬瓜、臭千张儿……那家伙！臭得比北京的王致和绝对高好几个量级。

还有一种打开方式，就是甭管什么菜，都可以泡在酱油里边吃。绍兴人真是能吃酱油，最有名的绍兴酱鸭子，说白了，就是比南京盐水鸭多道手续。南京盐水鸭是把鸭子煮到八九成熟，泡在卤水里边，味儿泡进去，白条儿鸭子就可以吃了。绍兴酱鸭泡完卤水还不成，得搁酱油里边再泡几天，泡出来的鸭子，整个都是黑红黑红的，离老远就能闻见一股酱香味。

酱油肉和清酱肉

南方各省人里边，要说吃酱油吃得最厉害的，还得数上海人。上海人不光自己爱吃酱油，捎带手的，把到过上海的洋人也培养得爱吃酱油了。

洋人本身不吃酱油，西餐里边也没有酱油这么种作料。有朋友说，谦哥你讲得不对，西餐里边有酱油，甭往远了说，就上海最有名的西餐，炸猪排，那就得蘸着辣酱油吃。

这事儿要说起来，您是只知其一不知其二。西餐吃的辣酱油，应名儿叫酱油，实际跟酱油一毛钱关系都没有。那个辣酱油，是拿胡萝卜、葱头、西红柿、海带、葱、姜、蒜，再配上白糖、醋、盐、豆蔻、桂皮这些东西，加水熬出来的，看着黑乎乎的跟酱油差不多，那是因为里头加了焦糖色。

老上海过去又叫十里洋场，哪国洋人都有，就把这种西餐调料给传进来了。上海人看这玩意儿黑了巴唧跟酱油似的，就管它叫辣酱油。直到我小时候，全国好像还就只有上海有生产辣酱油的厂子。玻璃瓶装的，叫光荣牌，那在当年也算一种挺高级的调料，轻易还买不着。

洋人把辣酱油带进了中国，又把货真价实的中国酱油带到了世界各地，其中又数犹太人对中国酱油的热情最大。现在您要去美国、以色列，看见有犹太人家里摆着酱油瓶子，那不用问，这家人爸爸、爷爷那辈儿肯定有人在上海待过。

为什么这么说呢？二战那会儿，希特勒迫害犹太人，好多犹太人从德国逃难跑到了上海，在上海一待就是五六年，跟着老上海人吃上海菜吃习惯了，也就离不开酱油了。有的犹太人后来离开了上海，慢慢老了，去世了，可是他们家孩子从小跟着父母吃饭，还是习惯吃中国的酱油。

说起上海人吃酱油，当地有种酱油肉，跟北京还有点渊源。酱油肉，其实就是买回来整块的五花肉，收拾干净晾干，把肉泡在煮熟了的酱油里边——注意，一定得是煮熟了的酱油——四天四夜。

泡透了酱油的肉捞出来，跟做咸肉一样，挂起来，晾干。吃的时候，切大片，碗里边用豆腐干切的丝垫底儿，为的是吸油，不糟践肉汤，让豆腐也能吃出肉的滋味，肉片铺在干丝上头，上锅蒸。出锅以后，趁热就着米饭吃，最好。

为什么说上海的酱油肉跟老北京有渊源呢？因为北京也有种差不多的东西，叫清酱肉。中国有三大名肉，一个是金华火腿，一个是广州腊肉，再一个就是北京的清酱肉。

北京的清酱肉，又叫京式火腿，最早是明朝那会儿山东人发明的。咱们说过，北京人吃饭是鲁菜的底子，老北京干餐饮行业的以山东人居多，山东人管酱油叫清酱。最地道的清酱肉，必须选猪的后腿，把骨头剔出来，收拾干净，也是放在酱油里头泡，泡透了再晾。过去没有冷库、冰箱，怕坏了，做清酱肉都是在腊月，赶在天儿冷的时候做出来，晾干，放到第二年开春，肉开始往外冒油了，就算成了。吃法跟上海酱油肉差不多，切片、切块蒸着吃可以，炒菜、炖汤也成，吃起来没有金华火腿油腻，据说慈禧就特别爱喝清酱肉熬的冬瓜汤。

想解馋，喝酱油

我小时候没吃过清酱肉，连酱油都不能敞开了喝。眼下有朋友跟网上回忆，说是六七十年代那会儿，酱油和醋也凭票供应，这事儿说得恐怕不靠谱。那个年代，副食店里边，买油得要油票，买肉得要肉票，买糖得要糖票，唯独酱油、醋和白酒，这三样东西不要票，有钱就能买。

话虽这么说，这三样东西也不可能敞开了供应，因为酱油、醋、白酒都得拿粮食做呀，当年粮食紧张，不可能都拿去做这三样东西。那会儿副食店卖的酱油都是散装的，装在大缸里边。家家户户都有个酱油瓶子，玻璃的，没酱油了就拿着瓶子去副食店打酱油，售货员接过瓶子去，跟上头插个漏斗，拿个小提子，从大缸里把酱油扤出来，就着漏斗，往瓶子里一倒。

也有那么一阵儿，打酱油连瓶子都不用，空手儿去就成，副食店里边卖那种固体酱油，又叫酱油膏，就流行了几年，后来轻易见不着了。那种酱油质量上，应该不如液体的散装酱油，属于有点化学合成的东西。弄得一块儿一块儿跟巧克力似的，拿黄的马粪纸包着，论块儿卖，大伙儿也都愿意买，尤其是出差、出远门的人，随身带这么一块儿，挺方便，想吃酱油的时候，拿开水一冲就齐了。

话说到这儿，我又想起个事。现在网上有个流行语，叫我是来打酱油的。再往早了说，俩人互相聊天，问到年纪，被问的人就可以这么说，唉，我年纪可也老大不小的了，孩子都能打酱油啦。

“孩子都能打酱油了”，不知道各位琢磨过没有，过去的人干吗就非得说打酱油？副食店里可打的东西多了，说打醋，打酒，成不成？好像还真不成。

这事儿，我是这么分析的，对不对，您就那么一听。过去人那生活水平，不可能跟现在一样，每天两顿酒，中午喝，晚上喝。最多就是逢年过节，或家里有人过生日，打点酒，见点肉，改善一下生活，真赶上有那压根儿不喝酒的人，这辈子不打酒也不新鲜。醋呢，比酒用处稍微多点，可也就是吃顿饺子，炖条鱼，炒个醋熘白菜、醋熘土豆丝能用上，消耗量没那么大。

唯独酱油，每天都离不了，尤其过去吃饭以素菜为主，倒点酱油，多点鲜味儿，就能好吃点。哪怕说没菜呢，光喝酱油也能解馋！比如说老北京夏天吃面条，家里没黄酱，也没菜打卤，最简单的办法就是热油花椒炝锅儿，酱油倒进去，就能拌面条吃，现在我还经常这么吃呢，叫酱油汆儿。

要是连热油、花椒都没有，那也可以！弄个小碗，倒点酱油，点儿滴香油，拿白馒头蘸着吃，连咸菜都省了。再不就是刚熬出来的白米粥，黏黏糊糊、热热乎乎的，酱油倒进去，再来点香油，也挺解馋。还有就是家里吃饭，最后想喝口汤溜个缝儿，就可以酱油、香油、葱花、盐装在大海碗里，拿开水那么一冲，以前的人管这叫高汤，鲜味儿全靠那点酱油盯着。

可能就是因为普通老百姓家半年不见得打回酒，两三个月才能打瓶子醋，唯独酱油，十天半个月就得喝一瓶子，频率比较高，这才有了“打酱油”这么个说法。不过今天，大伙儿买酱油都是去超市成桶地拿，没什么人真拿着瓶子去打酱油了，但“打酱油”这说法可是留下来了。

现而今，您要想体验一把最传统的打酱油，那就有点麻烦了，得买张高铁票，拿着酱油瓶子去我老家西安。西安老城区，西木头市，还有个80年代留下来的国营老副食店，里头卖散装的酱油、散装的醋。您要是有机会去西安旅游，可以找找这个老副食店，怀怀旧。

出门右拐

凉粉/豆汁儿

中国人过日子离不开粉坊，就是做粉丝、粉条、淀粉包括凉粉的作坊。在北京南城，老宣武区，离陶然亭公园不远，有一地儿名叫粉坊琉璃街，2009年的时候，连宅子带这条街都已经给拆了。这个地方明朝那会儿的地名叫粉坊刘家街，专门就是做粉的一条街。

粉坊在农村，尤其是必不可少。比我岁数再大点儿的人都知道，当年农村生产队副业有三坊：粉坊、磨坊和豆腐坊。现在河北沧州还有个地名就叫三坊村。农村过去赶上红白喜事讲究杀猪宰羊，一口猪，一只羊，恨不得全村都跑这儿来吃，肉不够，怎么办？那就得肉汤里边下粉条、下豆腐，好歹吃个肉味儿。再有像过去冬天，家家户户吃熬白菜，都是熬白菜的时候下一把粉丝，再汆几个小丸子，欸，那顿饭立马就提升好几个档次。

现在每家差不多都有空调，天儿再怎么热也不耽误吃饭，哪怕说三伏天支个火锅子也不算新鲜。过去不行，天儿一热，真吃不下饭去，专门有个说法叫苦夏。吃不下饭，怎么办呢？就靠凉面、凉粉、冰棍这些个凉食盯着，老百姓这样，皇上也差不多。

北京民间有个传说，说是同治皇帝当年三伏天，跟天桥、八大胡同那边微服私访，看见个挑着担子卖凉粉的，喝了一碗，觉得挺痛快，直接把这卖凉粉的带到宫里去了，前前后后连着喝了一个月，直到立秋，天儿凉快了，才给放走——这上瘾了还！

各地的粉，各有千秋

全国各地都有自己的特色凉粉，口味儿差得挺多，但是做法其实差不多，说来说去，用的就是醋、盐、香油、蒜泥、辣椒、香菜这些调料，无非就是这儿的人爱吃酸，多来点儿醋，那儿的人好吃辣，多搁点儿辣椒，喜欢吃甜口儿的，还可以放糖浆。

真正区别大的，是凉粉本身的原料。

北方最传统的有绿豆粉、土豆粉、白薯粉，变来变去，都没出淀粉这个圈儿。靠海边的地方有种凉粉挺有特色，是把石花菜、海带这些东西里的胶质给提炼出来做的，学名叫琼脂，果冻里边都用。琼脂拿到四川、重庆那边，大夏天冰镇了，浇个酸甜汁，就叫玻璃粉，好多姑娘爱吃，据说这玩意儿吃到胃里不吸收，光占地方，能减肥。

南方还有种凉粉挺特别，叫烧仙草，福建那边最有名。就是拿一种叫凉粉草的植物，晒干了，烧成灰，弄得跟广州龟苓膏似的，黑乎乎的，眼下在全国各地还挺流行。我老家的人爱吃凉皮，那是拿面做的，在各路凉粉里边又算一个流派。

我吃过最好吃、最特别的凉粉，说起来跟凉粉一毛钱关系都没有，什么呀？海蜇凉粉，我在烟台吃的。咱们平时吃的海蜇都是加工过的，想吃活的、鲜的海蜇，您只能去海边。这玩意儿有个特点，全身七八成的分量都是水，刚从海里捞出来的时候二十斤，要是跟盆里放上半天，没准儿就剩三四两了，所以吃海蜇凉粉那真是跟时间赛跑。

鲜的、生的海蜇，切成大块儿，拿着在擦床子上擦丝，就跟擦黄瓜丝、萝卜丝一样。擦好了丝，赶紧装到碗里，加盐、醋、香油、辣椒油，稍微撬点儿黄瓜丝，再撒一大把香菜，拌匀了吃，嚼在嘴里咯吱咯吱的，比真正的凉粉多点海鲜味儿。

只管凉来不管酸

说来说去，最地道的凉粉还数绿豆凉粉，因为最早的凉粉就是绿豆做的，诞生在北宋都城东京汴梁，就是今天的河南开封。宋朝人吃凉粉的习惯跟今天也不一样，人家是切麻将块儿炒着吃，吃热的，不吃凉的。现在您去开封旅游，夜市上还有炒凉粉这么道小吃。

为什么宋朝以前的人不吃凉粉呢？道理也很简单，没绿豆啊。北宋才传到中国来，来了立马就让人给做成了凉粉。直到明朝，白薯、土豆、玉米这些东西从美洲慢慢传过来，这才又出了新的凉粉品种。

北京人吃凉粉，都讲究吃绿豆凉粉。我小时候，卖凉粉一般是在自由市场，干这行的多数是女的，系着白围裙，戴着白帽子、白套袖，透着干净利索。摊位上放着个大玻璃柜，双层的，上层摆着整张的粉皮，摆着切成小块的凉粉，这是专门预备着让您买回家吃的。

最惹眼的是玻璃柜下层。柜子里放个案板，案板上头有一整块凉粉，形状有方有圆，起码得十斤左右，再讲究点儿的，凉粉底下还专门有块冰镇着。卖凉粉的手里拿着个小钉耙似的工具，这叫凉粉刮条，您要吃凉粉，她就用这个在大块凉粉上耙几下，凉粉条就出来了。装到蓝边大碗里，加各种调料，现卖现吃。后来因为卫生问题，不让这么卖了。

咱们自己在家其实也可以做凉粉，我有个办法，干净卫生，您可以试试。提前预备个饭盒或者大碗都成，烧开水，把平时勾芡用的团粉加在里头，搅和匀了，弄得稠点，倒在预备好的家什里，晾凉、凝固了，就是凉粉。

北京还有种凉粉，是自己家没法做的，过去只能到粉坊买，什么呢？漏鱼儿，又叫蛤蟆骨朵儿。有些外地朋友闹不清楚，管这玩意儿叫拨鱼儿，那不对，拨鱼儿是另一种吃食，咱们以后可以单说。漏鱼儿怎么做出来的呢？现在您去粉坊参观，他们专门有种大漏勺，淀粉浆装在里边，漏到下边的开水锅里定型，粗细全凭手掌握，粗点就是粉条，细点就是粉丝，要是断断续续、一滴一滴往下漏呢，那就是漏鱼儿。

北京人吃凉粉一律说喝凉粉，这里头有个环节，跟其他地方做法不一样。就是预备调料的时候，得拿凉白开澥（xiè）点芝麻酱，最后拌出来的凉粉是带汤的，边吃边喝。汤里边还可以点几滴芥末油，吃的时候蹿鼻子，提神醒脑。

再往早了说，清朝那会儿，卖凉粉的都是男的，夏天挑着担子走街串巷。那会儿卖凉粉，顺手还都卖点扒糕，就是荞麦面稀释成面糊，装在碗里，上锅蒸出来的糕。这种荞麦糕晾凉了，切片，加盐、醋、蒜、香油、黄瓜丝拌着吃，吃的时候一定还得配点腌胡萝卜丝。山西、河北那边好像也有这种吃食，叫碗托。

清朝人留下首诗，就是形容当年走街串巷卖

扒糕、卖凉粉的："冰镇刮条漏鱼穿，晶莹沁齿有余寒。味调浓淡随君意，只管凉来不管酸。"我们说相声也有这么个俏皮话儿，卖凉粉的醋——管凉不管酸。为什么说只管凉不管酸呢？因为那时候，酱油、醋这类调料得拿粮食酿造，成本高，卖凉粉属于小本生意，不可能弄一大坛子醋让您敞开了造。为了降低成本，卖凉粉的有个潜规则，醋里必须兑水，稍微有点儿酸味就成，这才留下个"只管凉，不管酸"的说法。

北京豆汁儿VS陕西浆水

粉坊除了做粉丝、粉条、淀粉、凉粉这些东西，还有一种下脚料也能吃，什么呢？豆汁儿！

豆汁儿，说白了就是绿豆做完淀粉剩下的那个汤，发酵了，酸了。现在好多人一提起豆汁儿马上就能想到老北京，觉得这是北京最有代表性的小吃。不是有这么个说法吗？郭老师说的，看见有个人走在大街上，一脚踹躺下，捏着鼻子咕咚咕咚一碗豆汁儿灌下去，那人站起来骂街的，那是外地人，要是站起来一抹嘴，问，有焦圈吗，那准是北京的。

其实吧，北京也不是人人都爱喝豆汁儿，好多人受不了那个酸臭味儿。反过来说呢，外地也未见得就没人爱喝豆汁儿，有粉坊的地方，就可能有爱喝豆汁儿的。

北京人喝豆汁儿得熬开了，黏黏糊糊、热热乎乎，手托着碗，转着圈儿，吸溜着喝，就着辣咸菜丝和焦圈。喝这玩意儿最好是冬天，喝出一身大汗，恨不得里边背心、裤衩都湿了才叫痛快。

也单有那么一路人，喜欢夏天喝生豆汁儿，解暑，去火。不光北京有人喝生豆汁儿，过去但凡有粉坊的地方，每到夏天，门口肯定都放个大缸，里头装着生豆汁儿，边上还放着大水瓢。来来往往的行人，赶车的、赶脚的、推车挑担的，走得渴了，只要喝得惯，都可以喝，粉坊的人自己也喝，不要钱。粉坊的老板想得开，这玩意儿说白了就是下脚料，倒地沟里也就倒了，拿出来让大伙儿白喝，还送个人情，落个好人缘，多好啊。

离开北京，往西南方向走大概一千里地，到河南安阳，有种吃食叫粉浆饭，就是拿当地粉坊出来的豆汁儿，里边儿放上小米、黄豆、花生、白菜、盐和猪油这些东西，熬成菜粥，盛到碗里吃的时候再加香油和香菜。吃到嘴里，酸、甜、咸、鲜！北京也有用豆汁儿熬粥的吃法，是把大米下在豆汁儿里，不加别的作料，熬熟了也是就着咸菜吃。我也不知道这俩地方到底是谁学的谁。

安阳再往西四百来公里，山西运城夏县，豆汁儿的吃法又不一样了。人家是在豆汁儿里下面条，加黄豆、花生和炒熟的葱花，吃的时候，再按个人口味撒花生碎、油泼辣子、香菜或者韭菜末。

山西人这种吃法，跟我老家的浆水面差不多。西北人过日子都离不开浆水，家家有个浆水坛子，什么叫浆水呢？就是拿芹菜、圆白菜、萝卜缨儿这类东西放到热水里边焯熟了，再拿干面粉拌拌，然后放到坛子里边，加温水发酵。发酵好了的菜叫浆水菜，剩下的汤就叫浆水。嚯！那味道，酸里带着臭，跟东北酸菜还不一样，具体怎么形容呢？有股下水道的味儿！但是这味儿你吃进去还挺好吃，反正我是很爱吃。陕西人离不开浆水，吃点浆水面跟过年似的。

陕西人夏天也有直接喝生浆水的，跟北京人喝生豆汁儿一样，能败火。不过最地道的吃法，那肯定还是来碗浆水面。下回您要是有机会去陕西，别忘了来碗浆水面尝尝，比较比较，到底是北京的豆汁儿味蹿，还是陕西的浆水酸爽。

煎饼果子

前些年，英国有个姑娘因为跟伦敦大街上摆摊卖煎饼，火了！供不应求。美国纽约，也有这么一哥们儿，摊煎饼，发了！这哥们儿二十多年前来中国留学的时候，老跟马路边上吃煎饼，后来还就离不开这口儿了，毕业回了纽约，再想吃个煎饼，哪儿都找不着这东西，后来实在馋得受不了，一咬牙一跺脚，干脆我自己弄个煎饼摊得了！

他这煎饼卖得可不便宜，最受欢迎的加烤鸭片儿的煎饼，十五美元一套！合人民币一百块钱还得挂点零儿，可美国人民还是疯抢，最后这哥们光靠摊煎饼就混成了个大款。听到这儿，您是不是也想置办套家伙什儿，上美国摆摊摊煎饼去？之后这类的新闻陆续又看见了不少，有的不仅摆煎饼摊儿，还开一个门面房，里边就卖煎饼。不管是美国、澳洲、加拿大还是英国，世界各地都有人摆煎饼摊。

80 年代相声红火的时候，咱们国家也组织演员去美国搞过巡演。等大伙儿都到了美国了，突然就有人提出个问题：你说这老外连句中国话都说不利索，咱们站在台上，俩人就这么说，他们听得明白吗？侯宝林大师这时候说了句话，那是相当有水平："咱们说咱们的，没关系，据我的经验，但凡愿意花钱买票来听的，他肯定就懂。"

煎饼，眼下在国外也是这么回事，但凡愿意花钱吃这个的洋人，多少都跟中国有点渊源，能说两句中国话。

落户西洋的煎饼果子

自打煎饼果子跟国外火了以后，大伙给总结

了十几种这些年风靡西方的中国美食，总结来总结去，发现了这么个规律，但凡哪种中国吃食在外国能火，那当地肯定得有跟这玩意儿差不多的东西，饮食习惯比较接近，老外他才能接受。

就拿这肉夹馍来说吧，这东西在我老家还有个别名，叫陕西汉堡包，就冲这名字，拿到国外去，老外他能不接受吗？本身就带着一半他们国家的特色呢！老外一看这形状，两片馍中间夹肉，跟这汉堡包基本类似，他就愿意尝一尝。北京的豆汁儿就不一样了，那玩意儿馊臭馊臭的，一股子泔水味，也就是我爱喝，真正老北京人其实也不是人人都爱喝。

中国的煎饼果子能在国外火了，也是一样的道理，因为老外原先他就吃这东西。据老外自己研究，他们的老祖宗打从古希腊、古罗马那会儿就吃煎饼。西方人摊煎饼的家伙什儿跟咱们不一样，咱们是专门用个圆的大铁板，那东西叫铛。西方人呢？用平底锅，就是《喜羊羊与灰太狼》

里边，红太狼成天拿着拍她爷们儿那种锅。

西方人吃的煎饼多种多样，每个国家都有自己的喜好，可归纳起来也就两个流派，一种是薄煎饼，一种是厚煎饼。法国人管薄煎饼叫可丽饼，跟山东卷大葱的那个杂粮煎饼差不多，也是拿着卷各种东西吃。喜欢吃咸口的可以卷牛肉，卷鸡肉，卷火腿，卷炸鱼块，卷龙虾段，再配点洋葱、生菜、西红柿什么的，浇上酸甜微辣酱汁，就那么卷着大口咬着吃。

厚煎饼呢，美国人最爱吃。这种煎饼有点半发面那意思，软软乎乎、热气腾腾的，趁热抹上奶油、蜂蜜，浇上糖浆，就那么吃。

中国其实也有种跟美国煎饼差不多的东西，我不知道别的地方叫什么，跟北京管这种煎饼叫烙糕子，都是棒子面、小米面这些杂粮做的，还就郊区、农村能吃着，城里没有。愿意吃甜口的可以卷豆馅儿，吃咸口的可以抹上黄酱，卷上葱，卷上肉，卷各种菜，跟吃春饼差不多。

天津人民有话说

提起煎饼果子，天津朋友肯定有不少话想说。如今吃东西都讲究个氛围，吃牛排，您得去西餐馆，小西装一穿，大皮鞋一踩，蜡烛一点，红酒一倒，边上再来个拉小提琴的，吱儿哇那么一拉。明明巴掌大一块肉，两口就能塞下去，非得提着小刀切，切完了再往嘴里送，人家要的就是这个劲儿。您要把这套用在煎饼身上，那就没意思了。

煎饼这种吃食产生在市井，就适合在马路边上摊，然后就那么拿着站在马路边上吃。您去天津随便找个当地人问，哪儿的煎饼最好吃？他肯定告诉您说，他们家楼底下马路边上，那个煎饼摊的最好吃。

煎饼也得讲究个氛围。大夏天，摊煎饼的、买煎饼的，人人一身白毛汗，再来个热煎饼，那就差点儿意思。非得是三九天，人冻得瑟瑟发抖，就煎饼摊那火炉子上稍微能见点热乎气儿。

煎饼摊好了，买煎饼的哆哆嗦嗦把煎饼接过来，当时就吃，煎饼呼呼冒气儿，人张嘴也呼呼冒气儿，一口咬下去，烫嘴又烫心，那才叫地道。

我年轻的时候，北京街边上摊煎饼可以自己带着鸡蛋去，为什么呢？那时候大伙儿生活都不富裕，自己带着鸡蛋实惠，少要五毛钱，鸡蛋还能挑大的拿，带俩带仨都可以。就是有个问题，万一不小心鸡蛋碎在兜里、书包里了，那就比较尴尬，所以大伙儿后来就都不自己带鸡蛋了。

天津人直到现在，摊煎饼还讲究自己带鸡蛋，不是为了省那俩钱儿，人家要的就是这个感觉。过去天津的煎饼摊都有一排蛋槽，您把鸡蛋放在里头排着队，自己还可以再去端豆浆、买豆腐脑，回来再取煎饼，基本上没有弄错的时候。说基本上，那肯定还是有弄错的时候，所以后来大伙儿就改规矩了，自己的鸡蛋都自己拿着。拿一个或者拿两个蛋都还差点意思，要是拿两个，边排着队，手里还能边揉着鸡蛋，当核桃那么玩儿，解闷儿。

现在大伙儿吃煎饼都愿意多放鸡蛋，鸡蛋越多越好吃，可是天津人也有规矩，您就是再有钱，再爱吃鸡蛋，一个煎饼最多放仨，再多，可就吃不出绿豆煎饼那个绿豆面的味儿来了，还不如回家自己吃炒鸡蛋去。

正宗天津煎饼果子必须得是绿豆面的，绿豆面吃在嘴里爽口不粘牙，还自带一股清香，别的面都不成。打面糊也有讲究，不能用清水，得用羊骨头、牛骨头吊的清汤，熬的时候还得放点儿小虾米皮提鲜。

最早的天津煎饼果子，摊的时候就放甜面酱、辣椒和葱花三种调料，后来改进了，又多了酱豆腐和韭菜花。一方水土养一方人，您说北京六必居的甜面酱有名，王致和的酱豆腐好吃，人家天津人不用，还就非得用本地产的甜面酱和酱豆腐，那才叫地道。

眼下北京这些地方的煎饼果子，里头放的都是薄脆，您想吃油条的还没有。天津的煎饼摊都是同时预备油条和薄脆两种，您可以挑，真正讲究的吃主儿，那肯定还得吃油条的。天津人吃煎饼果子，油条讲究必须吃刚出锅的，所以煎饼摊的旁边就经常配套个炸油条的，就为吃个新鲜劲儿。

刚出锅的油条一尺来长，外酥里软，焦香扑鼻。这头刚从油锅捞出来，控控油，那头紧跟着就往煎饼里头卷。现在摊煎饼的刷作料都是刷在煎饼没鸡蛋那面，跟油条一起裹起来吃。天津人觉得这不对，因为酱刷在里头，糊在油条上，再让热气那么一嘘，油条就不脆，所以他们刷作料得刷在煎饼对折起来，有鸡蛋的那面上。这么着，酱漏不出来，还不影响油条的口感。

这么个煎饼，您拿着一口咬下去，软嫩、酥脆、咸香。

跟天津人打过交道的朋友都知道，那地方的人说话哏儿，还随和，轻易不跟人红脸，唯独在维护煎饼果子纯洁性这个问题上，天津人民那是寸土不让。您去天津吃煎饼果子要是没眼力劲儿，也跟别处似的让人家往里头加火腿肠，加土豆丝，加鱿鱼，加奶酪，摊煎饼那哥们儿准得脖子一梗，眼睛一瞪："你介是要干吗？！要干吗？！拿我打镲怎么的？！"

山东人民也有话说

伟大的天津人民有句名言，煎饼果子的堕落，那就是从加火腿肠开始的。——我个人意见，咱们哪儿说哪儿了啊，好像也没必要这么较真，因为从根上说，天津的煎饼果子，也是在山东煎饼的基础上加加减减，改良出来的。

如今您去天津，当地人一准儿告诉您说，煎饼果子这东西是一百多年前，有个叫老刀的山东大侠似的人物，在天津发明的。历史上是不是真有老刀这么个人物，那倒未必，不过天津向来就是个移民城市，哪儿的人都有。

山东人拿煎饼当干粮，走到哪儿都随身带着，走到天津了，就把煎饼带到了天津。到了天津，老吃这凉煎饼他不舒坦不是？就得想法儿再回回锅，加工加工，这才发明了煎饼果子。除了煎饼果子，天津还有道叫嘎巴菜的吃食，也是拿煎饼回锅再加工出来的，也挺好吃，您有机会去天津可以尝尝。

我老爱说这么句话，一方水土养一方人，还是这张山东煎饼，山东人怀里揣着，坐船走大运河到了北京通州，再加工的方法跟天津那又不一样。通州人再加工山东煎饼的方法是把它卷起来，切段，油炸，炸得酥脆，这叫咯吱，据说当年慈禧特爱吃。

山东人到了通州，揣着煎饼再往北京城走，吃法又不一样。北京城里人炸咯吱，里头得搁馅儿，肉馅儿素馅儿都成，这叫咯吱盒。咯吱盒分软硬两派，软咯吱盒外焦里嫩，硬咯吱盒连里头的馅儿都炸得倍儿干，吃起来硌上牙膛子，不过那是真香！有牙口的人，嘎吱嘎吱嚼着吃，再喝两口二锅头，那日子，嘿，没治了！

烧饼

烧饼最初不叫烧饼，叫朱云峰。

——哈哈，开个玩笑。这回咱们聊聊烧饼，不是德云社的“烧饼”，是吃的烧饼。

烧饼最初叫胡饼。为什么叫胡饼呢？有两种说法。一种说法是这东西最早是从西域传过来的，古时候的中国人管那边的人叫胡人，胡人吃的饼，就叫胡饼。

还有一种说法，说是因为这种饼上边儿沾着胡麻，所以才叫胡饼。现在榨香油、磨芝麻酱的那个芝麻，也是沿着丝绸之路从西域传到中国的，那会儿的人管芝麻叫胡麻，管撒了芝麻的饼叫胡麻饼，后来说着说着说顺了嘴，把“麻”字给省了，就叫胡饼。

汉灵帝：胡饼代言人

中国人最早吃胡饼大约是在东汉末年。传说汉桓（huán）帝那会儿，太监干政，有个叫赵嘉的读书人把太监给得罪了，实在活不下去，改了个名儿叫赵岐，跑到北海郡，就是今天山东莱州、青州那边，摆摊卖胡饼。赵岐就是中国历史上白纸黑字、有据可查，最早摆摊卖胡饼的人。

桓帝死了以后，灵帝即位。汉灵帝在中国历史上得算数得着的昏君，浪得都没边了。平时胡说、胡闹、胡作非为，还喜欢穿胡服，拄胡杖，睡胡床，坐胡座，吹胡笛，跳胡舞，吃胡饼。用北京话讲叫没溜儿，用天津话讲，整个一胡天儿！

再怎么没溜儿，皇上终归是皇上，汉灵帝带头吃胡饼，老百姓就都跟着吃胡饼，东都洛阳吃得最厉害，当时的说法叫“灵帝好胡饼，京师皆食胡饼”。喜欢吃归喜欢吃，胡饼这种东西真正普及到全国，老百姓路边上随便买两个坐下就啃，那还是唐朝以后的事儿。唐朝以前想吃个胡饼其实挺不容易，为什么呢？缺面粉。

懒驴没磨可上的年代

想吃面粉，先得有麦子。小麦的原产地在西亚，就是今天伊朗、伊拉克、以色列、叙利亚那片地方。大概五六千年以前，小麦慢慢往西传到欧洲和非洲，往东传到中国。中国出土的年代最早的麦粒是在新疆孔雀河，据测定是四千多年以前的。

小麦传到中国内地，比新疆还得再晚一千来年，差不多商朝那会才开始有，周朝以后才大面积种植。2018年1月有这么个新闻，说的是我老家西安出土了一大把距今两千八百年的麦粒。这把麦粒说明，大概从春秋时代开始，陕西那边就已经有人成片种麦子了，所以说老陕西爱吃面食、会做面食，那也是有渊源的。

有人种归有人种，唐朝以前真正吃麦子的人还是少数，因为不好吃。

现在一说吃细粮，就是大米、白面，像什么玉米、高粱、黄豆、小米，都算粗粮、杂粮。我小时候，城市居民买粮食得凭粮票，只有过年那顿饺子，才舍得吃顿精白面、富强粉。

唐朝以前跟现在正好反着，麦子算粗粮，没人爱吃，而且，要想把麦粒变成白面，还得拿磨去磨呐。过去磨面粉用的是石磨，甭管人推还是牲口拉，都成，但话说到这儿，事儿就来了。唐朝以前，麦子是有，磨可没有。没有磨，那这麦子怎么吃呢？家在农村的朋友可能都有这种经历，小时候没钱买零食，野地里到处打野食吃，什么都敢吃。

每年四月底、五月初，麦子灌上浆了，还没

完全长熟，就趁这时候，把麦穗揪下来，拿手搓掉硬皮，吃嫩的麦粒儿，嚼在嘴里一咬一爆浆，带点儿甜味。等到麦子再长老点，麦粒变硬了，那也没关系，可以直接把麦穗放在火里烧，吃烧熟的麦粒。

唐朝以前的人吃小麦差不多也这路数，最简单的办法就是把麦粒上屉，跟蒸米饭似的蒸熟了吃。现在好些地方，尤其农村地区还讲究麦收前后吃麦仁饭、喝麦仁粥，这就是古时候留下来的传统。

炒嫩麦粒、麦仁饭，现在大伙儿都当个新鲜东西吃，觉得健康。其实吧，麦粒这玩意儿，抽冷子吃一回两回觉得新鲜，真要是连着吃十天半个月，那绝对受不了，牙床子都得给戗破了，肠胃也不消化。

以前天底下有个最倒霉的倒霉蛋，叫晋景公，这人是掉茅坑里淹死的。您知道晋景公到底因为什么掉茅坑里淹死的吗？就因为吃麦粒。晋景公这人身体不好，常年老病病歪歪，有个成语叫病入膏肓，这典故就是从他那儿来的。古时候的人都喜欢搞封建迷信，有病了不找大夫，找大仙。晋景公得病以后找大仙给算了一卦，想算算自己还剩多少阳寿。那大仙实诚得有点过了，直接告诉晋景公说他活不过今年吃新麦的季节。

晋景公听了这话，那叫一个恶心，一赌气、一较劲，还真就坚持到了麦收。麦收了就得吃新麦呀，晋景公特意把大仙找到宫里来，当着他的面儿，塞下去两碗蒸麦粒，然后就让人把大仙拉出去给砍了。

大仙那边人头刚落地，晋景公这边肚子里就开始叽里咕噜。本来就是有病的人，两大碗麦粒吃下去，您想，那肚子哪受得了呀？提搂着裤子，一溜小跑跑到茅房，没承想，头一晕，眼一花，脚一滑，咕咚一下就栽茅坑里了，最后也说不好到底是淹死的还是撑死的。

有朋友问了，唐朝以前没有磨，磨不了麦

子，那汉灵帝吃的麦饼是拿什么做的？这事儿您得这么想，磨面粉不一定非得用磨啊，最简单的办法，把麦粒放在石板上，拿粗木棍子碾，再不就是把麦粒放在石臼里，用杵来回舂，不管用什么法子，只要把麦粒弄碎了，再过箩一筛，最后就能得着面粉。只不过就是麻烦，费功夫，产量也低，没法大批量生产面粉，所以汉灵帝那会儿不是什么人都吃得起胡饼。

中国人用上咱们熟悉的那种两片磨盘、推起来能转的石磨，其实是隋唐年间的事。有了石磨以后，麦粒才能大批量变成面粉，面粉供应充足了，唐朝那会儿，长安城大街上才到处都是卖胡饼的小摊儿。

烧饼 VS 火烧

那胡饼什么时候改成烧饼了？

这事儿得从南北朝那会儿说起，南北朝时候

有个土皇帝叫石勒。石勒本身是胡人，当了皇上了，乍穿新鞋高抬脚，自己本身是胡人，还就不愿意听这个“胡”字，所以就下了个令，凡是带“胡”字的东西都得改名。这么一来，胡饼就改名叫烧饼了。

最早提到烧饼这个说法的书叫《齐民要术》，它说的那个烧饼还是种带馅儿的烧饼。羊肉、大葱和馅儿，加黄酱和盐调味儿，外边裹面皮，面皮上撒芝麻，先烙后烤。这种吃法眼下还有，比如南方有种蟹壳黄烧饼，就是按南方人的口味儿，拿梅干菜和猪肉丁和成馅儿烙的烧饼。

北方带馅儿的烧饼一般都是肉加大葱，更接近《齐民要术》说的那种吃法，最有名的比如山东曹州肉烧饼，唐山的棋子烧饼。北京东边，顺义、怀柔、密云、平谷，这些地方也都有肉馅儿烧饼。

1876年，清光绪年间，有个叫姚春宣的人带着媳妇从顺义来北京城做生意，在东安市场摆了个小摊儿。他们在京东肉馅儿烧饼的基础上，搞了点技术革新。清水打猪肉馅，加葱姜末、酱油和盐调味。温水和面，擀皮，薄皮大馅儿，把和好的肉馅儿包在里边，折叠成长条形，上饼铛油煎，煎到外焦里嫩。这种吃食外形像那时候大伙儿出门肩膀上背的褡裢，于是起了个名，叫褡裢火烧。

话说到这儿，爱较真的朋友肯定就得问了，火烧跟烧饼，到底有什么区别，应该怎么分？这事儿吧，我只能这么跟您说：没法分。因为烧饼跟火烧从古到今，分得就挺乱。就拿山东单（shàn）县配羊汤喝的烧饼来说，山东人都管它叫烧饼，可要按北京人的标准，这东西好像更接近火烧。

话说回来，北京人区分烧饼和火烧就一定比山东人清楚吗？也不一定。就拿北京的好多烧饼铺来说，明明挂着烧饼铺的招牌，其实差不多也都卖火烧。

火烧这个说法出现在宋朝，有个叫张端义的宋朝人写了本书，叫《贵耳集》，里面就提到了这个火烧。火烧的全称应该叫火烧饼，意思是在火上烤或者烙出来的面饼。

北京人区分烧饼和火烧，主要是看有没有芝麻，有芝麻的叫烧饼，没芝麻的就叫火烧。烧饼里边分层，加芝麻酱和小茴香；火烧里边不分层，只放花椒盐。烧饼个儿小，可价钱贵；火烧个儿大，价钱反倒便宜。甭管怎么分，烧饼和火烧的根儿都是汉朝传下来的胡饼。

要说起来，烧饼比火烧的档次好像还稍微高那么一点。火烧纯粹就是吃饭解饱的东西，烧饼呢，多少有点点心的意思。所以您看，过去相声园子、戏园子里，有挎着竹篮卖烧饼的，绝对没有卖火烧的。哪位要是跟园子里看玩意儿看饿了，想稍微打打尖，就可以买俩烧饼，就着热茶一吃。

茶还讲究，必须得是茉莉花茶，红茶、绿茶、普洱都不成，茉莉花茶放凉了也不成，必须得是新沏的，喝着烫嘴。烧饼这东西它干呀，嘴里嚼着芝麻酱烧饼，再吸溜两口酽酽的茉莉花茶，茉莉花的味道能跟芝麻的味道起化学反应，两下一掺和，有那么股说不出来的香。

北京最有代表性的烧饼，那得说芝麻酱烧饼。老北京人只要说烧饼这俩字，不用问，指的肯定都是芝麻酱烧饼。

过去烙烧饼的都有手绝活，能用手里的擀面杖在案板上噼里啪啦地打出节奏来，行话叫花点儿，用这个代替吆喝。所以老北京人管烙烧饼也叫打烧饼，这个“打”，指的就是拿擀面杖在案板上敲锣鼓点儿。

烧饼配什么吃

甭管烧饼还是火烧，干吃都没多大意思，还是得夹着东西吃。至于具体夹什么，好像也有个规律。烧饼里边有芝麻，有芝麻酱，味道冲，最好是夹烧羊肉、酱牛肉，牛羊肉多少都带点膻味，跟芝麻的香味一结合，说不出来的那么香！所以您看，烧羊肉、酱牛肉、爆肚儿、羊汤、羊杂碎、涮羊肉，只要跟牛羊肉沾边的东西，就着芝麻烧饼吃准保没错。

火烧本身没太大味儿，里边夹着吃的东西，气味最好也淡一点，比如猪头肉、酱肘子、油饼、油条什么的。上海人的早点四大金刚里边有个大饼夹油条，大饼寡淡，油条油腻，这两样东西一结合，互相能取长补短。

北京人原先也喜欢用火烧夹着油饼吃。一个火烧配一个油饼，这叫一套，再买碗白豆浆，不放糖，热热乎乎一溜缝，上班盯到中午十二点都不觉得饿。我就喜欢这么吃，以前上鸟市、逛市场玩儿去，只要起早，准到早点摊儿买一火烧一油饼，夹着吃。

有朋友说了，老北京不是也有用烧饼夹油炸鬼吃的吗？这事儿啊，您有所不知，老北京夹油炸鬼吃的那个烧饼，不是芝麻酱烧饼，是吊炉的马蹄烧饼。这种烧饼在北京差不多都见不着了，山东、河北还有不少地方做，您有机会可以尝尝，那种烧饼其实更接近火烧。

过去北京有两种地方卖烧饼和油炸鬼，一种是粥铺，还有一种叫炸货屋子。炸货屋子主要做各种油炸食品，像什么薄脆、馓子、麻花、油饼、油条、焦圈、炸糕这类，捎带手的，也做马蹄烧饼。这些东西做好以后批发给小贩，小贩再挎着篮子走街串巷吆喝着卖。

粥铺比炸货屋子又高了个档次，可以外卖，也可以堂食，除了干的，也卖粳米粥、杏仁茶、豆浆之类稀的。这种铺子，明清两朝那会儿，一般夜里两三点钟就挑门做买卖，为什么这么早呢？那时候大臣们得起大早儿，赶早朝呀。好多大臣从床上爬起来，来不及在家吃早点，就在路上，让手底下人去粥铺买套刚出锅的烧饼油炸鬼，坐在轿子里边走边吃。马蹄烧饼配油炸鬼，这就算那个年代的快餐、工作餐。

有人说了，我有个性，偏就不按这规律来，你能把我怎么着？这事儿要论起来，还真不能拿您怎么着，可您要换个方式吃，它确实不好吃。就拿炒肝儿来说，眼下全国人民差不多都知道，北京的炒肝儿得就着包子吃，必须还得是猪肉大葱的包子，牛肉大葱、韭菜鸡蛋的都不成。

往前捯一百年，炒肝儿其实也可以配烧饼吃。当时的人这么吃，也有当时的道理，人家觉得炒肝儿本身就油腻，再配猪肉大葱的包子吃那就更油腻了。炒肝儿配烧饼，可以稍微中和一下。现在您去前门鲜鱼口天兴居看，店里除了包子，也卖烧饼，算是恢复传统，可真正买烧饼就炒肝吃的还真没几个人，因为不好吃。咱们老说人民群众的眼睛是雪亮的，广大人民群众的舌头，那也不是吃素的。

包子

前些日子我们去北美巡演，其中有一趟到了纽约。纽约这一趟啊，我反正没白去，您问怎么着？嗬，我又发现了个生财的道儿，卖包子！

包子遇上比萨

有朋友说了，卖包子，那玩意儿能挣几个钱？！我见天儿早上吃，就车站边上的小吃摊儿，再讲究点儿的去早点铺，俩大肉包子一杯热豆浆，顶到头了也用不了十块钱呐。就算是最有名的扬州蟹黄包儿，论个儿卖，一个最多也就三五十块钱。卖包子，多咱能发财？

您说的，这是咱们中国卖包子的价钱，您知道在美国纽约卖包子什么行市吗？最便宜的猪肉大葱包子，十二美金一个，合人民币八十多块钱。

美国人给包子起了个英文名儿，还挺肉头，叫 bao bao（美国就这么写的！）。眼下美国有个说法，叫“bao bao PK 汉堡”，像纽约、波士顿这些大城市，汉堡店周围，经常能找着蒸包子的包子铺。

美国人这两年流行吃包子，不光流行吃，在中国包子的制作技法上也有发展，有创新。这不我们德云社在北京三里屯还有个场子吗，就在离这场子不远的地方，有个美国哥们儿，开了包子铺，卖包萨（baozza）。

您没看错，我也没说错，他卖的就是包萨。这哥们儿叫亚力克斯·克里，原先在美国那边据说是干咨询行业的，2015年来中国出差，吃了顿包子，觉得挺不错，就打算辞职自己创业，开个包子铺。

按说美国人想开包子铺，跟美国开就完啦，猪肉大葱的，八十块钱一个，也不少挣。这哥们儿不是这想法，他就想来中国开包子铺！来中国开包子铺，再卖猪肉大葱馅儿的就卖不了七十块钱一个了不是？人家也有办法，把外国人做比萨的手艺，跟中国的包子综合了一下，发明了种新玩意儿，叫包萨，这个词儿的意思就是包子加比萨。

包萨，听着挺玄乎，说白了，就是把比萨上边儿那层乱七八糟的东西当馅儿，给包在包子里。比萨，据说是马可·波罗发明的。马可·波罗来中国旅游那会儿，觉得中国人烙的馅饼挺好吃，就跟着学烙馅饼的手艺，这马可·波罗呢，学了个半瓶子醋，二把刀，就回家了，回了意大利，就忘了馅饼怎么做了。这哥们儿也能对付，馅饼，反正就是面加馅这两样东西呗，擀了个面饼，直接把馅堆在上头一烤，吃去吧！

比萨这东西，我反正是接受不了啊，但人都说好吃，就是吃起来不大方便，上头的零碎儿容易掉，尤其是起司烤化了以后往下流，连油带起司，顺着手能流到胳膊肘上。美国哥们发明的包萨把这问题就给解决了，乱七八糟的东西都包在面皮里边，不漏！

馕坑烤包子

提起比萨，我就想起岳云鹏说的那个打卤馕来了。您要去新疆风味的馆子吃饭，还真有种差不多的吃食，什么呢？叫馕包肉。馕包肉，说白了就是做一锅新疆版的红烧羊肉，里边有羊肉块、胡萝卜、土豆、葱头、干辣椒。羊肉临出锅前，弄个新烤好的馕，按比萨那样切成一牙儿一牙儿的，装在盘子里，把红烧羊肉往上那么一浇。您要是说怕膻味，不吃羊肉，大盘鸡也成，也是往上一浇。

这两年北京开了不少新疆风味儿的馆子，我常去吃。开新疆馆子，别的都在其次，主要得有个好馕坑。讲究的馕坑，垒馕坑用的土都得从新疆运过来。有朋友说了，你这扯得也忒邪乎了，撒尿和泥，放屁崩坑，我们打小就会，不就是个馕坑嘛，哪儿和点儿泥不成，还非得从新疆运土？

这事儿您有所不知，新疆盐碱地多，土的碱性大，这种土垒成馕坑，烤出来的东西有种特别的香味，一般的土比不了。就跟北京烤鸭一样，只要离开全聚德、便宜坊的炉子，还是那只鸭子，烤出来味儿立马就变。

馕坑是个好东西，有这么一个坑，能烤馕，能烤全羊、烤鸽子、烤鸡、烤土豆、烤白薯，还能烤包子。新疆烤包子好吃，我最早知道烤包子这么种吃食，还是小时候看动画片，《阿凡提》里面那个巴依老爷，动不动就往地上铺个毯子，羊肉串、手抓饭、烤馕、烤包子，哈密瓜切得一条一条的，一摆一大堆，看得我那叫一个馋呐。

北京当年能吃着烤包子、手抓饭、红柳枝烤肉这些东西的地方，也就是新疆驻京办、乌鲁木齐驻京办，价儿还都不便宜。我那时候，十几岁一小孩，哪有这钱呀？最多就是家里平时吃的包子，冬天生炉子的时候放在上头烤，再不就是弄个电炉子，搁在上头烤。烤得包子皮焦黄酥脆，拿手指头一弹，当当带响儿，掰开两半儿，一股热气直冲到脸上，甭管包子里头是什么馅儿，都觉得好吃。

真正吃着新疆烤包子、解了这个馋，还是 90 年代末，北京的新疆馆子大批开起来以后。地道的新疆烤包子就两种馅儿，羊肉洋葱和牛肉洋葱。平常咱们包包子，多数用的是发面，为的是包子蒸出来暄腾、软和。新疆烤包子用的是死面儿，馅儿放在面皮里边，跟叠被窝似的，包成个方块儿，馕坑烤出来的包子，皮儿跟饼干一样，嚼在嘴里嘎嘣嘎嘣的，里边的馅儿一咬一滋油。吃这种包子必须趁热儿，吃刚烤好的，放凉了包子皮儿就皮了，里边的油也凝住了。两个烤包子，配一杯酽酽的红茶，就是最地道的新疆早点。

狗不理

说起吃包子，肯定绕不开郭老师的家乡天津。天津有个狗不理，只要是中国人差不多都知道。北京挺早就有狗不理的分店，就在北海东边，地安门路口那儿，我小时候吃过，父母掏钱，我就管吃，当年就觉得这狗不理包子挺高级。咱们家里平时蒸包子，顶到头了也就是肉、葱、姜、菜，最多再搁点儿海米提个鲜。人家那包子呢，馅儿里边有剁碎了的木耳，还是香油和的馅儿。所以小时候就吃过那么一回，到现在印象都挺深刻。

眼下狗不理在全国各地买卖挺多，甭管进了哪家店，人家肯定得告诉您说，狗不理的正名叫德聚号（也是“德”字辈儿的），创始人叫高贵友。这人打小儿脾气就倔，不爱说话，不爱搭理人，外号“狗不理”。干上买卖以后还是这毛病，每天就知道闷头儿蒸包子，不吆喝，不拉主顾。

老话儿讲，人叫人千声不语，货叫人点首自

来。高贵友做买卖，用现在的话说，走的是高冷路线，可货真价实，主动找上门买他包子的人越来越多。这么着，狗不理的招牌就算创出来了。

这个说法是狗不理起源的主流版本，还有个天津民间流传的非主流版本，是这么说的：吃包子，多数人都愿意趁热，吃刚出锅的，越热越香。过去包子铺都有这规矩，哪位要是吃得慢，上桌的包子凉了，可以给您再回回屉，上锅再热。您听刘宝瑞先生的《日逢三难》不就说过吗，有那么个鸡贼的人，把包子馅抠出来吃了，就剩几个空包子皮，拿嘴吹鼓了，让卖包子的回锅。

吃狗不理，也讲究趁热。热包子您甭看人吃得挺香，扔在地上，狗可不敢吃，为什么不敢吃呢？民间传说，狗不能吃热的东西，吃完热的东西狗就烫疯了，大街上有什么响动，比如说汽车嘀嘀一按喇叭，狗脑袋当时“嘭”就炸了。这说法靠不靠谱，反正我那么一说，您呢也就那么一听。

李小龙“代言”小笼包

吃包子、饺子、馅饼这类带馅儿的吃食，尤其纯肉馅儿的，我有个体会，就是里边一定得有汤儿，一口咬下去，馅儿是整个一肉丸，汤儿能滋到对面人脸上，那个汤的鲜味儿啊，单一路！您说我弄两个包子吃，再喝碗汤溜个缝儿，感觉肯定不一样，所以中国人才发明了这么种吃食，灌汤小笼包，把汤跟包子合二为一。

灌汤小笼包在国外专门有个名儿，不叫bao bao了，叫布鲁斯·李。为什么叫这么个名儿呢？这要说在洋人的地盘上，玩中国功夫玩得最有名的人，那得是李小龙，李小龙的英文名字叫布鲁斯·李（Bruce Lee）。小笼包也沾“小龙”这俩字，老外不知道怎么回事，脑袋一抽筋儿，就管这种包子叫布鲁斯·李了。

灌汤小笼包的历史，往根儿上捯，最早可以捯到北宋时期。馒头早先跟包子的界线不是特别清楚，里头也是带馅儿的，咱说过，这两种吃食真正开始分化，包子是包子，馒头是馒头，包子里边有馅儿、外边带褶儿，馒头里边没馅儿、外边没褶儿，那就是在北宋时期的东京汴梁，也就是现在的开封。

现在您去开封旅游，当地最有名的吃食，河南一绝，还得说开封灌汤包。开封灌汤包讲究皮薄、肉多、内有鲜汤儿，汤儿不多不少，就是一口的分量。开封人吃灌汤包有个说法，先开窗，后喝汤，再满口香。

吃这种包子必须趁热儿，凉了，汤儿就不好喝了。把包子颤颤巍巍、从小笼里边夹出来，放到碟子里，先用牙咬个小口，把里边的这一口汤喝干净，然后蘸着醋，吃包子。

大宋朝分南北，宋高宗把都城从东京汴梁迁到临安，就是今天的杭州以后，灌汤包也开始跟着往南方传。您看眼下南方地区，尤其江浙一带的小笼包，做法、吃法，都跟开封的包子差不多。我老家西安，最有名的贾三包子也是这个路数，左不过就是南方人口味儿偏甜，包子馅儿多少都带点甜口儿。

吃包子，认准中山公园

各种甜口儿包子里边，最有名的，得说广式的叉烧包。广东人讲究喝早茶，叉烧包、虾饺、干蒸烧卖和蛋挞，这是广东早茶传统的四大天王。广州人管喝早茶叫“饮啖（dàn）茶，食个包”，眼下广州早茶的内容越来越丰富，好多北方人当正餐吃的东西，像什么排骨、牛肉、凤爪，放到广州全算早点！不过老广州人，吃的最地道的广州早茶，还是一壶茶、两个叉烧包。有的广州老头儿老太太，点这么一份东西，能跟人家那儿坐半天。

北京原先也有个地方卖南方口味儿的包子，特别好吃，好多岁数大点儿的、来北京旅游过的外地朋友应该也知道。90年代那会儿，中山公园最北边，挨着故宫筒子河那儿，有个小快餐部，卖冬菜肉末馅儿的包子。那个包子别看是拿冬菜包的，吃到嘴里，多少还带点甜味儿，跟北京别的地方卖的包子都不一样。

当年好多人逛中山公园，中午饭的标配，都是两个包子再搭两根油炸羊肉串儿。我那时候光知道中山公园的包子好吃，不知道这里边有什么掌故，后来一查资料，敢情中山公园的包子还真挺有历史。

往前捯一百多年，1915年，中山公园里边有不少茶座，就跟现在什刹海酒吧的意思差不多，卖各种茶水饮料，捎带手的也卖点儿简餐，面条、包子什么的。当年有闲钱逛中山公园、泡茶座的，多数都是大学教授，南方人居多，所以当时中山公园里的包子也按南方口味儿做，带点甜口儿。

这事儿不是我瞎说，您有空可以翻翻鲁迅日记，那时候像鲁迅、胡适、徐志摩、林徽因这些人，都跟那儿吃过包子、喝过茶。

好吃不过饺子，包子也凑合

俗话说“好吃不过饺子，舒服不如倒着”。好吃不过饺子，这句话我不知道各位琢磨过没有，干吗非得说好吃不过饺子？说好吃不过红烧肉，好吃不过烤全羊，成不成呢？好像还真不成。

这句话，按我想的，可能是这么个意思。过去的人生活水平低，饺子，多少都得有点肉，吃饺子那就算改善生活。有朋友说了，吃红烧肉不更改善生活吗？您得这么想啊，红烧肉比饺子成本可高得多，像我小时候，礼拜天家里改善生活，包饺子、蒸包子、烙馅饼，买一毛钱两毛钱的肉馅儿就够。肉不够，拿菜凑，稍微有点肉味儿就成，真说实打实地炖一锅肉，那花费太大，吃不起。

饺子、包子，说到底，全是面包着肉。中国人过年，主流是吃饺子，也有各色的地方，讲究过年吃包子。就说我老家陕西吧，尤其是关中地区，年三十以前，都得全家总动员，玩儿命地包包子、蒸包子。包子蒸熟了，再冻上，留着过年期间慢慢吃。

山东那边，跟陕西正好反着，阴历六月六，大夏天的吃包子！按当地人的说法，六月六马上就临近麦收，该割麦子、收粮食了，这天吃包子，可以把丰收给“包”住，保证煮熟的鸭子不再飞了。

北京良乡，就是产栗子特有名那地方，风俗又不一样，老年间但凡赶上红白喜寿事，都吃包子。眼下生活条件好了，办这些事儿也不光吃包子了，可当地人要是出门参加这类活动，您跟大街上碰见，问他，您干什么去呐？他准跟您说，我吃包子去！

“滚蛋包子”

包子好吃，可是过去有一种包子，甭管什么

馅儿的，谁都不愿意吃。哪种包子呢？正月初四的包子。

以前的买卖铺户没有双休日、节假日这些概念，伙计能放假休息的日子，每年就是三大节，端午、中秋和过年，尤其是过年，放假时间最长。我们德云社现在不也这样吗？过年前一封箱，大伙儿就休息不演了，有什么事，得等过完年开箱了再说。

过去的买卖，过年开张，最早也得等到正月初五，破五儿这天。说是等破五儿，一般初四这天人就聚齐了，提前把门脸儿收拾收拾，搞搞扫除。初四这天晚上，老板得把伙计们集中起来，聚个餐，说点“新年新气象，大家好好干”这类的话，相当于现在的企业开年会。

初四那天聚餐的菜，都挺丰盛，可在座的伙计谁也没心思吃，都等着最后一道菜上来，这道菜就是包子。包子只要上了桌，大伙儿就全得盯着看，看老板把这盘包子放在谁跟前儿，或者拿筷子往谁的碟子里夹一个包子。有人说了，领导亲自给布菜，这不是挺高的荣誉吗？当年的规矩可不是这样。

按当年的规矩，老板给谁敬包子，意思就是说，你明天不用来上班了，开除了。眼下大伙儿习惯管单位辞退员工叫炒鱿鱼，这个说法是90年代以后，从香港地区传过来的。为什么叫炒鱿鱼呢？鱿鱼，您都吃过，生的时候是平的一片，只要放到锅里一遇热就卷起来了，有点像咱们平时收拾行李，打包袱、打行李卷儿。过去的老板，正月初四这天给伙计敬包子，跟现在说的炒鱿鱼是一个意思，都是告诉你，别干了，收拾铺盖卷儿滚蛋吧。

聊到这儿，我就想起马三立先生说的《起名的艺术》来了。俩人儿要离婚，吃完这顿算散啦，上哪儿吃去？吃饭馆就不成啦，得吃包子，狗不理！

（全书终）

于谦

中国铁路文工团相声演员，德云社成员。

1982 年考入北京市戏曲学校相声班学艺，在校期间曾跟随相声名家王世臣、罗荣寿、高凤山、赵世忠学习，1985 年拜师石富宽先生。1995 年毕业于北京电影学院影视导演系。

2002年起与郭德纲合作表演相声至今。

于谦小酒馆

产品经理：王　胥　　封面设计：付诗意
　　　　　施　萍　　产品监制：贺彦军
营销经理：班　欢　　特约印制：刘　淼
后期制作：顾逸飞　　策 划 人：吴　畏

图书在版编目（CIP）数据

于谦小酒馆 / 于谦著. -- 杭州 : 浙江文艺出版社, 2020.4（2021.4重印）
ISBN 978-7-5339-6065-0

Ⅰ. ①于… Ⅱ. ①于… Ⅲ. ①杂文集－中国－当代 Ⅳ. ①I267.1

中国版本图书馆CIP数据核字(2020)第048263号

于谦小酒馆

于谦 著

责任编辑 金荣良
封面设计 付诗意

出版发行 浙江文艺出版社
地 址 杭州市体育场路347号 邮编 310006
网 址 www.zjwycbs.cn
经 销 浙江省新华书店集团有限公司
果麦文化传媒股份有限公司
印 刷 北京盛通印刷股份有限公司
开 本 1092毫米×787毫米 1/32
字 数 164千字
印 张 13.5
印 数 65,001—68,000
版 次 2020年4月第1版 2021年4月第5次印刷
书 号 ISBN 978-7-5339-6065-0
定 价 49.80元